谢桃坊 编著

四川文艺出版社

图书在版编目（CIP）数据

唐宋词谱粹编/谢桃坊编著. —成都：四川文艺出版社，2021. 6

ISBN 978-7-5411-5926-8

Ⅰ. ①唐… Ⅱ. ①谢… Ⅲ. ①词谱—中国—唐宋时期 Ⅳ. ①I207.23

中国版本图书馆CIP数据核字（2021）第084317号

TANGSONG CIPU CUIBIAN

唐宋词谱粹编

谢桃坊 编著

出 品 人 张庆宁
责任编辑 张亮亮
封面设计 叶 茂
内文设计 史小燕
责任校对 文 雯
责任印制 崔 娜

出版发行 四川文艺出版社（成都市槐树街 2 号）
网 址 www.scwys.com
电 话 028-86259287（发行部） 028-86259303（编辑部）
传 真 028-86259306

邮购地址 成都市槐树街 2 号四川文艺出版社邮购部 610031
印 刷 成都东江印务有限公司
成品尺寸 140mm × 203mm 开 本 32 开
印 张 11 字 数 210 千
版 次 2021 年 6 月第一版 印 次 2021 年 6 月第一次印刷
书 号 ISBN 978-7-5411-5926-8
定 价 68.00 元

序　言

我自1981年从事中国古代文学专业研究工作以来，主要致力于词学研究。2007年我的第二部论文集《词学辨》由上海古籍出版社出版，标志我的词学研究已告一大的段落。在《词学辨》里收入有关词体研究论文十篇，试图从理论上解决词体研究中存在的若干难题，以期在此基础上编订一部可以体现我们时代水平的词谱，作为词体格律的规范。我在《文学遗产》杂志2008年第一期发表的《词谱检论》，集中表现了对重新编订词谱的意见。如果我有条件完成新的词谱的编订工作，则我的词学研究便圆满了。然而我却未争得完成此项工作的外部条件，幸好王华光先生的支持，得以暂编一部唐宋常用词调的词谱。此编固然是在清代《词律》与《词谱》的基础上重新审订的，但在选调、分类、别体、词例、谱式、词韵等方面皆可反映我的见解，对词调的艺术特点也作了一些简略的探索。此编虽有许多新的特点，但它们是符合词体格律规范的，而且是在尝试建立一种新的规范。

此编收录唐宋词人常用词调二百调，虽仅及全部词调四分之一，实足以供一般填词者与广大古典文学爱好者之需，亦可为探究词体格律规范之助。凡疏漏与错误之处，敬祈词学界师友与读者不吝教示。

谢桃坊

庚子年六月十四日于百花潭侧之爽斋

凡　例

一、本编选取唐宋词人常用词调二百调，采用分调类编方式，计收小令七十七调，中调六十调，长调六十三调。

二、本编采用谱与图合一方式，于词字下标注字声平仄，以白圈（○）表示平声字，以黑圈（●）表示仄声字，凡可平可仄之字概不标注，以避免混淆。

三、本编于每调下注明体制，每调后附关于该调的宫调及调名来源的简要说明，并附关于体制及声情特点的简要说明。

四、本编每调仅录唐宋时通行之正体，某些词调确有重要之别体者，适当附于正体之后。

五、本编为树立典范，尽可能选取创调之作或该调之名篇以为谱例，并适当选取该调之佳作进行简略分析，以期有助于使用该调时之艺术参考。

六、本编于字声仅辨平仄，以《广韵》音系之《礼部韵略》（平水韵）为字声平仄之标准。

—目　录—

［小令］

〔中调〕

〔长调〕

〔附录〕

小令

【苍梧谣】 单调，十六字，四句，三平韵。 蔡 伸

天韵休使圆蟾照客眠韵人何在句桂影自婵娟韵

○ ● ○ ○ ● ● ○ ○ ○ ● ● ● ○ ○

苍梧，山名，又名九嶷。相传古舜帝葬于苍梧之野。地在今湖南宁远县境。此调当为湘中民间乐曲。蔡伸之词为创调之作。袁去华词首句一字句，两首为“归”，因改调名为《归字谣》。元人周玉晨将此调改名为《十六字令》。周词首句为三字句，乃误。此为最短之词调，宋人作此调者仅三家，格律相同。此调全用奇句，音节短促，尤其一字句极难处理。

【南歌子】 单调，二十三字，五句，三平韵。 温庭筠

手里金鹦鹉句胸前绣凤凰韵偷眼暗形相韵不如从嫁与句作鸳鸯韵

● ● ○ ○ ● ○ ○ ● ● ○ ○ ● ● ○ ○ ● ○ ○ ● ● ● ○ ○

唐代教坊曲。唐人崔令钦在《教坊记》里记录了盛唐时期朝廷教坊习用的乐曲三百二十四曲的曲名，凡见于其中者为教坊曲。由于隋代以来燕乐的流行，唐代初年即于禁中置教坊以教习音乐。如意元年（692）改为云韶府，开元二年（714）在宫中置内教坊，京都置左右教坊。此调《词谱》列七体：单调两体，双调五体。温庭筠词七首，平仄相同，为创调之作。宋人多用双调，作者甚众。

【又一体】 双调，五十二字。前后段各四句，三平韵。 苏 轼

寸恨谁云短句绵绵岂易裁韵半年眉绿未曾开韵明月好风闲处读是人猜韵　春雨消残冻句温风到冷灰韵尊前一曲为谁哉韵留取曲终一拍读待君来韵

苏轼用此调作词十七首，内容涉及游赏、湖景、寓意、谐谑、赠酬、节令、感旧、抒情，于此可见此调适应范围极广。上下段结句为九字句，须一气连贯。欧阳修以此调描述少妇情态，甚有风趣，故又可叙事。单调第一、二句，双调前后段第一、二句，要求对偶，如温词“脸上金霞细，眉间

翠钿深”，“转盼如波眼，娉婷似柳腰”；　苏词“山与歌眉敛，波同醉眼流”，“苒苒中秋过，萧萧两鬓华”，“溪女方偷眼，山僧莫皱眉”，“紫陌寻春去，红尘拂面来”，“柳絮风前转，梅花雪里春”。

【荷叶杯】　单调，二十三字，六句，四仄韵，两平韵。　温庭筠

一点露珠凝冷仄韵波影韵满池塘平韵绿茎红艳两相乱换仄韵肠断韵水风凉平韵

唐代教坊曲。“花间词人”多用此调，有单调和双调。单调温词三首为创调之作；顾敻九首为二十六字体，句式略异，结句叠三字句。双调有韦庄两首。

【又一体】　双调，五十字。前后段各五句，两仄韵，三平韵。

韦　庄

记得那年花下仄韵深夜韵初识谢娘时平韵水堂西面画帘垂韵携手暗相期韵　惆怅晓莺残月换仄韵相别韵从此隔音尘换平韵如今俱是异乡人韵相见更无因韵

此调用韵极复杂，每句用韵，平韵与仄韵互换。单调两换仄韵；第三句平韵，与结句叶韵，其间包孕两仄韵。双调每段两仄韵，两平韵；前后段凡四换韵。单调有六字句、二字句、三字句、七字句；双调有六字句、二字句、五字句、七字句。故此调句式复杂，极富变化，奇句与偶句相间，尤其二字句使此调特色突出。由于用韵与句式的复杂，使此调音节曲折变化，宜于表现片时苦涩的沉郁的复杂的情感。此调格律严密，形式精巧，初学者不宜填作。宋人仅许棐作有双调一首，可见此调在宋代已不流行。

【摘得新】 单调，二十六字，六句，四平韵。 皇甫松

摘得新韵枝枝叶叶春韵管弦兼美酒句最关人韵

●●○ ○○●●○ ●○○●● ●○○

平生都得几十度句展香茵韵

○○ ● ● ●○○

晚唐词人皇甫松此调两首，格律相同。调名用起句为名，为创调之作。皇甫松两词均为花间尊前应歌之作，如其另一词云："酌一卮。须教玉笛吹。锦筵红蜡烛，莫来迟。繁红一夜经风雨，是空枝。"这在晚唐词中甚为少见。词由三、五、七句式构成；虽有三个三字句，但配合恰当，故不

急促，声调仍婉和谐美。

【望江南】 单调，二十七字，五句，三平韵。 皇甫松

兰烬落句屏上暗红蕉韵闲梦江南梅熟日句夜船吹笛雨潇潇韵人语驿边桥韵

宋代词学家王灼《碧鸡漫志》卷五云："《望江南》，《乐府杂录》云：李卫公为亡妓谢秋娘撰《望江南》，亦名《梦江南》。白乐天作《忆江南》三首，第一'江南好'，第二、第三'江南忆'。自注云：'此曲亦名《谢秋娘》，每首五句。'予考此曲，自唐至今皆南吕宫，字句亦同。止是今曲两段，盖近世曲子无单遍者。"李德裕所作《望江南》已佚，因为谢秋娘作，故又名《谢秋娘》。皇甫松以此调名《梦江南》，白居易所作又名《忆江南》。宋人用此调加一叠而为双调，作者亦众，故有两体。

【又一体】 双调，五十四字。前后段各五句，三平韵。 苏 轼

春未老句风细柳斜斜韵试上超然台上看句半壕春水一城花韵烟雨暗千家韵 寒食后句酒醒却咨嗟

韵休对故人思故国句且将新火试新茶韵诗酒趁年华韵

此调本以抒情见长，如皇甫松两词，又如温庭筠两词。温词其一云：“梳洗罢，独倚望江楼。过尽千帆皆不是，斜晖脉脉水悠悠。肠断白蘋洲。”自白居易用以咏杭州风物，宋人多仿此，如咏“维扬好”“成都好”“安阳好”。王安石四首是礼赞佛法之作——“归依法”“归依佛”。陈朴九首为道家内丹诀。晚唐易静有七百二十首为讲论兵法之作。凡此可见此调尚具应用的功能，适应范围很广。宋人虽多用双调，但后世仍有用单调者，如清初屈大均四首。单调及双调前后段之第三、四句，可不对偶，但以对偶为工，如白居易的“山寺月中寻桂子，郡亭枕上看潮头”；温庭筠的“山月不知心里事，水风空落眼前花”；欧阳修的“身似何郎全傅粉，心如韩寿爱偷香”；仲殊的“柳叶已如烟黛细，桑条何似玉纤柔”。

【捣练子】 单调，二十七字，五句，三平韵。 李 煜

深院静句小庭空韵断续寒砧断续风韵无奈夜长人不寐句数声和月到帘栊韵

此词又传为冯延巳作。此调是在平起式七言绝句的基础上，破首句为两个三字句——平仄仄，仄平平，因而声韵变异，形成独特格律。“练”为白色熟绢，捣之使柔软。《捣练子》为妇女捣练时所唱歌曲。敦煌曲子词存此调十首皆叙述孟姜女故事，句式与格律基本上相同，如“孟姜女，杞梁妻。一去燕山更不归。造得寒衣无人送，不免自家送征衣”。此调又名《如夜年》《夜捣衣》《古捣练子》《杵声齐》《剪征袍》。宋人李石四首均为双调，其余宋人作此调者较少。

【南乡子】 单调，二十八字，五句，两平韵，三仄韵。 冯延巳

细雨泣秋风平韵金凤花残满地红韵闲蹙黛眉慵不语仄韵情绪韵寂寞相思知几许韵

唐代教坊曲。冯延巳此调三首，两首单调，一首双调。欧阳炯八首、李珣十首皆单调，咏南方风光。调当属唐代南方民间乐曲。冯延巳双调五十六字体不换韵为宋人所沿用。

【又一体】 双调，五十六字。前后段各五句，四平韵。 辛弃疾

何处望神州韵满眼风光北固楼韵千古兴亡多少事句悠悠韵不尽长江滚滚流韵　年少万兜鍪韵坐断东南战未休韵天下英雄谁敌手句曹刘韵生子当如孙仲谋韵

此调宋人作者甚众，除抒情外，亦有写景、言志之作。苏轼十五首其中有《梅花词和杨元素》《席上劝李公择酒》《重九涵辉楼呈徐君猷》《送述古》等应酬之作。宋季词人汪梦斗《初入都门漫赋》亦如辛词表达深沉的爱国情怀，其词云："西北有神州。曾倚斜阳江上楼。目断淮南山一抹，何由。载泪东风洒汴流。　何事却狂游。直驾驴车渡白沟。自古幽燕为绝塞，休愁。未是穷荒天尽头。"此调以七字句为主，用平韵甚密，形成音节响亮，气势奔放的艺术效果。前后段各一个两字词，又使奔放的气势略顿，产生回环意味。

【**抛球乐**】　单调，三十三字，七句，三平韵，一叠韵。　皇甫松

金蹙花球小句真珠绣带垂韵绣带垂叠几回冲凤蜡句千度入香怀韵上客终须醉句觥盂且乱排韵

唐人于酒筵中抛花球以行酒令之燕乐曲，亦属教坊习用者。唐人刘禹锡此调两首声诗咏抛球："五色绣团圆，登君玳瑁筵。最宜红烛下，偏称落花前。上客如先起，应须赠一船。"唐代歌者选用流行的五言或七言绝句的名篇，配合燕乐以歌唱，这叫"声诗"，它的句式是整齐的，故称"齐言"。声诗不是词体。皇甫松两首为词体，亦咏抛球之游戏。敦煌曲子词已出现两首双调。

【又一体】 单调，四十字，六句，四平韵。 敦煌曲子词

珠泪纷纷湿绮罗韵少年公子负恩多韵当初姊姊分明道句莫把真心过与他韵子细思量着句淡薄知闻解好么韵

敦煌曲子词两首，另一首第五句为七字句，其余格律相同。此首与冯延巳八首格律完全相同。冯词均抒写花间尊前情怀，为应歌之作，如写酒筵散后："坐对高楼千万山。雁飞秋色满栏干。烧残红烛暮云合，飘尽碧梧金井寒。咫尺人千里，犹忆笙歌昨夜欢。"八首之中第三、四句为对偶。宋人用此调者极少。柳永一词为长调，与此体不同。

【忆王孙】 单调，三十一字，五句，五平韵。 李重元

萋萋芳草忆王孙韵柳外楼高空断魂韵杜宇声声不忍闻韵欲黄昏韵雨打梨花深闭门韵

南朝梁时谢灵运《悲哉行》：“萋萋春草生，王孙游有情。”唐代白居易《赋得古原草送别》：“又送王孙去，萋萋满别情。”调名取此诗意。此调兴起于北宋末年，李重元此调四首，此首为创调之作。调又名《忆君王》《豆叶黄》《怨王孙》，皆写离情别绪。此调每句用韵，五句中有四个七字句，其中三个句式均为律句“仄仄平平仄仄平”，构成独特格律，音节却并不急促，因嵌入一个平韵三字句而使词调和婉。宋末汪元量以此调作集句词九首，抒写对故宫的怀念，自言“甚凄婉，情至可观”，如：“离宫别苑草萋萋。对此如何不泪垂。满槛山川漾落晖。昔人非。惟有年年秋雁飞。”

【如梦令】 单调，三十三字，七句，五仄韵，一叠韵。 李清照

昨夜雨疏风骤韵浓睡不消残酒韵试问卷帘人句却道海棠依旧韵知否韵知否叠应是绿肥红瘦韵

此调本名《忆仙姿》，创调之作是五代后唐庄宗李存勖词，词存《尊前集》：“曾宴桃源深洞。一曲清歌舞凤。长记欲别时，和泪出门相送。如梦。如梦。残月落花烟重。”苏轼用此调时改名《如梦令》，其词序云：“元丰七年十二月十八日，浴泗州雍熙塔下，戏作《如梦令》两阕。此曲本唐庄宗制，名《忆仙姿》，嫌其名不雅，故改为《如梦令》。”《词谱》以庄宗词为谱，将第三句“长记欲别时”改为“长记别伊时”以和律句“仄仄仄平平”。《尊前集》与《苕溪渔隐丛话》后集卷三十九录此词均为“欲别”。苏轼四首，其中三首此句平仄与庄宗同，但宋人多为仄仄仄平平，如秦观五首为：“睡起熨沉香”“梦破鼠窥灯”“遥想酒醒来”“桃李不禁风”“孤馆悄无人”。宜从。此调两个二字叠句，最难处理，而且必须与上下句语意连贯。《词谱》此句第一字作可平可仄，但当依《词律》此句作“平仄”，如秦观作“消瘦”“无寐”“回首”“肠断”“无绪”。此调四个六字句，俱为仄仄平平仄仄；两个二字句为平仄；六句用仄声韵，仅一个五字句末字为平声。这样使此词声情低沉凝重。此调始于五代唐庄宗两词，宋人作者甚众，一般用以抒情，自苏轼用以游戏和表旷达之情后，亦有用以言志与写景者。

【诉衷情】 单调，三十三字，九句，六平韵，两仄韵。 韦 庄

烛烬香残帘半卷句梦初醒平韵花欲谢仄韵深夜韵月笼明平韵何处按歌声韵轻轻韵舞衣尘暗生韵负春情韵

唐代教坊曲。《花间集》有单调三体、双调一体。韦庄此调两词，格律全同，可见律极严。此调平韵中插入两仄韵，短句颇多，极富变化。宋人用此调者甚众，但通行四十四字体。

【又一体】 双调，四十四字。前段四句，三平韵；后段六句，三平韵。 仲 殊

涌金门外小瀛洲韵寒食更风流韵红船满湖歌吹句花外有高楼韵 晴日暖句淡烟浮韵恣嬉游韵三千粉黛句十二阑干句一片云头韵

宋僧仲殊此调五词，推为绝作。《唐宋诸贤绝妙词选》卷九："仲殊之词多矣，佳者固不少，而小令为最，小令之中，《诉衷情》一调又其最，盖篇篇奇丽，字字清婉，高处

不减唐人风致也。”此调前段多平仄字不拘者，后段三个三字句、三个四字句极不易处理，如仲殊的“闲院宇，小帘帏。晚初归。钟声已过，篆香才点，月到门时”，“宫树绿，晚烟斜。噪闲鸦。山光无尽，水风长在，满面杨花”，均造佳境。陆游此调两词，皆为言志与抒情结合之作，如其名篇：“当年万里觅封侯。匹马戍梁州。关河梦断何处？尘暗旧貂裘。　胡未灭，鬓先秋。泪空流。此生谁料，心在天山，身老沧州。”

【天仙子】 单调，三十四字，六句，五仄韵。　　皇甫松

踯躅花开红照水韵鹧鸪飞绕青山觜韵行人经岁始归来句千万里韵错相倚韵懊恼天仙应有以韵

唐代教坊曲。皇甫松两词中均有“天仙”，为创调之作。敦煌曲子词中已有双调。

【又一体】 双调，六十八字。前后段各六句，五仄韵。

敦煌曲子词

燕语莺啼三月半韵烟蘸柳条金线乱韵五陵原

上有仙娥句携歌扇韵香烂漫韵留住九华云一片韵

犀玉满头花满面韵负妾一双偷泪眼韵泪珠若得似珍珠句拈不散韵知何限韵串向红丝应百万韵

此词与《词谱》所录张先“醉笑相逢能几度”词格律完全相同。宋人用双调。此调可平可仄之字较多。张先名篇“水调数声持酒听”一首平仄韵混杂，不足为法。

【风流子】 单调，三十四字，八句，六仄韵。 孙光宪

楼倚长衢欲暮韵瞥见神仙伴侣韵微傅粉句拢梳头句隐映画帘开处韵无语韵无绪韵慢曳罗裙归去韵

唐代教坊曲。五代孙光宪三首，格律相同。宋人此调发展为长调，与单调者全异。

【长相思】 双调，三十六字。前后段各四句，三平韵，一叠韵。

冯延巳

红满枝韵绿满枝叠宿雨厌厌睡起迟韵闲庭花

影移韵　　忆归期韵数归期叠梦见虽多相见稀韵相逢知几时韵

调名出自《古诗十九首》："客从远方来，遗我一端绮。相去万余里，故人心尚尔。文彩双鸳鸯，裁为合欢被。著以长相思，缘以结不解。以胶投漆中，谁能别离此。"《长相思》为乐府旧题，南朝萧统、陈后主、徐陵、陆琼、江总等均有诗作。唐代为教坊曲，多抒写离别相思之情。此调由三、七、五句式组成，每句用韵，且前后段各有一叠韵，音节响亮，表情由热烈而渐趋和婉。此调自白居易之后皆沿其体。诸家所作均三十六字，句式亦同，但字声平仄略有变化。冯延巳词与白居易两首——"汴水流""深画眉"字声平仄相同，是为正体。欧阳修两词最能体现此调特点，如其一："深花枝。浅花枝。深浅花枝相并时。花枝难似伊。　玉如肌。柳如眉。爱著鹅黄金缕衣。啼妆更为谁。"

【相见欢】　双调，三十六字。前段三句，三平韵；后段四句，两仄韵，两平韵。

李　煜

林花谢了春红平韵太匆匆韵无奈朝来寒雨读晚来风韵　　胭脂泪仄韵留人醉韵几时重平韵自是人生

长恨读水长东韵

《南唐二主词》李煜此词及“无言独上西楼”一首均题作《乌夜啼》，但此调实为《相见欢》。薛昭蕴一首和冯延巳一首均为《相见欢》，与李词格律完全相同。李煜另有四十七字体之《乌夜啼》。此调又名《西楼子》《上西楼》《忆真妃》，为唐代教坊曲。此调每句用韵，后段与前段句式略异。词体凡前后段句式格律相同者为重头曲，后段起句即相异者为过变曲。此调后段第一、二句换仄韵，自第三句又为平韵之本部韵。前后段两结句为九字句，须语气连贯。此调声韵极富变化，音节响亮，而又流畅优美，音乐性很强。薛昭蕴与冯延巳词均写闺情，语意轻快。李煜两词则抒写沉痛之情，最能体现此调声情特点。南宋朱敦儒七首，多抒写感时伤世之情，如：“金陵城上西楼。倚清秋。万里夕阳垂地、大江流。　　中原乱。簪缨散。几时收。试倩悲风吹泪、过扬州。”

【何满子】　单调，三十七字，六句，三平韵。　　　孙光宪

冠剑不随君去句江河还共恩深韵歌袖半遮眉黛惨句泪珠旋滴衣襟韵惆怅云愁雨怨句断魂何处

相寻韵

中亚撒马尔罕西北六十英里有何国，又名屈霜你迦国，隋唐时期其音乐传入中国。唐代何国在长安的歌者有何勘与何满子。《何满子》为中亚何国乐曲。唐代诗人元稹《张南湖座为唐有熊作》："何满能歌能宛转，天宝年中世称罕。婴刑系在囹圄间，下调哀音歌愤懑。梨园子弟奏玄宗，一唱承恩羁网缓。便将何满为曲名，御谱亲题乐府纂。"白居易《何满子》诗云："世传满子是人名，临就刑时曲始成。一曲四调歌八叠，从头便是断肠声。"自注云："沧州有歌者何满子，临刑进此曲以赎死，上竟不免。"此为唐代教坊曲，其词既有声诗，亦有长短句。《花间集》有单调和双调各两体。此体以六字句为主；三个用韵之句实为平平仄仄平平式。此调音节沉缓简单，宋人用双调，即将单调叠用。

【又一体】 双调，七十四字。前后段各六句，三平韵。 杜安世

柳嫩不禁摇动句梅残尽任飘零韵雨余天气来深院句向阳纤草重青韵寂寞小桃初绽句两三枝上红英韵　又见云中归雁句嗈嗈断续和鸣韵年年依旧无情绪句镇长冷落银屏韵不语闲寻往事句微

风频动帘旌韵

【生查子】 双调，四十字。前后段各四句，两仄韵。 朱淑真

年年玉镜台句梅蕊宫妆困韵今岁未还家句怕见江南信韵　酒从别后疏句泪向愁中尽韵遥想楚云深句人远天涯近韵

唐代教坊曲。朱淑真此词为世传大曲十首之一，属大石调，或误作李清照与朱敦儒词。中国隋唐燕乐依十二律高下的次序，定七音为乐律之本。十二律与七音旋转相交得八十四调。其中以宫声为主的调式称宫，其余各声为主的调式称调，合称为宫调。宫调在唐代实用二十八调，宋代用十九调。宫调是包含音高、调式和结声的一个概念，由音阶与律吕相配而成。唐宋词调中有部分存在宫调的线索。此词与晚唐韩偓词格律相同，为此调常用之体，词中多可平可仄之字，宋人用者较多。此调五言八句，但凡用韵之四句俱为仄仄平平仄，故其声律迥异于诗体。五代魏承班此调每句第二字用仄声："烟雨晚晴天，零落花无语。难话此时心，梁燕双来去。　琴韵对薰风，有恨和琴抚。肠断断弦频，泪滴黄金缕。"这样最能体现此调特色。辛弃疾十首，用以

写景、酬赠和言志。其《题京口郡治尘表亭》："悠悠万世功，矻矻当年苦。鱼自入深渊，人自居平土。　红日又西沉，白浪长东去。不是望金山，我自思量禹。"此词风格刚健，与五代词风相异。此调形式近于诗体，力求婉约而与诗别趣；后段第一、二句以成对偶为佳。

【醉公子】 双调，四十字。前后段各四句，两仄韵，两平韵。

顾　敻

漠漠秋云澹仄韵红藕香侵槛韵枕倚小山屏平韵金铺向晚扃韵　睡起横波慢换仄韵独望情何限韵衰柳数声蝉换平韵魂消似去年韵

南宋中期陈模在《怀古录》卷中录有唐无名氏咏醉公子辞："门外猧儿吠，知是萧郎至。刬袜下香阶，冤家今夜醉。扶得入罗帷，不肯解罗衣。醉则从他醉，还胜独睡时。"陈氏云："前辈谓此可以悟得诗法。"此是声诗。《醉公子》为唐代教坊曲，五代薛昭蕴、顾敻之作皆四换韵，故又名《四换头》。宋人罕有用此调者。此调五言八句，用仄韵四句实为仄仄平平仄之律句；又四次换韵，仄韵与平韵相间，故形成特殊声韵，迥异于诗体。此调因频频换韵，词意以富于转折为佳。

【昭君怨】 双调，四十字。前后段各四句，两仄韵，两平韵。

苏　轼

谁作桓伊三弄仄韵惊破绿窗幽梦韵新月与愁烟平韵满江天韵　欲去又还不去换仄韵明日落花飞絮韵飞絮送行舟换平韵水东流韵

此为创调之作。王昭君，汉南郡秭归人，名嫱。汉元帝宫人。竟宁元年（前33），匈奴呼韩邪单于入朝，求美人为阏氏，帝予昭君以结和亲。此曲为北宋民间新声，用为词调。此调以六字句为主，前后段各有一个五字句与三字句，而且四换韵，故声情颇富变化而不凝涩。此体为宋人通用之体，抒写清旷之情，南宋朱敦儒用以悼亡，其词云："胧月黄昏亭榭。池上秋千初架。燕子说春寒。杏花残。　泪断愁肠难断。往事总成幽怨。幽怨几时休。泪还流。"此又表达深沉婉约之情。

【女冠子】 双调，四十一字。前段五句，两仄韵，两平韵；后段四句，两平韵。

韦　庄

四月十七仄韵正是去年今日韵别君时平韵忍泪佯低面句含羞半敛眉韵　不知魂已断句空有梦相随韵除却天边月句没人知韵

唐代教坊曲，出自道家乐曲。女冠，即女道士。《唐六典》卷三《户部尚书》：“凡道士给田三十亩。女冠二十亩，僧尼亦如之。”亦称“女黄冠”，北宋宣和元年（1119）改称“女道”。温庭筠两词咏女子入道事为创调之作。鹿虔扆词亦咏女道士：“步虚坛上。绛节霓旌相向，引真仙。玉佩摇蟾影，金炉袅麝烟。　露浓霜简湿，风紧羽衣偏。欲留难得住，却归天。”唐代皇室及贵族之女有入道者，入道之后生活较为自由，故唐代诗人每有与道女相恋的。晚唐五代词人用此调咏道女之美，韦庄始用以抒写恋情。此调前段第一、二句，用仄韵，自第三句以后转平韵。前段第四、五句与后段第一、二句为仄起式五言绝句，但词分段，配以仄韵及四字、六字、三字句而使此调声韵及句式富于变化，音节流美而又平缓，适于抒写含蓄之情意。宋人此调为长调，乃另据音谱，与此迥异。

【点绛唇】　双调，四十一字。前段四句，三仄韵；后段五

句，四仄韵。　　汪　藻

新月娟娟句夜寒江静山衔斗韵起来搔首韵梅影横窗瘦韵　好个霜天句闲却传杯手韵君知否韵乱鸦啼后韵归兴浓于酒韵

调名用南朝江淹《咏美人春游诗》：“江南二月春，东风转绿蘋。不知谁家子，看花桃李津。白雪凝琼貌，明珠点绛唇。行人咸息驾，争拟洛川神。”此调冯延巳一首为创调之作，其他唐五代词人不用此调。宋人用此调者极多，汪词与冯词格律相同，为宋人通用之体。汪词是名篇，南宋初年黄公度和作序云：“汪藻彦章出守泉南，移知宣城，内不自得，乃赋词云……公时在泉南签幕，依韵作此送之。”或传此词为苏过作，乃误。此调九句，七句用韵，用仄韵，韵密；主要句式为四个四字句，此外三个五字句，一个七字句，一个三字句：这样构成此调平缓凝重，适于表达苦涩情绪。苏轼五首用以酬赠、写景和节令，表情亦苦涩，如“筝声远。鬓云吹乱。愁入参差雁”，“山无数。乱红如雨。不记来时路”。

【归国遥】　双调，四十三字，前后段各四句，四仄韵。　韦　庄

金翡翠韵为我南飞传我意韵罨画桥边春水韵几年花下醉韵　别后只知相愧韵泪珠难远寄韵罗幕绣帏鸳被韵旧欢如梦里韵

唐代教坊曲。韦庄两首格律相同。创调之作为温庭筠两词，首句均为二字句，比韦词少一字，其余格律相同。宋人作此调者甚少，但与韦词格律一致。此调韵密，每句用韵，换头曲，由三、五、六、七字句式组成，表达深沉、强烈而又压抑之情。韦词两首最能体现此调特点。

【浣溪沙】 双调，四十二字。前段三句，三平韵；后段三句，两平韵。

晏　殊

一曲新词酒一杯韵去年天气旧亭台韵夕阳西下几时回韵　无可奈何花落去句似曾相识燕归来韵小园香径独徘徊韵

唐代教坊曲。敦煌《云谣集杂曲子》二首原题作《涣沙溪》，“涣沙”为浣纱之误。《词律》卷三：“按调名‘沙，字与《浪淘沙》不同，义应作‘纱’，或又作《浣纱溪》，则尤应为‘纱’。”浣纱溪为若耶溪之别名，在浙江绍兴南若耶山下。《方舆胜览》卷六：“浣纱石在诸暨南五里苎萝山下，相传云西施浣纱处。”诸暨属绍兴，词调原为江南民间乐曲。《词谱》共列六体，晏殊此词为正体。此调七言六句，分前后段。其中五句用韵，音节响亮；又其中四句均为平平仄仄仄平平句式，故有重复回环的艺术效果，格律迥异于唐人律诗。此调风格婉约，区别于诗体。清人王士禛在《花草蒙拾》里谈到诗、词、曲的分界，即以“无可奈何花落去，似曾相识燕归来”为例，以之区别于诗与曲。因此，不能以诗法作此调。后段第一、二句可以不对偶，如韦庄的“暗想玉容知何似，一枝春雪冻梅花”，张泌的“云雨自从分散后，人间无处到仙家”。然而“花间词人”已开始用对偶，如薛昭蕴的“意满如同春水满，情深还似酒杯深”，顾敻的“宝帐玉炉残麝冷，罗衣金缕暗尘生”，孙光宪的“目送征鸿飞杳杳，思随流水去茫茫”。宋以来此二句多用对偶。苏轼用此调作四十五首以言志、写景、叙事，风格旷达，又使此调具有新的特色。

【又一体】 双调，四十八字。前段四句，三平韵；后段四句，两平韵。

李　璟

菡萏香消翠叶残韵西风愁起绿波间韵还与韶光共憔悴句不堪看韵　细雨梦回鸡塞远句小楼吹彻玉笙寒韵多少泪珠何限恨句倚阑干韵

此体以《浣溪沙》两七字结句，破为两十字，故又称《摊破浣溪沙》，又另名《山花子》。《南唐二主词》李璟此体两首，皆未标“摊破”，兹作别体。

【菩萨蛮】　双调，四十四字。前后段各四句，两仄韵，两平韵。

温庭筠

小山重叠金明灭仄韵鬓云欲度香腮雪韵懒起画蛾眉平韵弄妆梳洗迟韵　照花前后镜换仄韵花面交相映韵新贴绣罗襦换平韵双双金鹧鸪韵

唐代教坊曲，中吕宫。中亚女国乐曲，唐代传入中国。唐人苏鹗《杜阳杂编》卷下：“大和初（847），女蛮国贡双龙犀，有二龙，鳞鬣爪角悉备；明霞锦，云炼水香麻以为之也，光耀芬馥着人，五色相间，而美丽于中国之锦。其国人危髻金冠，璎珞被体，故谓之菩萨蛮。当时倡优遂制《菩萨蛮》曲，文士亦往往声其词。”女国是接受佛教文化的，其进献中国之舞伎的妆饰宛如女菩萨。此曲在盛唐时已流行，敦煌曲子词存十六首，其中多言志之作，风格豪放，如：“敦煌自古出神将，感得诸蕃遥钦仰。效节望龙庭，麟台早有名。　只恨隔蕃部，情恳难申吐。早晚灭狼烟，一齐拜圣颜。”李煜一首抒发悲伤之情：“人生愁恨何能免，销魂独我情何限。故国梦重归，觉来双泪垂。　高楼谁与上，长记秋晴望。往事已成空，还如一梦中。”唐宋人用此调者极多，其适应之题材亦广。此调以五言句为主，配合两个七字句，每句用韵，每两句换韵，仄韵与平韵相间；故句式不复杂却又形成富于变化的声韵。

【采桑子】　双调，四十四字，前后段各四句，三平韵。　晏　殊

时光只解催人老句不信多情韵长恨离亭韵泪滴春衫酒易醒韵　梧桐昨夜西风急句淡月胧明韵好梦频惊韵何处高楼雁一声韵

唐代教坊曲有《杨下采桑》，调名本此；又名《丑奴儿》《罗敷媚》。汉代乐府诗《陌上桑》：“秦氏有好女，自名为罗敷。罗敷喜蚕桑，采桑城南隅。”此曲应是乐府旧曲《采桑》而入燕乐者。晚唐和凝词为创调之作。冯延巳词

十三首，皆抒写春愁与离情。宋人用此调者甚众，晏殊此词为宋词名篇。欧阳修晚年用此调作咏颍州西湖词十首，描写西湖风景。他又赠老友用此调：“十年前是尊前客，月白风清。忧患凋零。老去光阴速可惊。　　鬓华虽改心无改，试把金觥。旧曲重听。犹似当年醉里声。”这使此调风格趋于刚健。辛弃疾八首调名为《丑奴儿》，前后段各两个四字句俱为叠句，如：“少年不识愁滋味，爱上层楼。爱上层楼。为赋新词强说愁。　　而今识尽愁滋味，欲说还休。欲说还休。却道天凉好个秋。”此调由四个七字句和四个四字句组成，前后段相同，每段四字句处于七字句之间，使词气和缓；用韵甚密，而又使音节浏亮。此调宜于抒情与写景，既可表现婉约风格，又可表现旷达与刚健的风格。

【后庭花】　双调，四十四字，前后段各四句，四仄韵。　毛熙震

莺啼燕语芳菲节韵瑞庭花发韵昔时欢宴歌声揭韵管弦清越韵　　自从陵谷追游歇韵画梁尘黦韵伤心一片如珪月韵闲锁宫阙韵

唐代教坊曲，又名《玉树后庭花》。《隋书·乐志》：“陈后主于清乐中造《黄骊留》及《玉树后庭花》《金钗两

鬟垂》等曲。与幸臣等制其歌词，极于轻荡。男女唱和，其音甚哀。”陈后主叔宝《玉树后庭花》：“丽宇芳林对高阁，新妆艳质本倾城。映户凝娇乍不进，出帷含态笑相迎。妖姬脸似花含露，玉树流光照后庭。”此曲为乐府清商曲，五代以来用为词调，创调者为毛熙震。毛氏此词为怀古之作，其余两首写闺情。《词谱》录四体，此为正体。此调由七字与四字句句式相间构成，音节与语势均平缓。其写怀古者多感伤之情，其写闺情者侧重于描绘。陈后主所作，曾配以乐曲，其音哀伤；此调应亦有哀伤之特点。

【减字木兰花】 双调，四十四字，前后段各四句，两仄韵，两平韵。

魏夫人

西楼明月仄韵掩映梨花千树雪韵楼上人归平韵愁听孤城一雁飞韵　玉人何处换仄韵又见江南春色暮韵芳信难寻换平韵去后桃花流水深韵

韦庄《木兰花》：“独上小楼春欲暮。愁望玉关芳草路。消息断，不逢人，却敛细眉归绣户。　坐看落花空叹息。罗袂湿斑红泪滴。千山万水不曾行，魂梦欲教何处觅。”此为创调之作，为五十五字体，用仄声韵，后段换韵。宋人将七言八句仄韵之《玉楼春》误作《木兰花》，其第一、三、五、七句，每句减三字，成为四字句，于是创为《减字木兰花》，创调之作为柳永词，属仙吕调。欧阳修五首多写花间尊前情趣。苏轼十九首，题材广泛，有写景、酬赠、咏物、游戏、节序等作。南宋沈瀛四十八首，多谈人生感悟之哲理，如论“贪”“嗔”“痴”“成败”“荣辱”“好恶”“迟速”等，并为劝酒之词。辛弃疾三首，其第一、二首为放旷闲适之作，其第三首《长沙道中壁上有妇人题字，若有恨者，用其意为赋》：“盈盈泪眼。往日青楼天样远。秋月春花。输与寻常姊妹家。　水村山驿。日暮行云无气力。锦字偷裁。立尽西风雁不来。”此词甚佳。此调由四字句与七字句相间组成，每句用韵，仄韵与平韵交互，每两句为一意群，词意转折，适于各种题材，故宋人用此调者极多。

【卜算子】 双调，四十四字，前后段各四句，两仄韵。　苏　轼

缺月挂疏桐句漏断人初静韵谁见幽人独往来句缥缈孤鸿影韵　惊起却回头句有恨无人省韵拣尽寒枝不肯栖句寂寞沙洲冷韵

唐初诗人骆宾王作诗好以数为对，如其《帝京篇》之“山河千里国，城阙九重门”、“秦塞重关一百二，汉家离宫三十六”、“且论三万六千是，宁知四十九年非”。人们称他为“算博士”或“卜算子”，调名本此。此调之始词是北宋初年张先之作；作者甚众，但以苏轼此体为通用之体。陆游咏梅之作为名篇：“驿外断桥边，寂寞开无主。已是黄昏独自愁，更著风和雨。　　无意苦争春，一任群芳妒。零落成泥碾作尘，只有香如故。”南宋官妓严蕊之作在民间流传很广，其词云：“不是爱风尘，似被前缘误。花落花开自有时，总赖东君主。　　去也终须去，住也如何住。若得山花插满头，莫问奴归处。”此两词皆意脉贯串，流美含蓄，甚能体现此调平和婉转的特点。辛弃疾十三首善为词论，风格恣律，如其名篇：“一以我为牛，一以我为马。人与之名受不辞，善学庄周者。　　江海任虚舟，风雨从飘瓦。醉者乘车坠不伤，全得于天也。”这使此调具另一风格。此调可平可仄之处较多，宜于初学。此调之八十九字者为中调，或称《卜算子慢》，与此小令者全异。

【谒金门】　双调，四十五字，前后段各四句，四仄韵。　韦　庄

空相忆韵无计得传消息韵天上嫦娥人不识韵

寄书何处觅韵　新睡觉来无力韵不忍把伊书迹韵满院落花春寂寂韵断肠芳草碧韵

金门，为金马门之省称。汉武帝得大宛马，乃命京东门以铜铸像，立马于鲁班门外，因称金马门。后世沿用为官署的代称。《谒金门》为唐代教坊曲，敦煌曲子词存四首，“开于阗”一首歌颂将帅武功，“常伏气”一首有“远谒金门朝帝美”当为创调之作。五代冯延巳三首，其中一首为传世名篇：“风乍起。吹皱一池春水。闲引鸳鸯香径里。手挼红杏蕊。　斗鸭阑干独倚。碧玉搔头斜坠。终日望君君不至。举头闻鹊喜。”此调用仄韵，每句用韵，因有三个六字句，使此调表情压抑，悲咽；韦庄此词最能体现调情特点，并为唐宋通用之体。

【酒泉子】　双调，四十五字。前段四句，两平韵；后段四句，三平韵。

晏　殊

春色初来句遍折红芳千万树句流莺粉蝶斗翻飞韵恋香枝韵　劝君莫惜缕金衣韵把酒看花须强饮句明朝后日渐离披韵惜芳时韵

唐代教坊曲。酒泉，郡名，汉置，以城有金泉，味如酒。相传汉武帝嘉奖将军霍去病在河西战役的功绩，特遣使赐赏美酒。霍去病将酒倒入泉内，同将士共饮，于是人们称此泉为酒泉。此调《词谱》列二十二体，均为双调，自四十字至四十五字，句式大同小异，而用韵却多变化。敦煌曲子词三首，写边塞及战事，风格豪放。“花间词人”多用以写景和抒情。晏殊此体与司空图词相同，宋人多用之，当为通用之体。此体前段韵稀，后段组织与前段异，且韵位特殊，但前后段均为三字结句，结构富于变化而精巧，表情曲折含蓄。

【好事近】 双调，四十五字，前后段各四句，两仄韵。 秦 观

春路雨添花句花动一山春色韵行到小溪深处句有黄鹂千百韵　　飞云当面化龙蛇句天矫转空碧韵醉卧古藤阴下句了不知南北韵

此调为北宋新声，始词为张先二首，乃唱和之作。朱敦儒十四首写景、闲适及渔父词。辛弃疾四首皆为酬赠之作。此调虽用仄韵，但各家多用入声韵；调势平稳，音节低沉，适应范围较广。秦观词为此调名篇，其体为通用者。

【清平乐】 双调，四十六字。前段四句，四仄韵，后段四句，三平韵。

李 煜

别来春半仄韵触目愁肠断韵砌下落梅如雪乱韵拂了一身还满韵 雁来音信无凭平韵路遥归梦难成韵离恨恰如春草句更行更远还生韵

唐代教坊曲。王灼《碧鸡漫志》卷五："此曲在越调，唐至今盛行。今世又有黄钟宫、黄钟商两音者。"唐代李白《清平调》三首为声诗，与《清平乐》异体，亦非同一乐曲。此调前段用仄韵，后段用平韵，以六字句为主，音节很平缓，可平可仄之处较多，唐宋词人用者甚多。韦庄四首写闺情与离情。晏几道十八首皆写儿女之情，如："沉思暗记。几许无凭事。菊靥开残秋少味。闲却画阑风意。梦云归处难寻。微凉暗入香襟。犹恨那回庭院，依前月浅灯深。"辛弃疾十五首有写景、言志、酬赠、祝寿、咏物等作。此调适应之题材广泛。南宋女词人孙道绚吟雪词将此调表现得最流美婉约："悠悠飏飏。做尽轻模样。半夜萧萧窗外响。多在梅边竹上。 朱楼向晓帘开。六花片片飞来。无奈熏炉烟雾，腾腾扶上金钗。"此词是宋词名篇。

【忆秦娥】 双调，四十六字，前后段各五句，三仄韵，一叠韵。

李 白

箫声咽韵秦娥梦断秦楼月韵秦楼月叠年年柳色句灞陵伤别韵 乐游原上清秋节韵咸阳古道音尘绝韵音尘绝叠西风残照句汉家陵阙韵

此为创调之作，词有“秦娥梦断秦楼月”因名，又名《秦楼月》。此词不见于李白集，亦不见于《花间集》和《尊前集》，为北宋时民间所传，拟托为李白之词。南宋初年邵博《邵氏闻见后录》卷十九纪录此词后云：“予尝秋日饯客咸阳宝钗楼上，汉诸陵在晚照中，有歌此词者，一座凄然而罢。”北宋后期李之仪有《忆秦娥·用太白韵》，可见此词流传已早。五代冯延巳用此调作词一首，句式略异。此调“秦楼月”与“音尘绝”是重叠上句三字，乃最显著特点，甚不易处理。此调宋人多用入声韵，有凄然之意，但前后段各两结句俱为四字句又使情调归于平稳，故其题材适应范围广泛，但仍以怀古与抒情为主。南宋初年康与之词为此调名篇，词云：“春寂寞。长安古道东风恶。东风恶。胭脂满地，杏花零落。 臂销不奈黄金约。天寒犹怯春衫薄。春衫薄。不禁珠泪，为君弹却。”

【又一体】 双调，四十六字，前后段各五句，三平韵，一叠韵。

郑文妻

花深深韵一钩罗袜行花阴韵行花阴叠闲将柳带句细结同心韵　日边消息空沉沉韵画眉楼上愁登临韵愁登临叠海棠开后句望到如今韵

此体始于北宋词人贺铸，用平韵；郑文妻此词为名篇。元人李有《古杭杂记》：“（宋）太学服膺斋上舍郑文，秀州人，其妻寄以《忆秦娥》云……此词为同舍见者传播，酒楼妓馆皆歌之。”郑文妻孙氏，《草堂诗余》收此词误为孙夫人（道绚）。此体用平韵，表情与用仄韵者颇异。

【更漏子】 双调，四十六字。前段六句，两仄韵，两平韵；后段六句，三仄韵，两平韵。

温庭筠

玉炉香句红蜡泪仄韵偏照画堂秋思韵眉翠薄句鬓云残平韵夜长衾枕寒韵　梧桐树换仄韵三更雨韵不道离情正苦韵一叶叶句一声声换平韵空阶滴到明韵

此为创调之作。古时视刻漏以报更，故称铜壶刻漏为更漏，亦常用以指夜晚的时间。唐人许浑《韶州驿楼宴罢》：“主人不醉下楼去，月在南轩更漏长。”调名以此。晏殊四首写花间尊前情景，晏几道六首写闺情与离愁。无名氏一首是此调佳作：“解语花，断肠草。谙尽风流烦恼。欢会少，别离多。此情无奈何。　　帐前灯，窗间月。记得那年时节。绣被剩，画屏空。如今在梦中。”此词后段首句不入韵。此调前后段共八个三字句，音节较急促，而又频繁换韵，仄韵与平韵交互，故曲折而富于变化。唐宋词人多用以写景和抒情。

【巫山一段云】　双调，四十六字。前段四句，三平韵；后段四句，两仄韵，两平韵。

李　晔

蝶舞梨园雪句莺啼柳带烟平韵小池残日艳阳天韵苎萝山又山韵　　青鸟不来愁绝仄韵忍看鸳鸯双结韵春风一等少年心换平韵闲情恨不禁韵

乐府旧题有《巫山高》，唐人吴兢《乐府古题要解》卷上：“其词大略言江淮水深，无梁可度，临水远望，思归而已。若齐王融‘想象巫山高’、梁范云‘巫山高不极’，杂以阳台神女之事，无复远望思归之意也。”《巫山一段云》当为南朝旧曲而入燕乐者，属唐代教坊曲，宫调为双调。唐昭宗李晔两首，其另一首即咏巫山神女事，为创调之作。欧阳炯一首咏道家仙女。李珣两首叙写巫山神女及舟行巫峡之感慨。柳永五首与此体相同，皆叙写武夷山神仙传说故事。此调后段换仄韵，再换平韵，用韵富于变化，但调势平稳。《词谱》列三体，此为正体。

【喜迁莺】 双调，四十七字。前段五句，四平韵；后段五句，两仄韵，两平韵。

夏竦

霞散绮句月沉钩平韵帘卷未央楼韵夜凉河汉截天流韵宫阙锁清秋韵　　瑶阶曙句金盘露仄韵凤髓香和烟雾韵三千珠翠拥宸游换平韵水殿按凉州韵

《诗经·小雅·伐木》：“伐木丁丁，鸟鸣嘤嘤。出自幽谷，迁于乔木。”嘤为鸟鸣之声。自唐代以来，常以嘤鸣出谷之鸟为黄莺，以莺迁为擢升或迁居之颂词。唐代白居易《东都冬日会诸同年宴郑家林亭》：“桂折应同树，莺迁各异年。”韦庄的创调之作：“街鼓动，禁城开。天上探人回。凤衔金榜出云来。平地一声雷。　　莺已迁，龙已化。一夜满城车马。家家楼上簇神仙。争看鹤冲天。”这是歌颂士人进士及第之作，与夏竦词格律相同，为此调之正体。薛昭蕴两首亦是赞颂进士及第之作，如其一有云：“杏园欢宴曲江滨。自此占芳辰。”晏殊五首与此体同，其中三首皆为祝皇帝之寿词。五代及北宋词人多用此调以为祝颂。夏竦此词为宋词名篇，宋人吴处厚《青箱杂记》卷五：“景德中，夏公初授馆职，时方早秋，上夕宴后庭，酒酣，遽命中使指公索新词。公问：‘上在甚处？’中使曰：‘在拱宸殿按舞。’公即抒思，立进《喜迁莺》词。”晏殊一首抒情之作，亦为宋词名篇：“花不尽，柳无穷。应与我情同。觥船一棹百分空。何处不相逢。　　朱弦悄，知音少。天若有情应老。劝君看取利名场。今古梦茫茫。”此调后段第一句可用韵，如夏词之“瑶阶曙”用仄韵，但韦庄此句，及晏殊有两词之此句皆不用韵，故此句用韵亦可，不用韵亦可。自北宋中期蔡挺开始用长调，《词谱》列有长调十一体，但其格律与此调之小令全异，当是根据北宋之新音谱倚声而制者。

【阮郎归】　双调，四十七字。前段四句，四平韵；后段五句，四平韵。

李　煜

东风吹水日衔山韵春来长是闲韵落花狼藉酒阑珊韵笙歌醉梦间韵　　春睡觉句晚妆残韵凭谁整翠鬟韵留连光景惜朱颜韵黄昏人倚阑韵

阮郎，指阮肇。相传东汉永平年间，浙江剡县人刘晨和阮肇到天台山采药迷路，遇到两个仙女，被邀至家中。半年后回家，子孙已过七代。他们重入天台寻访仙女，踪迹已杳。事见《太平广记》卷六十一。此调创调之作为李煜词，但此词或传为冯延巳、晏殊、欧阳修作。此调又名《醉桃源》《碧桃春》。晏几道五首，其中一首写重阳感怀，为宋词名篇："天边金掌露成霜。云随雁字长。绿杯红袖趁重阳。人情似故乡。　　兰佩紫，菊簪黄。殷勤理旧狂。欲将沉醉换悲凉。清歌莫断肠。"秦观四首，其一抒写旅愁："湘天风雨破寒初。深沉庭院虚。丽谯吹罢小《单于》。迢迢清夜徂。

乡梦断，旅魂孤。峥嵘岁又除。衡阳犹有雁传书。郴阳和雁无。"宋人用此调者甚众。此调韵密，但音韵平和。

【画堂春】 双调，四十七字。前段四句，四平韵；后段四句，三平韵。

秦　观

落红铺径水平池韵弄晴小雨霏霏韵杏园憔悴

杜鹃啼韵无奈春归韵　柳外画楼独上句凭阑手捻花枝韵放花无语对斜晖韵此恨谁知韵

画堂，堂名，在汉代未央宫中，因有画饰故称，亦泛称有画饰的厅堂。南朝梁简文帝《饯庐陵内史王脩应令》：“回池泻飞栋，浓云垂画堂。”此调为北宋新声，张先之词为创调之作。宋人多用以写景，或因景生情。卢祖皋词：“柳塘风紧絮交飞。漾花一水平池。暖香飘径日迟迟。何处酴醾。　蝴蝶梦中寒浅，杜鹃声里春归。镜容不似旧家时。羞对清溪。”词中后段两个六字句为对偶，卢词其余两首亦对偶：“云羽未回征雁，镜花空舞双鸾”，“夜雨可无归梦，晓风何处征鞍”。此调虽然韵密，但有三个六字句，而且前后段结句均为四字句，故调势平稳和谐。

【乌夜啼】　双调，四十八字，前后段各四句，两平韵。　赵令畤

楼上萦帘弱絮句墙头碍月低花韵年年春事关心事句肠断欲栖鸦韵　舞镜鸾衾翠减句啼珠凤蜡红斜韵重门不锁相思梦句随意绕天涯韵

唐代教坊曲，本乐府清商曲而入燕乐者。《乐府古题

要解》卷上："宋临""王义庆造也。宋元嘉中，徙彭城王义康于豫章郡。义庆时为江州，相见而哭。文帝闻而怪之，征还宅。义庆大惧，妓妾闻乌夜啼，叩斋阁云：'明日应有赦。'及旦，改南兖州刺史，因此作歌。故其和云：'笼窗窗不开，夜夜望郎来。'"此调在唐五代有声诗和长短句两种歌词。始词为李煜四十七字体，首句少一字，但李煜另有首词实为《相见欢》而误题《乌夜啼》，以致宋人沿误者不少。此调又名《锦堂春》宋人李石三首抒写春愁，程垓三首抒写伤春与悲秋情绪。此调前后段相同，为重头曲，由四个六字句，两个七字句和两个五字句组成，音节平缓低沉，适于抒写抑郁之情。

【秋蕊香】 双调，四十八字，前后段各四句，四仄韵。 晏 殊

梅蕊雪残香瘦韵罗幕轻寒微透韵多情只似春杨柳韵占断可怜时候韵

萧娘劝我杯中酒韵翻红袖韵金乌玉兔长飞走韵争得朱颜依旧韵

北宋新声，晏殊词为创调之作。南宋赵以夫九十七字体者为长调，与此体迥异，音谱亦不同。柳永《秋蕊香引》与此调亦不同。宋人多以此调抒写怀旧感伤之情，如毛升词：

“荡暖花风满路。织翠柳阴和雾。曲池斗草旧游处。忆试春衫白苎。　　暗惊节意朱弦柱。送春去。晓来一阵扫花雨。惆怅蔷薇在否。”此调用仄声韵，每句用韵，其中四个六字句字声平仄全同，而且前后段两结句均为六字句，故音节凝涩低沉，表情抑郁。

【桃源忆故人】　双调，四十八字，前后段各四句，四仄韵。

秦　观

玉楼深锁薄情种韵清夜悠悠谁共韵羞见枕衾鸳凤韵闷则和衣拥韵　　无端画角严城动韵惊破一番新梦韵窗外月华霜重韵听彻梅花弄韵

北宋新声，又名《虞美人影》《醉桃源》《转声虞美人》。欧阳修两首为创调乏作，抒写离情别绪。苏轼一首写春愁：“华胥梦断人何处。听得莺啼红树。几点蔷薇香雨。寂寞闲庭户。　　暖风不解留花住。片片着人无数。楼上望春归去。芳草迷归路。”朱敦儒一首表达人生感慨：“谁能留得朱颜住。枉了百般辛苦。争似萧然无虑。任运随缘去。

人人放着逍遥路。只怕君心不悟。弹指百年今古。有甚成亏处。”词以说理，风格旷达，异于其他宋人之作。陆游五首，用以酬赠，感悟，写景；其《题华山图》则抒写悲壮沉郁之情：“中原当日三川震。关辅回头煨烬。泪尽两河征镇。日望中兴运。　　秋风霜满青青鬓。老却新丰英俊。云外华山千仞。依旧无人问。”此调用仄韵，每句用韵，前后段句式相同，为七六六五句式，两个相同平仄的偶句包孕在七字句与五字句之间，故调情虽然较低沉，却又较为流动。

【朝中措】 双调，四十八字。前段四句，三平韵；后段五句，两平韵。

欧阳修

平山阑槛倚晴空韵山色有无中韵手种堂前杨柳句别来几度春风韵　文章太守句挥毫万字句一饮千钟韵行乐直须年少句尊前看取衰翁韵

北宋新声，属黄钟宫。朝中，即朝廷，为帝王接受朝见和处理政事的地方，亦用作中央政府的代称。欧阳修词为创调之作。北宋嘉祐元年（1056），欧阳修任翰林学士朝散大夫尚书吏部郎中知制诰充使馆修撰，为送友人刘敞守扬州而作。欧公曾于庆历八年（1048）知扬州。《嘉靖维扬志》卷七：“平山堂在州城西北五里，大明寺侧，庆历八年欧阳修建；江南诸山，拱列簷下，若可攀取，因目之曰平山。”

此调为换头曲，前段流畅，后段稳重，声韵平和，宜于表达较严肃之主题。欧词风格豪健，为此调定势，并为通行之体；宋人作者甚众。李之仪一首颇有欧词风格："翰林豪放绝勾栏。风月感凋残。一旦荆溪仙子，笔头唤聚时间。锦袍如在，云山顿改，宛似当年。应笑溧阳衰尉，鲇鱼依旧悬竿。"朱敦儒十一首，大都为言志与闲适之作，风格旷达，其中一首为金陵怀古之作："登临何处自消忧。直北看扬州。朱雀桥边晚市，石头城下新秋。　昔人何在，悲凉故国，寂寞潮头。个是一场春梦，长江不住东流。"南宋后期赵孟坚《客中感春》一词抒情意味极浓，使此调又具疏快清新之风格，声韵亦极和谐："担头看尽百花春。春事只三分。不似莺莺燕燕，相将红杏芳园。　名缰易绊，征尘难浣，极目消魂。明日清明到也，柳条插向谁门。"宋人亦有用此调为寿词者。

【眼儿媚】　双调，四十八字。前段五句，三平韵；后段五句，两平韵。

阮　阅

楼上黄昏杏花寒韵斜月小阑干韵一双燕子句两行归雁句画角声残韵　绮窗人在东风里句洒泪对春闲韵也应似旧句盈盈秋水句淡淡春山韵

北宋中期新声，创调之词为阮阅之作。阮阅为元丰八年（1085）进士。《苕溪渔隐丛话》前集卷十一，记叙此词乃阮阅为钱塘幕官时曾眷恋一位营妓，罢官之后作词寄之。此词或误为左誉作，固为宋词名篇。此调为重头曲，每段由一个七字句、一个五字句、三个四字句组成，音节极为柔婉，宋人多用以写恋情。前后段各三个四字句，极难处理，须语意贯串，意象优美，富于诗情画意。宋徽宗赵佶于靖康二年（1127）被金兵俘获北去，怀念故都，以此调作词甚为凄婉："玉京曾忆昔繁华。万里帝王家。琼林玉殿，朝喧弦管，暮列笙琶。　　花城人去今萧索，春梦绕胡沙。家山何在，忍听羌笛，吹彻梅花。"无名氏一首亦为此调名篇："杨柳丝丝弄轻柔。烟缕织成愁。海棠未雨，梨花先雪，一半春休。　　而今往事难重省，归梦绕秦楼。相思只在，丁香枝上，豆蔻梢头。"此词误作王雱词。

【人月圆】　双调，四十八字。前段五句，两平韵；后段六句，两平韵。

王　诜

小桃枝上春来早句初试薄罗衣韵年年此夜句华灯竞处句人月圆时韵　禁街箫鼓句寒轻夜永句

纤手同携韵夜阑人静句千门笑语句声在帘帏韵

●○○　○　●　○○　●　●○○

此为创调之作，词中有“人月圆”因以为调名。此词为元夕词，南宋杨无咎两首亦是咏元夕之作。北宋末吴激使金被留。金人刘祁《归潜志》卷八：“国初宇文太学叔通主文盟时，吴深州彦高，视宇文为后进，宇文止呼为小吴。因会饮，酒间有一妇人，宋宗室子，流落，诸公感叹，皆作乐章一阕。宇文作《念奴娇》，有‘宗室家姬，陈王幼女，曾嫁钦慈族。干戈浩荡，事随天地翻覆’之语。次及彦高作《人月圆》词云：‘南朝千古伤心事，犹唱后庭花。旧时王谢，堂前燕子，飞向谁家。　　偶然相见，仙肌胜雪，云鬓堆鸦。江州司马，青衫泪湿。同是天涯。’”吴词悲伤感慨，广为流传，成为此调名篇，因词句有“青衫泪湿”，故调又名《青衫湿》。此调为换头曲，仅前段一个七字句与一个五字句外，其余九句均为四字句，音节甚有特点，而且自吴激词之后多用以抒写感旧之情。

【海棠春】　双调，四十八字。前段四句，三仄韵；后段五句，三仄韵。

无名氏

流莺窗外啼声巧韵睡未足读把人惊觉韵翠被

○○○●○○●　●●　○　●　●

晓寒轻句宝篆沉烟袅韵　　宿醒未解句双娥报道韵
别院笙歌会早韵试问海棠花句昨夜开多少韵

此词见南宋初年曾慥《乐府雅词拾遗》卷下，作无名氏词，明代《类编草堂诗余》误作秦观词。词中有“试问海棠花”句，因以为调名，当是北宋后期民间新声。《词律》于后段断句为“宿醒未解宫娥报韵道别院笙歌会早韵”，于是《词谱》沿误而将吴潜一词列为别体。吴潜《郊行》词云：“天涯芳草迷征路。还又是。匆匆春去。乌兔里光阴，莺燕边情绪。

云梢雾末，溪桥野渡。尽是春愁落处。把酒劝斜阳，小向花间住。”此词与无名氏词格律全同，是为一体。

【武陵春】　双调，四十八字，前后段各四句，三平韵。　晏几道

烟柳长堤知几曲句一曲一魂消韵秋水无情天共遥韵愁送木兰桡韵　　熏香绣被心情懒句期信转迢迢韵记得来时倚画桥韵红泪满鲛绡韵。

晋人陶渊明在《桃花源记》里叙述晋代太元中武陵郡渔人入桃花源，见到洞中居民及生活情景，宛如另一世界。故桃花源又称武陵源。唐人王维《桃源行》：“居人共住武陵

源，还从物外起田园。”此调因以为名，张先词为创调之作，属双调。此体为宋人所通用之正体。李清照一首为四十九字体，其后段结句将五字句改为六字句：“风住尘香花已尽，日晚倦梳头。物是人非事事休。欲语泪先流。　　闻说双溪春尚好，也拟泛轻舟。只恐双溪舴艋舟。载不动、许多愁。”此为宋词名篇，但此体用者极少。此调为重头曲，前后段相同，每段由七五七五句组成；音节较为流畅，因用平韵，韵位均匀，故调势又较为平稳。

【贺圣朝】　双调，四十九字，前段四句，三仄韵；后段五句，三仄韵。

叶清臣

满斟绿醑留君住韵莫匆匆归去韵三分春色二分愁句更一分风雨韵　　花开花谢句都来几许韵且高歌休诉韵不知来岁牡丹时句再相逢何处韵

唐代教坊曲。冯延巳词为创调之作：“金丝帐暖牙床稳。怀香方寸。轻颦轻笑，汗珠微透，柳沾花润。　　云鬟斜坠，春应未已，不胜娇困。半欹犀枕，乱缠珠被，转羞人问。”冯词为四十七字体，《词谱》列此调十一体，均大同小异。叶清臣此词之格律与马子严、赵师侠同。此调用仄韵，换头曲，句式变化较大，适于抒情，亦适于写景，偶有用于赠答者。欧阳炯《贺明朝》两首，与此调相异，为另一调。

【柳梢青】 双调，四十九字。前段六句，三平韵；后段五句，三平韵。

仲　殊

岸草平沙韵吴王故苑句柳袅烟斜韵雨后寒轻句风前香软句春在梨花韵　行人一棹天涯韵酒醒处读残阳乱鸦韵门外秋千句墙头红粉句深院谁家韵

北宋新声，因词有“柳袅烟斜”以为调名。此词为仲殊作，收入《唐宋诸贤绝妙词选》卷九。《类编草堂诗余》卷一误为秦观作。此调前段六句全为四字句，后段第一句为六字句，第二句为上三下四之七字句，余为四个四字句。全调以四字句为主要句式，九个四子句中有六个均为“仄仄平平”式。由于韵位的巧妙安排使此调之音节有和婉、响亮、流美的特点。每段结尾三个四字句平仄相对而又重叠，意象优美，语意排比连贯，最能体现此调声情特点。仲殊词题为《吴中》，乃写景之作，极为含蓄，轻快优雅，是为宋词名篇。此调可用仄韵。

【又一体】 双调，四十九字。前段六句，三仄韵；后段五句，两仄韵。 蔡 伸

数声鶗鴂韵可怜又是句春归时节韵满院东风句海棠铺绣句梨花飘雪韵 丁香露泣残枝句算未比读愁肠寸结韵自是休文句多情多感句不干风月韵

此体仄韵，字声平仄亦有异。蔡伸此词亦宋词名篇，或误为贺铸词。蔡伸三首均为仄韵体。宋人王明清《投辖录》记有一首鬼词，用仄韵体，平仄与句式略有异，但词意极美而感情凄凉，当是民间之作。王明清记："已未岁，虏人入我河南故地，大将张中孚、中彦兄弟，自陕右来朝行在所，道出洛阳建昌宫故基之侧，与二三将士张烛夜饮于邮亭。忽有妇人衣服奇古而姿色绝妙，执役来歌于尊前曰：'晓星明灭。白露点，秋风落叶。故址颓垣，荒烟衰草，溪前宫阙。 长安道上行客。念依旧、名深利切。改变容颜，销磨今古，陇头残月。'中孚兄弟大惊异，诘其所自，不应而去。"辛弃疾用平韵三首，风格豪放，如其《三山归途代白鸥见嘲》："白鸟相迎，相怜相笑，满面尘埃。华发苍颜，去时曾劝，闻早归来。 而今岂是高怀。为千里、莼羹计哉。好把移文，从今日日，读取千回。"此调宋人用者甚

众，虽然题材亦广泛，但仍以风格清新婉约，用于写景与抒情为主。

【应天长】 双调，五十字。前后段各五句，四仄韵。 韦 庄

别来半岁音书绝韵一寸离肠千万结韵难相见句易相别韵又是玉楼花似雪韵 暗相思句无处说韵惆怅夜来烟月韵想得此时情切韵泪沾红袖黦韵

韦庄两词均写离情，为创调之作。此调韵密，仅前后段各一个三字句不用韵，且用仄韵，亦有用入声韵者。此调以七字句和三字句为主，但后段有两个六字句，又以五字句为结，故前段表情激切奔放，后段则收敛压抑，可见表情较富于变化而复杂。其他五代词人诸作均以写离情为主。冯延巳五词，均为四十九字体。即将后段两个三字句合为五字句，如其："当时心事偷相许。宴罢兰堂肠断处。挑银灯，扃朱户。绣被微寒值秋雨。 枕前和泪语。惊觉玉笼鹦鹉。一夜万般情绪。朦胧天欲曙。"此调或称《应天长令》，以别于宋人长调。宋人长调或称《应天长慢》，当是另据音谱而制，格律与小令全异。宋人用此体作小令者极少。许棐一首与五十字体同。毛幵一首名《应天长

令》，与冯词四十九字体同。

【**烛影摇红**】　双调，五十字。前段五句，两仄韵；后段五句，三仄韵。

王　诜

烛影摇红句向夜阑句乍酒醒读心情懒韵尊前谁为唱阳关句离恨天涯远韵　　无奈云沉雨散韵凭阑干读东风泪眼韵海棠开后句燕子来时句黄昏庭院韵

北宋中期王诜此词原调名为《忆故人》，吴曾《能改斋漫录》卷十七云："徽宗喜其词意，犹以不丰容宛转为恨，遂令大晟府别撰腔。周美成增损其词，而以首句为名，谓之《烛影摇红》。"王诜此体格律极严，《词律》与《词谱》所标注字声平仄，一字不易，必须照填。毛滂《烛影摇红》三首即在王诜词基础上句式略变而改调名，如其《归去曲》："鬓绿飘萧，漫郎已是青云晚。古槐阴外小阑干，不负看山眼。　　此意悠悠无限。有云山、知人醉懒。他年寻我，水边月底，一蓑烟短。"此体是将第二、三句九字句改为七字句，为四十八字体。周邦彦《烛影摇红》又将毛滂一体合为单调，又变为重头曲之长调九十六字体。周词之音谱已与王诜之体不同。

【又一体】 双调，九十六字，前后段各九句，五仄韵。 周邦彦

芳脸匀红句黛眉巧画宫妆浅韵风流天付与精神句全在娇波眼韵早是萦心可惯韵向尊前读频频顾盼韵几回得见句见了还休句争如不见韵 烛影摇红句夜阑饮散春宵短韵当时谁会唱阳关句离恨天涯远韵争奈云收雨散韵凭阑干读东风泪满韵海棠开后句燕子来时句黄昏深院韵

自周邦彦创此体后，宋人均沿用。吴文英七首用以祝寿、宴乐、咏物、祈雨，多为祝颂之词，其《元夕雨》一首颇有丰容婉转之致："碧淡山姿，暮寒愁沁歌眉浅。障泥南陌润轻酥，灯火深深院。入夜笙歌渐暖。彩旗翻、宜男舞遍。恣游不怕，罗袜尘生，行裙红溅。 银烛笼纱，翠屏不照残梅怨。洗妆清靥湿春风，宜带啼痕看。楚梦留情未散。素娥愁、天深信远。晓窗移枕，酒困香残，春阴帘卷。"刘克庄以此调作豪气词："拙者平生，不曾乞得天孙巧。那回添扈属车来，岂是齐卿小。此膝不曾屈了。更休文、腰难运掉。前贤样子，表圣宜修，申公告老。 凉篁

安眠，绝胜僽直铃声搅。集中大半是诗词，幸没潮州表。月夕花朝咏啸。叹人间、愁多乐少。蓬莱有路，办个船儿，逆风也到。”此词风格恣肆，改变丰容婉转之度，是为别调。

【满宫花】 双调，五十字，前后段各五句，三仄韵。 尹鹗

月沉沉句人悄悄韵一炷后庭香袅韵风流帝子不归来句满地禁花慵扫韵　离恨多句相见少韵何处醉迷三岛韵漏清宫树子规啼句愁锁碧窗春晓韵

词中有“满地禁花慵扫”句，因以为调名。此词为始词。后段第一、二句，五代词人张泌一首作“东风淡荡慵无力”；魏承班两首，一作“春朝秋夜思君甚”，一作“金鸭无香罗帐冷”，均改为七字句。宋人用此调者罕见，南宋许棐一首误将调名作《满宫春》，实与尹鹗一体相同，其词云：“懒抟香，慵弄粉。犹带浅醒微困。金鞍何处掠新欢，偷情燕寻莺问。　柳供愁，花献恨。衮絮猎红成阵。碧楼能有几番春，又是一番春尽。”《满宫春》为长调，与《满宫花》调体均异。

【少年游】 双调，五十字。前段五句，三平韵；后段五句，

两平韵。　　柳　永

参差烟树灞陵桥韵风物尽前朝韵衰杨古柳句几经攀折句憔悴楚宫腰韵　　夕阳闲淡秋光老句离思满蘅皋韵一曲阳关句断肠声尽句独自凭兰桡韵

柳永词十首属林钟商，其中三首字数同此体，其余后段第二句改为两个三字句。晏殊四首，其两首为寿词，如其一："芙蓉花发去年枝。双燕欲归飞。兰堂风软，金炉香暖，新曲动帘帷。　　家人拜上千春寿，深意满琼卮。绿鬓朱颜，道家装束，长似少年时。"词中有"少年时"，为创调之作，因以为调名。晏殊寿词两首与柳词此体同，为此调之正体。此调别体较多，《词谱》共列十五体，宋人通用者除正体外，尚有一体。

【又一体】 双调，五十一字。前段六句，两平韵；后段五句，两平韵。　　周邦彦

并刀如水句吴盐胜雪句纤手破新橙韵锦幄初温句兽烟不断句相对坐调笙韵　　低声问向谁行宿句城上已三更韵马滑霜浓句不如休去句直是少

人行韵

此体是将正体前段第一句七字句改为两个四字句，这样共有六个四字句，而且韵稀，故以周词为典范而宜于叙事。姜夔一首亦是叙事的："双螺未合，双蛾先敛，家在碧云西。别母情怀，随郎滋味，桃叶渡江时。　　扁舟载了，匆匆归去，今夜泊前溪。杨柳津头，梨花墙外，心事两人知。"

【西江月】 双调，五十字，前后段各四句，两平韵，一叶韵。

苏　轼

世事一场大梦句人生几度秋凉韵夜来风叶已鸣廊韵看取眉头鬓上叶　　酒贱常愁客少句月明多被云妨韵中秋谁与共孤光韵把盏凄然北望叶

唐代教坊曲。属中吕宫，敦煌琵琶谱存此曲音谱。李白《苏台览古》："只今惟有西江月，曾照吴王宫里人。"调名取此。敦煌曲子词三首字数略有参差，但均为前后段各两平韵两叶韵者，如："女伴同寻烟水。今宵江月分明。舵头无力一舡横。波面微风暗起。　　拨棹乘舡无定止。拜词处处闻声。连天红浪浸秋星，误入蓼花丛里。”五代欧阳炯两首为五十一字体，其用韵同敦煌曲子词，如其：“月映长江秋水。分明冷浸星河。浅沙汀上白云多。雪散几丛芦苇。

扁舟倒影寒潭里。烟光远罩清波。笛声何处响渔歌。两岸蘋香暗起。”此体每段两个子声韵包孕平仄韵之中，而且仄韵与平韵的韵母是不同的。此体宋人用者甚少，而通用之体即如苏轼前后段两平韵一叶韵者。一叶韵体起于宋初柳永，如其：“凤额绣帘高卷，兽环朱户频摇。两竿红日上花梢。春睡厌厌难觉。　　好梦狂随飞絮，闲愁浓胜香醪。不成雨暮与云朝。又是韶光过了。”宋季沈义父《乐府指迷》谈到词之句中韵说：“词中多有句中韵，人多不晓。不惟读之可听，而歌时最要叶韵应拍，不可以等闲字而不押。”他以《西江月》为例：“如平声押东字，侧声须押董字、冻字韵方可。”这即是说此体中所用仄声韵，必须为平声韵之同韵者，于词韵书中之同部之韵。《词谱》于此调共列五体，以五十字，每段两平韵一叶韵者为宋人通行之正体。柳永与苏轼均于每段第一、二句为对偶，但也可以不对。此体可平可仄之处较多，宋人用此调者极众。此调共八句，其中两个七字句，其余六个均为六字句，但两结句以同韵部之仄韵而使全调声情于平缓中突然变化，产生曲折的艺术效应。此调适应之题材极广泛，凡写景、抒情、议论、感怀、凭吊、怀古、戏谑、叙事等均宜。苏轼十三首，其中名篇较多，有助于定体。苏轼咏梅词：“玉骨那愁瘴雾，冰肌自有仙风。海仙时遣探芳丛。倒挂绿毛幺凤。　素面常嫌粉涴，洗妆不褪唇红。高情已逐晓云空。不与梨花同梦。”苏轼在黄州春夜醉卧溪桥所作：“照野弥弥浅浪，横空隐隐层霄。障泥未解玉骢骄。我欲醉眠芳草。　可惜一溪明月，莫教踏碎琼瑶。解鞍攲枕绿杨桥。杜宇一声春晓。”苏轼于扬州感念欧阳修所作：“三过平山堂下，半生弹指声中。十年不见老仙翁。壁上龙蛇飞动。　欲吊文章太守，仍歌杨柳春风。休言万事转头空。未转头时皆梦。”此外朱敦儒表述人生感悟之词亦是宋词名篇：“世事短如春梦，人情薄似秋云。不须计较苦劳心。万事原来有命。　幸遇三杯酒好，况逢一朵花新。片时欢笑且相亲。明日阴晴未定。”辛弃疾遣兴的游戏之作为此调开拓新的风格：“醉里且贪欢笑，要愁那得工夫。近来始觉古人书。信着全无是处。　昨夜松边醉倒，问松我醉何如。只疑松动要来扶。以手推松曰去。”以上诸词皆可供填此调者选取题材之参考。

【惜分飞】　双调，五十字，前后段各四句，四仄韵。毛　滂

泪湿阑干花着露韵愁到眉峰碧聚韵此恨平分取韵更无言语空相觑韵　短雨残云无意绪韵寂

寞朝朝暮暮韵今夜山深处韵断魂分付潮回去韵

《玉台新咏》卷九《东飞伯劳歌》有“东飞伯劳西飞燕”句，后因称离别为分飞，也叫“劳燕分飞”。张先《惜双双》与此调同，但前后段第二句为七字句。晁补之两首均写离情，当为此调之始词。此调韵密，每句用韵，每段为七六五七句式，因全用仄韵，故音节急促而又压抑，适宜抒写离情别绪。

【思越人】 双调，五十一字。前段五句，两平韵；后段四句，四仄韵。

孙光宪

渚莲枯句宫树老句长洲废苑萧条平韵想象玉人空处所句月明独上溪桥韵　经春初败秋风起仄韵红兰绿蕙愁死韵一片风流伤心地韵魂消目断西子韵

孙光宪两词格律相同，均写馆娃宫怀古，凭吊越女西施遗迹，为此调之始词。张泌与鹿虔扆各一首，同孙词格律。此调后段换仄韵，每句用韵，表情凄咽。敦煌曲子词两首，其中一首残缺，另一首字数句式与孙词同，但后段用平韵。

【又一体】　双调，五十一字。前段五句，两平韵；后段四句，两平韵。

敦煌曲子词

美东邻句多窈窕句绣裙步步轻抬韵独向西园寻女伴句笑时双脸莲开韵　少年分手低声问句匆匆恨阙良媒韵怕被颠狂花下恼句牡丹不折先回韵

此平韵体表情与正体相异。宋人不用《思越人》调，但《鹧鸪天》之别称《思越人》者为另调，不能与五代之《思越人》相混。

【探春令】　双调，五十一字。前段五句，三仄韵；后段四句，三仄韵。

赵　佶

帘旌微动句峭寒天气句龙池冰泮韵杏花笑吐香犹浅韵又还是读春将半韵　清歌妙舞从头按韵等芳时开宴韵记去年读对着东风句曾许不负莺花愿韵

北宋新声，此词为创调之作。宋人用以咏初春或梅花。南宋赵长卿十二首，第一首《寻春》，第二首《立春》，余十首《赏梅》。此十二首偶有一二字之参差，但基本上与赵词格律相同。

【燕归梁】 双调，五十二字。前段四句，四平韵；后段四句，三平韵。　　蒋　捷

我梦唐宫春昼迟韵正舞到读曳裙时韵翠云队仗绛霞衣韵慢腾腾读手双垂韵　　忽然急鼓催将起句似彩凤读乱惊飞韵梦回不见万琼妃韵见荷花读被风吹韵

蒋捷咏《风莲》之作，为宋词名篇。此体与柳永词格律相同，属中吕调。柳词写恋情：“轻蹑罗鞋掩绛绡。传音耗、苦相招。语声犹颤不成娇。乍得见、两魂消。　　匆匆草草难留恋，还归去、又无聊。若谐雨夕与云朝。得似个、有嚣嚣。”《词谱》列此调四体，创调之作为晏殊词：“双燕归飞绕画堂，似留恋虹梁。清风明月好时光。更何况、绮筵张。　　云衫侍女，频倾寿酒，加意劝笙簧。人人心在玉炉香。庆佳会、祝延长。”因词有“双燕归飞绕画堂，

似留恋虹梁”句，遂以为调名。晏词两首为寿词，体与蒋词略异。蒋词一体是将晏词前段第二句之五字句破为六字句，余同。此调为重头曲，每段之两个六字句，以读分为四个三字句，配以两个七字句，故音节响亮，急促、热烈，特点显著。诸家用于寿词外，或祝颂、抒情、写景均宜。

【雨中花】 双调，五十二字。前后段各五句，三仄韵。

欧阳修

千古都门行路韵能使离歌声苦韵送尽行人句花残春晚句又别东君去韵　　醉藉落花吹暖絮韵多少曲堤芳树韵且携手留连句良辰美景句留作相思处韵

北宋新声，创调者为晏殊词：“剪翠妆红欲就。折得清香满袖。一对鸳鸯眠未足，叶下长相守。　　莫傍细条寻嫩藕。怕绿刺、罥衣伤手。可惜许、月明风露好，恰在人归后。”晏殊、欧阳修此调均为《雨中花》，张先始为《雨中花令》。此调各家所作句式与字数多有差异，《词谱》列十一体。欧阳修词略富变化，可以为式。此调另有长调，或标为《雨中花慢》，与小令体制迥异。

【青门引】 双调，五十二字。前段五句，三仄韵；后段四句，三仄韵。

张　先

乍暖还轻冷韵风雨晚来方定韵庭轩寂寞近清明句残花中酒句又是去年病韵　楼头画角风吹醒韵入夜重门静韵那堪更被明月句隔墙送过秋千影韵

青门为汉代长安城东南门，本名灞城门，俗因门色青，呼为青门。西汉初年邵平种瓜于此，人称青门瓜。唐宋词调有一部分是从大型乐舞曲——大曲中摘取某一段而形成的。“引”是大曲的一部分。宋代词学家王灼于《碧鸡漫志》卷三云：“凡大曲就本宫调制引、序、慢、近、令，盖度曲者常态。”宋季词学家张炎《词源》卷上《讴曲旨要》云：“歌曲令曲四掯匀，破近六均慢八均。”词学家们将“均”理解为节拍，以“引”“近”为六拍，但详情难考。令、引、近、慢，是词调的音乐分类，与体制无关，后世已难确切考释。《青门引》创调之作是张先词，乃宋词之名篇。此调用仄韵，南宋王质一首题为《寻梅》，用入声韵：“寻遍江南麓。只有斑斑野菊。梅花不遇我心悲，一枝得见，便是一年足。　　微香来自横冈竹。飞渡寒溪曲。落路寻人借问，谢他指向深深谷。”入声韵亦属仄韵，有的词调是要求入声韵的。《青门引》为小令，另有《青门饮》乃长调，调体均异。

【醉花阴】 双调，五十二字。前后段各五句，三仄韵。

李清照

薄雾浓云愁永昼韵瑞脑消金兽韵佳节又重阳句玉枕纱厨句半夜凉初透韵　　东篱把酒黄昏后韵有暗香盈袖韵莫道不销魂句帘卷西风句人比黄花瘦韵

北宋新声，创调之作为北宋舒亶词两首，其一题为《试茶》：“露芽初破云腴细。玉纤纤亲试。香雪透金瓶，无限仙风，月下人微醉。　　相如消渴无佳思。了知君此意。不信老卢郎，花底春寒，赢得空无睡。”此调无有别体，李清照词为名篇，结句为名句。自李清照以此调写重阳节序之后，宋人多沿用，但亦有用以抒情、言志、咏物者。南宋陈亮两词亦写重阳感慨，但风格粗犷，其一词云：“姓名未勒慈恩寺。谁作山林意。杯酒且同欢，不许时人，轻料吾曹事。　　可怜风月于人媚，那对花前醉。珍重主人情，闻说当年，宴出红妆妓。”此调为重头曲，前后段相同，每段有三个五字句，配以七字句与四字句，音节颇为流畅，因用仄韵并以五字句为主，故调势又较平稳。

【上林春令】　双调，五十三字。前后段各四句，三仄韵。

毛　滂

蝴蝶初翻帘绣韵万玉女读齐回舞袖韵落花飞絮濛濛句长忆着读灞桥别后韵　　浓香斗帐自永漏韵任满地读月深云厚韵夜寒不近流苏句只怜他读后庭梅瘦韵

北宋新声，属中吕宫。上林，秦代苑名，汉武帝因旧苑扩建，周围至三百里，有离宫七十所。苑中养禽兽，供帝王春秋时打猎。故址在今西安市长安区、周至县、鄠邑区之间。司马相如作有《上林赋》。毛滂词为咏雪之作。此调为重头曲，音节低缓，适于咏物与祝颂之题材。

【浪淘沙】　双调，五十四字。前后段各五句，四平韵。

李　煜

帘外雨潺潺韵春意阑珊韵罗衾不耐五更寒韵梦里不知身是客句一晌贪欢韵　　独自莫凭栏韵无限江山韵别时容易见时难韵流水落花春去也句天上人间韵

唐代教坊曲，属歇指调。此调声诗与长短句并行。唐人刘禹锡声诗九首，一云：“九曲黄河万里沙，浪淘风簸自天涯。如今直上银河去，同到牵牛织女家。”调名取此。其他唐人如白居易、皇甫松所作均是七言四句之声诗。长短句之词体始于五代李煜两词，均是名篇，其另一首云：“往事只堪哀。对景难排。秋风庭院藓侵阶。一桁珠帘闲不卷，终日谁来。　　金锁已沉埋。壮气蒿莱。晚凉天静月华开。想得玉楼瑶殿影，空照秦淮。”此调有小令和长调两类，小令如李煜之作未标“令”，长调如周邦彦之作未标“慢”，二者音谱与体制均异。《词谱》列此调小令六体，但以此体为宋人通用之正体。此调为重头曲，每段由一个五字句、两个四字句、两个七字句组成，用平声韵。全调用韵很密，用韵之句末两字均为平声，而且四个四字句均为仄仄平平式，故音韵响亮，和谐流美，并有回环之艺术效果，宋人用此调者甚众，名篇亦多。欧阳修洛城送别友人之作：“把酒祝东风。

且共从容。垂杨紫陌洛城东。总是当时携手处，游遍芳丛。　聚散苦匆匆。此恨无穷。今年花胜去年红。可惜明年花更好，知与谁同。”辛弃疾《赋虞美人草》声情极为悲壮：“不肯过江东。玉帐匆匆。只今草木忆英雄。唱起虞兮当日曲，便舞春风。　儿女此情同。往事朦胧。湘娥竹上泪痕浓。舜盖重瞳堪痛恨，羽又重瞳。”吴文英感旧一首情意缠绵而沉痛：“灯火雨中船。客思绵绵。离亭春草又秋烟。似与轻鸥盟未了，来去年年。　往事一潸然。莫过西园。凌波香断绿苔钱。燕子不知春事改，时立秋千。”无名氏一首抒写离情：“帘外五更风。吹梦无踪。画楼重上与谁同。记得玉钗斜拨火，宝篆成空。　回首紫金峰。雨润烟浓。一江春浪醉醒中。留得罗襟前日泪，弹与征鸿。”从此调名篇用韵情况来看，多选用阳声韵，音韵特别洪亮。此调适于抒情，宜于表现悲壮、沉重、热烈之情。

【杏花天】　双调，五十四字。前后段各四句，四仄韵。

朱敦儒

浅春庭院东风晓韵细雨打读鸳鸯寒峭韵花尖望见秋千了韵无路踏青斗草韵　人别后读碧云信杳韵对好景读愁多欢少韵等他燕子传音耗韵红

杏开也未到韵

此词为创调之作，朱敦儒三首句式字数相同，可平可仄之处较多。高观国四首，其咏杏花："玉坛消息春寒浅。露红玉、娇生靓艳。小怜鬓湿燕脂染。只隔粉墙相见。

花阴外、故宫梦远。想未识、莺莺燕燕。飘零翠径红千点。桃李春风已晚。"此调宋人多用以抒情、写景、咏物。调内有三个上三下四句法的七字句，不能改为上四下三，是为此调特点。

【撷芳词】 双调，五十四字。前后段各七句，六仄韵。

无名氏

风摇动韵雨濛茸韵翠条柔弱花头重韵春衫窄换韵香肌湿韵记得年时句共伊曾摘韵　都如梦韵何曾共韵可怜孤似钗头凤韵关山隔换韵晚云碧韵燕儿来也句又无消息韵

宋人杨湜《古今词话》："政和间，京都妓之姥曾嫁伶官，常入内教舞，传禁中《撷芳词》以教其妓……人皆爱其声，又爱其词，类唐人所作也。张尚书帅成都，蜀中传此词竞唱之。却于前段下添‘忆、忆、忆’三字，后段下添‘得、得、得’三字，又名《摘红英》。”词中有“可怜孤似钗头凤”句，陆游用此调改名《钗头凤》。凤钗为古代妇女首饰，钗头作凤形。五代马缟《中华古今注》卷中：“钗子，盖古笄之遗象也……始皇又［以］金银作凤头，以玳瑁为脚，号曰凤钗。”

【又一体】 双调，六十字。前后段各十句，七仄韵，两叠韵。

陆　游

红酥手韵黄縢酒韵满城春色宫墙柳韵东风恶换
韵欢情薄韵一怀愁绪句几年离索韵错韵错叠错叠
春如旧韵人空瘦韵泪痕红浥鲛绡透韵桃花落换韵闲
池阁韵山盟虽在句锦书难托韵莫韵莫叠莫叠

宋人周密《齐东野语》卷一：“陆务观初娶唐氏，闳之女也，于其母夫人为姑侄。伉俪相得，而弗获于其姑。既出，而未忍绝之，则为别馆，时时往焉。姑知而掩之，虽先知挈去，然事不得隐，竟绝之，亦人伦之变也。唐后改适同郡宗子士程。尝以春日出游，相遇于禹迹寺南之沈氏园。唐以语赵，遣致酒肴，翁怅然久之，为赋《钗头凤》一词。”

此体前后段各四个三字句，三个一字叠句，音节急促而富于变化。纵观各家所作前后段第一、二、三句所用之仄韵以上去声韵为宜；自第四句以下换韵以入声韵为宜。每段结尾两叠韵极难处理，既须声响谐协，又须语意贴切，大致均表现悲痛激烈之情。

【河　传】 双调，五十五字。前段七句，两仄韵，五平韵；后段七句，三仄韵，四平韵。　　温庭筠

湖上仄韵闲望韵雨潇潇平韵烟浦花桥路遥韵谢娘翠蛾愁不销韵终朝韵梦魂迷晚潮韵　荡子天涯归棹远换仄韵春已晚韵莺语空肠断韵若耶溪换平韵溪水西韵柳堤韵不闻郎马嘶韵

此调为隋炀帝将幸江都时所制，声韵悲切。温词两首格律相同，为创调之作。《词谱》列二十七体，与温词大同小异。孙光宪四首，其一述此调本事："太平天子。等闲游戏。疏河千里。柳如丝，偎倚渌波春水。长淮风不起。如花殿脚三千女。争云雨。何处留人住。锦帆风。烟际红烧空。魂迷大业中。"柳永两首自注仙吕调。王灼《碧鸡漫志》卷四："今世《河传》乃仙吕调，皆令也。"此调频频

换韵，每句用韵，但短句多，以致音节沉滞曲折，本为表达悲切之情，但唐宋词人常用以写景、抒情，甚至作俚语词。

【芳草渡】 双调，五十五字。前段八句，四平韵；后段八句，五仄韵，两平韵。

冯延巳

梧桐落句蓼花秋平韵烟初冷句雨才收韵萧条风物正堪愁韵人去后句多少恨句在心头韵　燕鸿远仄韵羌笛怨韵渺渺澄江一片韵山如黛句月如钩平韵笙歌散仄韵魂梦断韵倚高楼平韵

此词或作欧阳修词，为创调之作。后段用韵复杂，平韵与仄韵交错，颇难处理。此调自周邦彦为长调，其音谱与体制均与此体相异，不能混同。

【鹧鸪天】 双调，五十五字。前段四句，三平韵；后段五句，三平韵。

晏几道

彩袖殷勤捧玉钟韵当年拼却醉颜红韵舞低杨柳楼心月句歌尽桃花扇底风韵　从别后句忆相逢韵几回魂梦与君同韵今宵剩把银釭照句犹恐相

唐人郑嵎诗“春游鸡鹿塞，家在鹧鸪天”，调名取此。鹧鸪，鸟名，形似母鸡，头如鹑，胸前有白圆点如珍珠，背毛有紫赤浪纹。俗象其鸣声曰“行不得也哥哥”。此调为北宋初年新声，始词为夏竦所作。柳永词属正平调。此调仅此一体，无别体。宋人作者极众，题材亦极广。晏几道十九首，其中名篇颇多，如：“小令尊前见玉箫。银灯一曲太妖娆。歌中醉倒谁能恨，唱罢归来酒未消。　春悄悄，夜迢迢。碧云天共楚宫遥。梦魂惯得无拘检，又踏杨花过谢桥。”晏几道均写花间尊前情事，宋人还用以叙事、写景、祝颂、感怀、言志。无名氏一首写闺情，甚为婉美：“枝上流莺和泪闻。新啼痕间旧啼痕。一春鱼鸟无消息，千里关山劳梦魂。　无一语，对芳尊。安排肠断到黄昏。甫能炙得灯儿了，雨打梨花深闭门。”黄庭坚抒写江湖之趣：“西塞山边白鹭飞，桃花流水鳜鱼肥。朝廷尚觅玄真子，何处如今更有诗。　青箬笠，绿蓑衣。斜风细雨不须归。人间底是无波处，一日风波十二时。”辛弃疾作豪气词：“壮岁旌旗拥万夫。锦襜突骑渡江初。燕兵夜捉银胡䩮，汉箭朝飞金仆姑。　追往事，叹今吾。春风不染白髭须。却将万字平戎策，换得东家种树书。”刘克庄以作词论：“诗变齐梁体已浇。香奁新制出唐朝。纷纷竞奏桑间曲，寂寂谁知爨下焦。　　挥彩笔，展红绡。十分峭措称妖娆。可怜才子如公瑾，未有佳人敌小乔。”朱敦儒在靖康之难后于江南重见北宋汴京名妓李师师而作感怀之词：“唱得梨园绝代声。前朝惟数李夫人。自从惊破霓裳后，楚奏吴歌扇里新。　　秦嶂雁，越溪砧。西风北客两飘零。尊前忽听当时曲，侧帽停杯泪满襟。”此调用平韵，为换头曲，以七字句为主，但前段第一、四句，后段第五句均为仄仄平平仄仄平式，并有两个三字句，因此与七言律诗之音响格律绝不相同，而有流畅、响亮、谐美之艺术效应。前段三、四句以对偶为工，如晏几道：“云随绿水歌声转，雪绕红绡舞袖垂”，“西楼酒面垂垂雪，南苑春衫细细风”，“年年陌上生秋草，日日楼中到夕阳”，“风凋碧柳秋眉淡，露染黄花笑靥深”。因此调多七言句，切勿以诗法入词，宜流动婉美，善于以意象表现。贺铸悼亡词：“重过阊门万事非。同来何事不同归。梧桐半死清霜后，头白鸳鸯失伴飞。　　原上草，露初晞。旧栖新垅两依依。空床卧听南窗雨，谁复挑灯夜补衣。”因词中有“梧桐半死清霜后”句，贺铸名此调为《半死桐》。

【凤衔杯】　双调，五十六字。前段四句，四仄韵；后段五句，四仄韵。

晏　殊

青蘋昨夜秋风起韵无限个读露莲相倚韵独凭朱阑读愁望晴天际韵空目断读遥山翠韵　彩笺长句锦书细韵谁信道读两情难寄韵可惜良辰好景读欢娱地韵只恁空憔悴韵

北宋新声，晏殊此词为创调之作，属大石调，有仄韵与平韵两体。此调以晏词仄体为正体，此体为换头曲。句法颇有特色，其中有两个七字句为上三下四句法；两个九字句，一为上四下五，一为上六下三；一个六字句为折腰结构。故此调宜于表达悲苦之情，晏殊另一首则为悼亡词。

【虞美人】　双调，五十六字。前后段各四句，两仄韵，两平韵。

李　煜

春花秋月何时了仄韵往事知多少韵小楼昨夜又东风平韵故国不堪回首读月明中韵　雕阑玉砌应犹在换仄韵只是朱颜改韵问君能有几多愁换平韵恰似一江春水读向东流韵

虞美人，秦末人，即虞姬。项羽之姬妾，常随侍军中。

汉兵围项羽于垓下，羽夜起饮帐中，悲歌慷慨，虞姬以歌和之。又草名，别称丽春花、锦被花，花有红、紫、白等色，传说此花闻《虞美人》曲便花枝舞动。王灼《碧鸡漫志》卷四：“《虞美人》，《脞说》称起于项籍‘虞兮’之歌。予谓后世以此命名可也，曲起于唐时，非也。曾子宣夫人魏氏作《虞美人草行》有云：‘三军散尽旌旗倒，玉帐佳人坐中老。香魂夜作剑光飞，青血化为原上草。芳菲寂寞寄寒枝，旧曲闻来似敛眉。’又云：‘当时遗事久成空，慷慨尊前为起舞。’……然旧曲三，其一属中吕调，其一中吕宫，近世转入黄钟宫。”此调为唐代教坊曲，始词见于敦煌曲子词，前后段结句为七三句式，与五代顾敻六首相同。《词谱》列七体，当以李煜此体为宋人通用者。此调以七字句和五字句为主，配以一个九字句为结，凡四换韵，仄韵与平韵相间，每句用韵，因而音节明快响亮，气势奔放，以悲歌慷慨为基本特色。黄大舆赋虞美人草云：“世间离恨何时了。不为英雄少。楚歌声起霸图休。玉帐佳人血泪、满东流。　葛荒葵老芜城暮。玉貌知何处。至今芳草解婆娑。只有当时魂魄、未消磨。”辛弃疾对此题材亦赋云：“当年得意如芳草。日日春风好。拔山力尽忽悲歌。饮罢虞兮从此、奈君何。　人间不识精诚苦。贪看青青舞。蓦然敛袂却亭亭。怕是曲中犹带、楚歌声。”苏轼用以为友人赠别亦流露悲慨之情："波声拍枕长淮晓。隙月窥人小。无情汴水自东流。只载一船离恨、向西州。　　竹溪花浦曾同醉。酒味多于泪。谁教风鉴在尘埃。酝造一场烦恼、送人来。"蒋捷抒写整个一生的感慨："少年听雨歌楼上。红烛昏罗帐。壮年听雨客舟中。江阔云低、断雁叫西风。　　而今听雨僧庐下。鬓已星星也。悲欢离合总无情。一任阶前、雨滴到天明。"五代与宋代词人亦多有以此调抒写儿女之情者，如北宋何桌词："分香帕子揉蓝腻。欲去殷勤惠。重来直待牡丹时。只恐花知知后、故开迟。　　别来看尽闲桃李。日日阑干倚。催花无计问东风。梦作一双蝴蝶、绕芳丛。"此调适用之题材较广，但仍以抒情为主。

【玉楼春】　双调，五十六字。前后段各四句，三仄韵。

晏　殊

绿杨芳草长亭路韵年少抛人容易去韵楼头残梦五更钟句花底离情三月雨韵　　无情不似多情苦韵一寸还成千万缕韵天涯地角有穷时句只有相思无尽处韵

始词为五代欧阳炯词二首，首句有"日照玉楼花似锦"

与"春早玉楼烟雨夜"，因以为调名。宋人习于将《玉楼春》与《木兰花》两调相混，它们当各有音谱，而在体制上却皆为七言八句之仄韵。《玉楼春》前后段起句为仄起式，而《木兰花》前后段起句为平起式。自李煜《玉楼春》前后段起句为平起式后，遂在体制上将两调相混。晏殊词集之《木兰花》与《玉楼春》体制皆同李煜词，此体为宋人通用，作者甚多。欧阳修用此调作词二十余首，多写花间尊前情事，亦有酬赠、写景、咏物、离情等作。其写离情之名篇如："尊前拟把归期说。未语春容先惨咽。人生自是有情痴，此恨不关风与月。　离歌且莫翻新阕。一曲能教肠寸结。直须看尽洛城花，始共春风容易别。"苏轼感怀欧公云："霜余已失长淮阔。空听潺潺清颍咽，佳人犹唱醉翁词，四十三年如电抹。　草头秋露流珠滑。三五盈盈还二八。与予同是识翁人，惟有西湖波底月。"周邦彦感旧之作亦是宋词名篇："桃溪不作从容住。秋藕绝来无续处。当时相候赤栏桥，今日独寻黄叶路。烟中列岫青无数。雁背夕阳红欲暮。人如风后入江云，情似雨余沾地絮。"此调柳永有大石调、林钟商和仙吕调三种宫调之词，周邦彦四首皆为大石调。此调体制形似七言仄韵体诗，其中前后段之第二句与第四句均为仄仄平平平仄仄式，共为四句，而且共有六个句子用韵，故格律与诗体迥异。此调因仄声韵较密，且有四个仄起律句，因而声情较为沉重压抑，适于表达沉闷、惆怅、感怀之情。辛弃疾词十七首，多用以赠酬，甚至有为词论之戏作：“有无一理谁差别。乐令区区犹未达。事言无处未尝无，试把所无凭理说。　伯夷饥采西山蕨。何异捣虀餐杵铁。仲尼去卫又之陈，此是乘车穿鼠穴。”刘克庄用此调作豪气词：“年年跃马长安市。客舍如家家似寄。青钱换酒日无何，红烛呼卢宵不寐。　易挑锦妇机中字。难得玉人心下事。男儿西北有神州，莫滴水西桥畔泪。”这首壮词亦成为宋词名篇。此调前段第三、四句可以为对偶，如晏殊“旋开杨柳绿蛾眉，暗拆海棠红粉面”，“海棠开后晓寒轻，柳絮飞时春睡重”，“长于春梦几多时，散似秋云无觅处”，“窗间斜月两眉愁，帘外落花双泪堕”。用以对偶，足见工致。

【鹊桥仙】　双调，五十六字。前后段各五句，两仄韵。

秦　观

纤云弄巧句飞星传恨句银汉迢迢暗渡韵金风玉露一相逢句便胜却读人间无数韵　柔情似水句佳期如梦句忍顾鹊桥归路韵两情若是久长时句又岂在读朝朝暮暮韵

《文选·洛神赋注》："牵牛为夫，织女为妇，牵牛、织女之星各处一旁，七月七日乃得一会。"牛郎与织女相会时，群鹊衔接为桥以渡银河。唐人韩鄂《岁华纪丽》谈及七夕说："鹊桥已成，织女将渡。"此调为北宋新声，始词为欧阳修作，其词云："月波清霁，烟容明淡，灵汉旧期还至。鹊迎桥路接天津，映夹岸、星榆点缀。　　云屏未卷，仙鸡催晓，肠断去年情味。多应天意不教长，恁恐把、欢娱容易。"因词中有"鹊迎桥路""仙鸡催晓"，取以为调名。宋人以此调咏七夕者甚多，但秦观词为绝唱，其体制与欧词同。宋人亦有以写景或抒情，如毛滂春院词："红摧绿剉，莺愁蝶怨，满院落花风紧。醉乡好梦恰瞢腾，又冷落、一成吹醒。　　柔红不奈，暗香犹好，觑着翻成不忍。春心减尽眼长闲，更肯被、游丝牵引。"宋人又多以此调为寿词，刘克庄十二首，其中十一首为寿词。前后段两个四字句平仄相同，但其句意可为对偶，如刘克庄："金风淅淅，银河淡淡"，"出通明殿，入耆英社"，"一封奏御，九重知己"。两结句为七字句，但必须是上三下四句法。

【一斛珠】 双调，五十七字。前后段各五句，四仄韵。

李　煜

晚妆初过韵沉檀轻注些儿个韵向人微露丁香颗韵一曲清歌句暂引樱桃破韵　罗袖裛残殷色可韵杯深旋被香醪涴韵绣床斜凭娇无那韵烂嚼红茸句笑向檀郎唾韵

调名出自唐代梅妃故事。江采蘋于唐代开元中被选入宫，获得唐玄宗宠幸。采蘋喜梅，玄宗名之曰梅妃。自杨玉环入宫后，梅妃宠爱日衰。玄宗在花萼楼，会夷使至，命封珍珠一斛密赐梅妃。妃不受，以诗付使者，曰："为我进御前也。"其诗云："柳叶双眉久不描，残妆和泪污红绡。长门尽日无梳洗，何必珍珠慰寂寥。"玄宗览诗，怅然不乐，令乐府配以新曲，名《一斛珠》。事见无名氏《梅妃传》。李煜之作为始词。宋人晏几道此调四词，改调名为《醉落魄》，其体制与李词全同，为宋人常用之体。如晏几道词："天教命薄。青楼占得声名恶。对酒当歌寻思着。月户星窗，多少旧期约。

相逢细语初心错。两行红泪尊前落。霞觞且共深深酌。恼乱春宵，翠被都闲却。"词写青楼女子之不幸命运，为代言体。苏轼与周必大等用以酬赠友人，风格旷达老健。

【夜游宫】　双调，五十七字。前后段各六句，四仄韵。

周邦彦

叶下斜阳照水韵卷轻浪读沉沉千里韵桥上酸风射眸子韵立多时句看黄昏句灯火市韵　　古屋寒窗底韵听几片读井梧飞坠韵不恋单衾再三起韵有谁知句为萧娘句书一纸韵

北宋新声，周邦彦注般涉调。始词为秦观作的伤春词：“何事东君又去。空满院、落花飞絮。巧燕呢喃向人语。何曾解，说伊家，些子苦。　　况是伤心绪。念个人、又成睽阻。一觉相思梦回处。连宵雨，更那堪，闻杜宇。”辛弃疾以此调作游戏之俚词《苦俗客》：“几个相知可喜。才厮见、说山说水。颠倒烂熟只这是。怎奈向，一回说，一回美。　　有个尖新底。说底话、非名即利。说得口干罪过你。且不罪，俺略起，去洗耳。”陆游《记梦寄师伯浑》则是一首豪气词：“雪晓清笳乱起。梦游处、不知何地。铁骑无声望似水。想关河，雁门西，青海际。　　睡觉寒灯里。漏声断、月斜窗纸。自许封侯在万里。有谁知，鬓虽残，心未死。”从以上各词可见，此调之题材范围是较广的。此调为换头曲，前后段第一句以下相同，以三字句为主，另有两个七字句和两个上三下四句法之七字句；用仄声韵，又以阴声之仄韵为主，故此调之音节有凝咽低沉之效应。两结之三个短句，语意必须连贯，有一再顿挫之感，最能体现此调特色。此调律宽，可平可仄之字较多，但定格之处必须严守。

【梅花引】 双调，五十七字。前段七句，五平韵，一叠韵。后段六句，两仄韵，两平韵，一叠韵。 万俟咏

晓风酸平韵晓霜干韵一雁南飞人度关韵客衣单韵客衣单叠千里断魂句空歌行路难韵　寒梅惊破前村雪仄韵寒鸦啼落西楼月韵酒肠宽平韵酒肠宽叠家在日边句不堪频倚阑韵

北宋新声，此为创调之作。格律极严，后段插入两仄韵，前后段各一叠较难处理。王炎一首与此体同：“裁征衣。寄征衣。万里征人音信稀。朝相思。暮相思。滴尽真珠，如今无泪垂。　闺中幼妇红颜少。应是玉关人更老。几时归。几时归。开尽牡丹，看看荼蘼。”另一体用韵相异，如无名氏词：“清阴陌。狂踪迹。朱门团扇香迎客。牡丹风。数苞红。水香扑蕊，新妆为谁容。　蜡灯春酒风光夕。锦浪龙须花六尺。月波寒。玉琅玕。无情又是，华星送宝鞍。”此体前后段一半用仄韵，一半用平韵，无叠韵。此调有小令与长调两类，长调即将万俟咏体重叠为一百十四字

体，如贺铸《将进酒》与《行路难》即为小令之重叠。

【**小重山**】　双调，五十八字。前后段各五句，四平韵。

韦　庄

一闭朝阳春又春韵夜寒宫漏永读梦君恩韵卧思陈事暗消魂韵罗衣湿句红袂有啼痕韵　歌吹隔重阍韵绕庭芳草绿读倚长门韵万般惆怅向谁论韵凝情立句宫殿欲黄昏韵

此为创调之作，抒写宫怨。五代薛昭蕴两首亦写宫怨。和凝两首写京都春景及新科进士游曲江。宋人赵长卿咏杨花词："枝上杨花糁玉尘。晚风扶起处、雪轻盈。扑人点点细无声。谁能惜，撩乱满江城。　忍泪未须倾。十年追往事、叹流莺。晓来雨过转伤情。铺池绿，遗恨寄浮萍。"章良能写春日感怀："柳暗花明春事深。小阑红芍药、已抽簪。雨余风软碎禽鸣。迟迟日，犹带一分阴。　往事莫沉吟。身闲时序好、且登临。旧游无处不堪寻。无寻处，唯有少年心。"宋人亦有用以叙事和祝颂的。南宋初年名将岳飞一首为感慨之作，情调悲凉："昨夜寒蛩不住鸣。惊回千里梦、已三更。起来独自绕阶行。人悄悄，帘外月胧明。　　白首为功名。旧山松竹老、阻归程。欲将心事付瑶琴。知音少，弦断有谁听。”此调为换头曲，前后段自第一句以下相同，声韵平稳，颇为含蓄而又流美，宜于写景与抒情。《词谱》于前后段结句八字句作上三下五句法，当从《词律》作一个三字句和一个五字句。

【踏莎行】 双调，五十八字。前后段各五句，三仄韵。

秦　观

雾失楼台句月迷津渡韵桃源望断无寻处韵可堪孤馆闭春寒句杜鹃声里斜阳暮韵　　驿寄梅花句鱼传尺素韵砌成此恨无重数韵郴江幸自绕郴山句为谁流下潇湘去韵

莎草是多年生植物，多生于潮湿地区中河边沙地上，叶条形，花穗褐色。地下块根名香附子，可入药。唐人韩翃诗句“踏莎行草过春溪”，调名本此。此调为重头曲，前后段相同；每段由两个四字句和三个七字句组成，第三句与第五句为平平仄仄平平仄式，因而奇句与偶句较为协调。每段两个四字句以对偶为工，如晏殊的“细草愁烟，幽花怯露”，“带缓罗衣，香残蕙炷”；“祖席离歌，长亭别宴”，“画阁魂消，高楼目断”；“碧海无波，瑶台有路”，“绮席凝尘，香闺掩雾”。此调为北宋新声。宋初陈尧佐感引进之恩所作之词为创调之词。晏殊写暮春之景：“小径红稀，芳郊绿遍。高台树色阴阴见。春风不解禁杨花，濛濛乱扑行人面。　　翠叶藏莺，朱帘隔燕。炉香静逐游丝转。一场愁梦酒醒时，斜阳却照深深院。”欧阳修写旅情：“候馆梅残，溪桥柳细。草薰风暖摇征辔。离愁渐远渐无穷，迢迢不断如春水。　　寸寸柔肠，盈盈粉泪。楼高莫近危阑倚。平芜尽处是春山，行人更在春山外。”以上晏词、欧词和秦词俱是宋词名篇，最能体现调之声情。辛弃疾《赋稼轩集经句》以文为词，风格恣肆：“进退存亡，行藏用舍。小人请学樊须稼。衡门之下可栖迟，日之夕矣牛羊下。　　去卫灵公，遭桓司马。东西南北之人也。长沮桀溺耦而耕，丘何为是栖栖者。”宋季王沂孙《题草窗卷》兼寓对友人周密悼念：“白石飞仙，紫霞凄调。断歌人听知音少。几番幽梦欲回时，旧家池馆生青草。　　风月交游，山川怀抱。凭谁说与春知道。空留离恨满江南，相思一夜蘋花老。”此调适应之题材广泛，可以抒情、写景、叙事、咏物、祝颂、议论，但仍以抒情与写景为主。

【临江仙】　双调，五十八字。前后段各五句，三平韵。

晏几道

梦后楼台高锁句酒醒帘幕低垂韵去年春恨却来时韵落花人独立句微雨燕双飞韵　记得小蘋初见句两重心字罗衣韵琵琶弦上说相思韵当时明月在句曾照彩云归韵

唐代教坊曲，属仙吕调。敦煌曲子词存两首，但字句残缺甚多。今存创调之作为五代毛文锡词，词有“楚山红树，烟雨隔高唐”，乃咏巫山神女。牛希济七首皆咏仙女事，其一咏巫山神女：“峭壁参差十二峰。冷烟寒树重重。瑶姬宫殿是仙踪。金炉珠帐，重霭昼偏浓。　一自楚王惊梦断，人间无路相逢。至今云雨带愁容。月斜江上，征棹动晨钟。”阎选两首亦有云：“不逢仙子，何处梦襄王”；“十二高峰天外寒，竹梢轻拂仙坛”。始词皆咏长江巫峡神女，调名以此。关于神女事，《太平广记》卷五十六引《集仙录》云：“云华夫人，王母第二十三女，太真王夫人之妹也，名瑶姬。受徊风混合万景炼神飞化之道。尝东海游还，过江上，有神山焉。峰岩挺拔，林壑幽丽，巨石如坛，留连久之……其后楚大夫宋玉，以其事言于襄王。王不能访道要以求长生，筑台于高唐之馆，作阳台之宫以祀之。宋玉作神仙赋以寓情。”《词谱》于此调列八体。晏几道七首格律相同，此体起于五代徐昌图，宋人多用之。前后段第一、二两个六字句，可以为对偶，如晏词；“斗草阶前初见，穿针楼上相逢”，“浅酒欲邀谁劝，深情惟有君知”，“渌酒尊前清泪，阳关叠里离声”，“旖旎仙花解语，轻盈春柳能眠”。前后段两结句为五字句，亦可以为对偶，如晏词“靓妆眉沁绿，羞脸粉生红”，“柳垂江上影，梅谢雪中枝”，“客情今古道，秋梦短长亭”，“风吹梅蕊闹，雨细杏花香”，“梦回芳草路，歌罢落梅天”。此体前后段第一句为六字句，于是全词便有四个六字句，使音节平和，加以对偶句多，而有和谐精致之艺术效果。

【又一体】 双调，六十字。前后段各五句，三平韵。 陈与义

忆昔午桥桥上饮句坐中多是豪英韵长沟流月去无声韵杏花疏影里句吹笛到天明韵　二十余年如一梦句此身虽在堪惊韵闲登小阁看新晴韵古今多少事句渔唱起三更韵

此是宋词名篇，最能体现调情。此体前后段第一句比五十八字体多一字而为七字句，音节遂别有特色。宋人用此体者最多，苏轼十二首即用于酬赠、感怀、写景、抒情，辛

弃疾二十四首多为寿词、咏物、戏谑、书怀，题材之适用面广泛。此体之名篇亦多。秦观词："千里潇湘挼蓝浦，兰桡昔日曾经。月高风定露华清。微波澄不动，冷浸一天星。 独倚危樯情悄悄，遥闻妃瑟泠泠。新声含尽古今情。曲终人不见，江上数峰青。"刘彤词："千里长安名利客，轻离轻散寻常。难禁三月好风光。满阶芳草绿，一片杏花香。 记得年时临上马，看人眼泪汪汪。如今不忍更思量。恨无千日酒，空断九回肠。"此词极为流畅自然，前后段两结句为对偶。此体大多数两结句不为对偶，则更显流畅。此调名篇颇多，如欧阳修两词，一写夏景："柳外轻雷池上雨，雨声滴碎荷声。小楼西角断虹明。阑干倚处，待得月华生。 燕子飞来窥画栋，玉钩垂下帘旌。凉波不动簟纹平。水精双枕，旁有堕钗横。"一为感旧："记得金銮同唱第，春风上国繁华。如今薄宦老天涯。十年歧路，空负曲江花。 闻说阆山通阆苑，楼高不见君家。孤城寒日等闲斜。离愁难尽，红树远连霞。"欧词两首前后段第四句为四字句，是又一别体。此调以五字句与七字句为主，用平韵，故苏轼与辛弃疾诸作易于以诗为词，填此词者切勿以诗法为句，宜多参考名家之词，以避此病。

中调

【望远行】 双调，六十字。前段四句，四平韵；后段七句，五平韵。 韦　庄

欲别无言倚画屏韵含恨暗伤情韵谢家庭树锦鸡鸣韵残月落边城韵　人欲别句马频嘶换韵绿槐千里长堤韵出门芳草路萋萋韵云雨别来易东西韵不忍别君后句却入旧香闺韵

唐代教坊曲。始词见敦煌曲子词：“年少将军佐圣朝。为国扫荡狂妖。弯弓如月射双鹏。马蹄到处尽云消。休寰海，罢枪刀。银鸾驾走上超霄。行人南北尽歌谣。莫把尧舜比今朝。”此词风格豪放，气势宏伟。文人之作以韦庄为首，其余李璟、李珣诸作体制皆有差异。宋人此调多为长调，音调与体制皆异。

【七娘子】 双调。六十字，前后段各五句，四仄韵。 谢　逸

风剪冰花飞零乱韵映梅梢读素影摇清浅韵绣幄寒轻句兰薰烟暖韵艳歌催得金荷卷韵　游梁已觉相如倦韵忆去年读舟渡淮南岸韵别后消魂句冷猿寒雁韵角声只送黄昏怨韵

北宋新声，此为正体，毛滂两首与此体相同。重头曲，以七字句与四字句为主，仄声韵，调势平缓。黄大临一首为始词。此调多用以抒情、咏物、节序。

【蝶恋花】 双调，六十字。前后段各五句，四仄韵。 晏 殊

槛菊愁烟兰泣露韵罗幕轻寒句燕子双飞去韵明月不谙离恨苦韵斜光到晓穿朱户韵　昨夜西风凋碧树韵独上高楼句望尽天涯路韵欲寄彩笺兼尺素韵山长水阔知何处韵

唐代教坊曲，本名《鹊踏枝》，始词见敦煌曲子词："叵耐灵鹊多瞒语。送喜何曾有凭据。几度飞来活捉取。锁上金笼休共语。　比拟好心来送喜。谁知锁我在金笼里。欲他征夫早归来，腾身却放我向青云里。"敦煌曲子词另一

首则与宋之通行之正体之格律基本上相同：“独坐更深人寂寂。忆恋家乡，路远关山隔。寒雁飞来无消息。交儿牵断心肠忆。　　仰告三光珠泪滴。交他耶娘，甚处传书觅。自叹宿缘作他邦客。辜负尊亲虚劳力。”此词仅后段第四句多一字，字声平仄亦异，其余句式与字声平仄同于正体。柳永此调又名《凤栖梧》，词三首，属大石调，其中一首为传世名篇：“伫立危楼风细细。望极春愁，黯黯生天际。草色烟光残照里。无言谁会凭阑意。　　拟把疏狂图一醉。对酒当歌，强乐还无味。衣带渐宽终不悔。为伊消得人憔悴。”晏殊词《鹊踏枝》两首，“槛菊愁烟兰泣露”，即其一，另一首为寿词。晏殊又有词六首，改名《蝶恋花》，其中两首为寿词，余为流连光景及离情之作。此调最有影响之作为：“谁道闲情抛掷久。每到春来，惆怅还依旧。日日花前常病酒。不辞镜里朱颜瘦。　　河畔青青堤上柳。为问新愁，何事年年有。独上小楼风满袖。平林新月人归后。”另一首为：“庭院深深深几许。杨柳堆烟，帘幕无重数。玉勒雕鞍游冶处。楼高不见章台路。　　雨横风狂三月暮。门掩黄昏，无计留春住。泪眼问花花不语。乱红飞入秋千去。”此两词一为感旧，一为伤春，词意优美，表情含蓄婉约，最能体现此调特色。关于其作者，或传为冯延巳，或传为欧阳修，均难以分别，但确为此调名篇，影响很大。作此调者当细细体味此两词之声情与表现艺术。晏几道词十五首，其中名篇亦多，如其：“醉别西楼醒不记。春梦秋云，聚散真容易。斜月半窗曾少睡。画屏闲展吴山翠。　　衣上酒痕诗里字。点点行行，总是凄凉意。红烛自怜无好计。夜寒空替人垂泪。”此词写离情极为自然流畅，感慨而婉美。苏轼词八首，多用以叙事与酬赠，其中写晚春一首为宋词名篇：“花褪残红青杏小。燕子飞时，绿水人家绕。枝上柳绵吹又少。天涯何处无芳草。　　墙里秋千墙外道。墙外行人，墙里佳人笑。笑渐不闻声渐悄。多情却被无情恼。”此词前段意象特别清新优美，后段则含义极为深刻，故超越此调诸作。辛弃疾词十二首，多用以赠酬、唱和、写景，其中一首为游戏之作，风格特异：“何物能令公怒喜。山要人来，人要山无意。恰似哀筝弦下齿。千情万意无时已。　　自要溪堂韩作记。今代机云，好语花难比。老眼狂花空处起。银钩未见心先醉。”此以诗文之法入词，是为别调。此调为重头曲，全调共十句，然七字句即有六句，其中仄仄平平平仄仄式之句四句，用仄韵，韵甚密，因而音节虽不响亮而却流畅，插入之四字句与五字句又使调势颇为曲折含蓄。宋人用此调者极多，但有的以诗法入词，失去婉美之意则有违此调特色。

【秋蕊香引】　双调，六十字。前段七句，三仄韵；后段八

句，四仄韵。　　　　　　　　　　　　　　　　　　柳　永

留不得韵光阴催促句有芳兰歇句好花谢句惟顷刻韵彩云易散琉璃脆句验前事端的韵　风月夜句几处前踪旧迹韵忍思忆韵这回望断句永作蓬山隔韵向仙岛句归云路句两无消息韵

北宋新声，属小石调。此为悼亡之作，用入声韵，韵位有甚疏之处，有悲咽情调。晏殊有小令《秋蕊香》两首，其一为："梅蕊雪残香瘦。罗幕轻寒微透。多情只似春杨柳。占断可怜时候。　萧娘劝我杯中酒。翻红袖。金乌玉兔长飞走。争得朱颜似旧。"此与《秋蕊香引》之体制、音谱均不同，不能混为一调。

【一剪梅】　双调，六十字。前后段各六句，三平韵。　李清照

红藕香残玉簟秋韵轻解罗裳句独上兰舟韵云中谁寄锦书来句雁字回时句月满西楼韵　花自飘零水自流韵一种相思句两处闲愁韵此情无计可消除句才下眉头句却上心头韵

北宋新声，创调者为周邦彦词，因首句为“一剪梅花万样娇”，遂以为调名。此体为重头曲，平韵，用韵较稀，四字句占全词三分之二，而且前后段两结句均为仄仄平平式，故音节和婉明亮。宋人又于每句用韵，形成别体。

【又一体】 双调，六十字。前后段各六句，六平韵。　蒋　捷

一片春愁待酒浇韵江上舟摇韵楼上帘招韵秋娘渡与泰娘桥韵风又飘飘韵雨又潇潇韵　何日归家洗客袍韵银字笙调韵心字香烧韵流光容易把人抛韵红了樱桃韵绿了芭蕉韵

此与李清照体同，只是每句用韵，因韵位极密，故音节更为明快响亮，音韵谐美，甚为南宋以来词人喜用。蒋词情调流畅轻快，亦是宋词名篇。刘克庄词则具另一风格，其《余赴广东实之夜饯于风亭》：“束缊宵行十里强。挑得诗囊。抛了行囊。天寒路滑马蹄僵。元是王郎。来送刘郎。　酒酣耳热说文章。惊倒邻墙。推倒胡床。旁观拍手笑疏狂。疏又何妨。狂又何妨。”此词粗率狂放，亦能体现调体声情。南宋民间喜用此体以为戏谑，如南宋末年朝廷于湖南经量土地，一位士人作词云：“宰相巍巍坐庙堂。说着

经量。便要经量。那个臣僚上一章。头说经量。尾说经量。

轻狂太守在吾邦。闻说经量。星夜经量。山东河北久抛荒。好去经量。胡不经量。”南宋末年元蒙军围攻襄樊，朝廷权奸却在粉饰太平，一位低级官员作词云：“襄樊四载弄干戈。不见渔歌。不见樵歌。试问如今事若何。金也消磨。谷也消磨。　　柘枝不用舞婆娑。丑也能多。恶也能多。朱门日日买朱娥。军事如何。民事如何。”可见此体之体性又具俚俗的特点。

【唐多令】　双调，六十字。前后段各五句，四平韵。　刘　过

芦叶满汀洲韵寒沙带浅流韵二十年读重过南楼韵柳下系船犹未稳句能几日读又中秋韵　　黄鹤断矶头韵故人曾到不韵旧江山读浑是新愁韵欲买桂花同载酒句终不似读少年游韵

南宋新声，此为正体。又名《糖多令》《南楼令》。重头曲，前后段第三句为上三下四之七字句法，第五句为三字读之六字句，形成此调于流畅又略为停顿的特点。刘过此词乃即兴应歌之作，于轻快之情调中又流露感伤。王奕《登淮安倚天楼》寄寓了古今兴亡之感慨：“直上倚天楼。怀哉古

楚州。黄河水、依旧东流。千古兴亡多少事，分付与、白头鸥。　祖逖与留侯。二公今在不。眉尖上、莫带星愁。笑拍危阑歌短阕，翁醉矣、且归休。”吴文英《惜别》：“何处合成愁。离人心上秋。纵芭蕉、不雨也飕飕。都道晚凉天气好，有明月、怕登楼。　年事梦中休，花空烟水流。燕辞归、客尚淹留。垂柳不萦裙带住，漫长是、系行舟。”此词前段第三句衍一字，词风疏快而不质实，颇能体现此调特色。

【鞓　红】 双调，六十字。前后段各六句，四仄韵。　无名氏

粉香犹嫩句衾寒可惯韵怎奈向读春心已转韵玉
容别是句一般闲婉韵悄不管读桃红杏浅韵　月影
帘栊句金琼波面韵渐细细读香风满院韵一枝折寄句
故人虽远韵辄莫使读江南信断韵

鞓红为牡丹之一种，以花色红似鞓犀带而名。欧阳修《洛阳牡丹记》：“鞓红者，单叶深红花，出青州，亦曰青州红……其色类腰鞓，故谓之鞓红。”此曲为北宋新声。词为赋梅之作，曲见存于《新定九宫大成南北词宫谱》，属仙吕调。现代音乐家考订以为《九宫大成谱》中所录之宋词乐谱，以《鞓红》较为接近宋乐真实，因而为宋代词乐之标

本，甚为研究中国音乐之专家所重视。此调前后段各两个七字句均为上三下四句法，前三字均为仄声，音节平缓，表情压抑。

【定风波】 双调，六十二字。前段五句，三平韵，两仄韵；后段六句，四仄韵，两平韵。 苏 轼

莫听穿林打叶声平韵何妨吟啸且徐行韵竹杖芒鞋轻胜马仄韵谁怕韵一蓑烟雨任平生平韵　料峭春风吹酒醒换仄韵微冷韵山头斜照却相迎平韵回首向来萧瑟处换仄韵归去韵也无风雨也无晴平韵

唐代教坊曲。敦煌曲子词联章两首，其一：“攻书学剑能几何。争如沙塞骋偻㑩。手执六寻枪似铁。明月。龙泉三尺斩新磨。　堪羡昔时军伍，谩夸儒士德能康。四塞忽闻狼烟起。问儒士。谁人敢去定风波。”其二：“征战偻㑩未是功，儒士偻㑩转更加。三策张良非恶弱。谋略。汉兴楚灭本由他。　项羽翘据无路，酒后难消一曲歌。霸王虞姬皆自刎。当本。便知儒士定风波。”两词为武将与儒士回答，定风波以喻平定社会动乱，词风豪健，为此调之始词。另有敦煌曲子词三首为讲述伤寒病症口诀。此调有中调和长调两

种，中调或称《定风波令》，《词律》列中调两体，《词谱》列八体。此体始自五代欧阳炯，为通用之正体。此调以七言句式为主，每句用韵，于平声韵中包孕三换仄韵，插入三个两字句，调势于流畅时忽然顿挫转折，因而韵律复杂，个性突出。从始词来看，此调宜于表现社会重大题材，亦宜言志与酬赠。欧阳炯、孙光宪、蔡伸、陈允平等也用以写闺情。魏夫人一首写暮春感怀，词情极为婉约："不是无心惜落花。落花无意恋春华。昨日盈盈枝上笑。谁道。今朝吹去落谁家。　　把酒临风千种恨。难问。梦回云散见无涯。妙舞清歌谁是主。回顾。高城不见夕阳斜。"欧阳修词六首，多写人生感慨。如其："把酒花前欲问君。世间何计可留春。纵使青春留得住。虚语。无情花对有情人。　　任是好花须落去。自古。红颜能得几时新。暗想浮生何时好。唯有。清歌一曲倒金尊。"可见此调适应之题材较广，但因韵律复杂，其中之两字句很难处理，用此调时应注意格律与词意之转折变化。

【破阵子】　双调，六十二字。前后段各五句，三平韵。

辛弃疾

醉里挑灯看剑句梦回吹角连营韵八百里分麾
●　○　●　○　●○○　●　○○

下炙句五十弦翻塞外声韵沙场秋点兵韵　马作的卢飞快句弓如霹雳弦惊韵了却君王天下事句赢得生前身后名韵可怜白发生韵

唐代教坊曲。唐代贞观七年（633）制《秦王破阵乐》之曲，使吕才协音律，李百药、虞世南、褚亮、魏徵等制歌辞。此曲包括三变（大段）、十二阵、五十二遍，以讨叛为主题，歌颂唐太宗讨伐四方之武功。唐代大曲为大型乐舞，此曲用二千人，皆画衣甲，执旗旆，兼引马军入场，尤为壮观。唐代所传《破阵乐》之辞有五言四句、七言四句、六言八句三体。唐将哥舒翰一体为六言八句："西戎最沐恩深。犬羊违背生心。神将驱兵出塞，横行海畔生擒。石堡岩高万丈，鹛窠霞外千寻。一喝尽属唐国，将知应合天心。"此辞颇能表达原曲之意。宋人之《破阵乐》有柳永和张先各一首均为长调。宋人《破阵子》乃是唐代大曲之一段，其体与《破阵乐》长调全异。宋人之《破阵子》仅此一体，辛弃疾两词与原曲声情相合，甚为豪壮。此调又名《十拍子》，平韵，重头曲，每段由两个六字句、两个七字句、一个五字句组成。第一二两个六字句多为对偶，第三、四、五句为奇句，故音节较为响亮，调势亦平稳。晏殊词五首，两首写景，两首悼亡，一首为流连光景之作，如后一首："燕子欲归时节，高楼昨夜西风。求得人间成小会，试把金尊傍菊丛。歌长粉面红。　　斜日更穿帘幕，微凉渐入梧桐。多少襟怀言不尽，写向蛮笺曲调中。此情千万重。”晏几道感旧之词甚婉约：“柳下笙歌庭院，花间姊妹秋千。记得春楼当日事，写向红窗夜月前。凭谁寄小莲。　　绛蜡等闲陪泪，吴蚕到了缠绵。绿鬓能供多少恨，未肯无情比断弦。今年老去年。”陆游抒写闲适情趣以表现人生之感悟：“看破空花尘世，放轻昨梦浮名。蜡屐登山率真饮，筇杖穿林自在行。身闲心太平。　　料峭余寒犹力，廉纤细雨初晴。苔纸闲题溪上句，菱唱遥闻烟外声。与君同醉醒。”可见此调适应之题材亦较广泛。

【渔家傲】　双调，六十二字。前后段各五句，五仄韵。

范仲淹

塞下秋来风景异韵衡阳雁去无留意韵四面边声连角起韵千嶂里韵长烟落日孤城闭韵　　浊酒一杯家万里韵燕然未勒归无计韵羌管悠悠霜满地韵人不寐韵将军白发征夫泪韵

北宋新声。晏殊词为创调之作：“画鼓声中昏又晓。

时光只解催人老。求得浅欢风日好。齐揭调。神仙一曲渔家傲。　　绿水悠悠天杳杳。浮生岂得长年少。莫惜醉来开口笑。须信道。人间万事何时了。”词中有“神仙一曲渔家傲”，因以为调名，但所咏者与渔家无涉。范仲淹词为此调名篇，被誉为“穷塞主之词”，词风豪健而又悲慨，最能体现此调特色。此调为重头曲，每段实由仄仄平平平仄仄与平平仄仄平平仄句式重叠，第三句下嵌入一个三字句平仄仄句式组成；每句用韵，与仄韵诗迥异。其基本句式为七字句，因仄声韵密集，故于流畅中有低沉压抑之声情。宋人用此调者甚众，继范仲淹之后李清照之词亦为名篇：“天接云涛连晓雾。星河欲转千帆舞。仿佛梦魂归帝所。闻天语。殷勤问我归何处。　　我报路长嗟日暮。学诗漫有惊人句。九万里风鹏正举。风休住。蓬舟吹取三山去。”欧阳修用此调作十二月鼓子词，以咏十二月之节序风物；又另有十余首以写景、应歌或酬赠，使题材得以开拓。周邦彦两首，注明为般涉调，其一用入声韵，词情婉约：“几日轻阴寒恻恻。东风急处花成积。醉踏阳春怀故国。归未得。黄鹂久往如相识。

赖有蛾眉能暖客。长歌屡劝金杯侧。歌罢月痕来照席。贪欢适。帘前重露成涓滴。”此调因声律近于七言仄韵诗体，力求避免以诗法入词。范词虽然豪健，但写边地感慨生动流畅，意脉贯串，善以意象达意，无以诗为词之感。陈克一词写闺情，甚为清新婉美，是此调难得之佳作："宝瑟尘生郎去后。绿窗闲却春风手。浅色宫罗新染就。晴时候。裁缝细意花枝斗。　　象尺熏炉移永昼。粉香浥浥蔷薇透。晚景看来浑似旧。沉吟久。个侬争得知人瘦。"

【苏幕遮】 双调，六十二字。前后段各七句，四仄韵。

范仲淹

碧云天句黄叶地韵秋色连波句波上寒烟翠韵山映斜阳天接水韵芳草无情句更在斜阳外韵　　黯乡魂句追旅思韵夜夜除非句好梦留人睡韵明月楼高休独倚韵酒入愁肠句化作相思泪韵

唐代教坊曲，或作《苏莫遮》《苏摩遮》，属般涉调，中亚康国舞曲，为乞寒戏所用。唐释慧琳《一切经音义》卷四一《大乘理趣六波罗密多经音义》："苏莫遮冒……亦同苏莫遮，西戎胡语也，正云飒磨遮，此戏本出西龟兹国，至今犹有此曲。此国浑脱、大面、拨头之类也。或作兽面，或像鬼神，假作种种面具形状。或以泥水沾洒行人，或持绢索搭钩捉人为戏。每年七月初公行此戏，七日乃停。"自初唐以来在长安已盛行乞寒之戏。唐代此曲之歌辞有声诗与曲子词。张说《苏摩遮》五首为七言声诗，其一云："摩遮本出海西胡，琉璃碧眼紫髯须。闻道皇恩遍宇宙，来将歌舞助欢娱。"敦煌曲子词存词八首，《五台山曲子六首》为始词，其一云："大圣堂，非凡地。左右龙盘，为有台相倚。岭岫嵯峨朝圣地。花木芬芳，菩萨多灵异。　　面慈悲，心欢喜。西国真僧，远远来瞻礼。瑞彩时时帘下起。福祚当今，万古千秋岁。"此调为重头曲，每段由两个三字句、两个四字句、两个五字句和一个七字句组成，句式富于变化，韵位适当，调情和婉。范词为怀旧之作，很能体现此调特点。周邦彦词写夏景："燎沉香，消溽暑。鸟雀呼晴，侵晓窥檐语。叶上初阳干宿雨。水面清圆，一一风荷举。　　故乡遥，何日去。家住吴门，久作长安旅。五月渔郎相忆否。小楫轻舟，梦入芙蓉浦。"宋人多以此调抒写闲适情趣，亦用以酬赠友人。宋季柴元彪《客中独坐》抒写旅愁，流美和婉，为此调优秀之作："晚晴初，斜照里。远水连天，天外帆千里。百尺高楼谁独倚。滴落梧桐，一片相思泪。　　马又嘶，风又起。断续寒砧，又送黄昏至。明月照人人不寐。愁雁声声，更切愁人耳。"

【淡黄柳】　双调，六十五字。前段五句，五仄韵；后段七句，五仄韵。

姜　夔

空城晓角韵吹入垂杨陌韵马上单衣寒恻恻韵看尽鹅黄嫩绿韵都是江南旧相识韵　正岑寂韵明朝又寒食韵强携酒读小桥宅韵怕梨花读落尽成秋色韵燕燕飞来句问春何在句惟有池塘自碧韵

南宋音乐家兼词人姜夔自度曲。词人自己创作之乐曲而用为词调称自度曲。姜夔共有十七首自度曲，此为其一，属正平调，词序云："客居合肥南城赤阑之西，巷陌凄凉，与江左异。唯柳色夹道，依依可怜。因度此阕，以抒客怀。"今传之姜夔《白石道人歌曲》其自度曲词字之右旁皆注有燕乐半字谱，现代音乐家已译为今谱，可以歌唱，为宋词今存之完整歌谱。此曲旋律高亢优美，为姜夔自度曲中之佳作。此调用仄韵，姜词及王沂孙、张炎之作皆用入声韵，故以入声韵为准。

【庆春泽】 双调，六十六字。前后段各七句，四仄韵。

张　先

飞阁危桥相倚韵人独立东风句满衣轻絮韵还记忆江南句如今天气韵正白苹花句绕堤涨流水韵

寒梅落尽谁寄韵方春意无穷句青空千里韵愁草树依依句关城初闭韵对月黄昏句角声傍烟起韵

北宋新声，张先两词为创调之作，另有长调与此体迥异。此调为重头曲，善用领字为显著特点。领字，往往以一虚字引领其下之句或句群。此调前段结两句“正白苹花，绕堤涨流水”，后段结两句“对月黄昏，角声傍烟起”，“正”与“对”即起到引领下面句意，形成特殊句法结构。词中前段之“还”，后段之“愁”亦是领字，填此调当细细领会其中领字之作用，便能体现声情特点。因此调以四字句为主，多用领字，配以七字句和五字句，故音节极为柔婉而低沉，宜于抒情与描述。

【行香子】 双调，六十六字。前段八句，五平韵；后段八句。四平韵。 苏　轼

清夜无尘韵月色如银韵酒斟时读须满十分韵浮名浮利句虚苦劳神韵叹隙中驹句石中火句梦中身韵

虽抱文章句开口谁亲韵且陶陶读乐尽天真韵几时归去句作个闲人韵对一张琴句一壶酒句一溪云韵

北宋新声。行香为礼佛仪式，起于南北朝时期。行香之法：主斋者执香炉绕行道场中，或散撒香末，或自炷香为礼，或手取香分与众僧，故亦称传香。帝王行香则自乘辇绕行佛坛，令他人执炉随后。《南史·王弘传》附王僧达："何尚之致仕，复膺朝命，于宅设八关斋，大集朝士，自行香。"此调当为佛曲。张先词为创调之作："舞雪歌云。闲淡妆匀。蓝溪水、深染轻裙。酒香醺脸，粉色生春。更巧谈话，美情性，好精神。　　江空无畔，凌波何处，月桥边、青柳朱门。断钟残角，又送黄昏。奈心中事，眼中泪，意中人。"此调《词律》列六体，《词谱》列八体，以苏轼词为通行之体，同于张先词。此调当为重头曲，后段首句当用韵，其余宋人之作多如此；苏轼七首后段首句不用韵，亦可。苏轼用于咏物、写景、酬赠、感叹人生。其另一首感叹人生之作："三入承明。四至九卿。问儒生、何辱何荣。金张七叶，纨绮貂缨。无汗马事，不献赋，不明经。　　成都卜肆，寂寞君平。郑子真、岩谷躬耕。寒灰炙手，人重人轻。除竺乾学，得无念，得无名。"苏轼此词与"清夜无尘"词影响极大，确立基本情调格局，故多用以感悟人生哲理。辛弃疾四首具嘲讽之意，风格更为恣肆，如《博山戏呈赵昌甫韩仲止》："少日尝闻。富不如贫。贵不如、贱者长存。由来至乐，总属闲人。且饮瓢泉，弄秋水，看停云。

岁晚情亲。老语弥真。记前时、劝我殷勤。都休殢酒，也莫论文。把相牛经，种鱼法，教儿孙。”此调亦用以言情，如洪瑹词：“楚楚精神。杨柳腰身。是风流、天上飞琼。凌波微步，罗袜生尘。有许多娇，许多媚，许多情。　十年心事，两字眉婚。问何时、真个行云。秋衾半冷，窗月窥人。想为人愁，为人瘦，为人颦。”宋季蒋捷《舟宿兰湾》词意极为轻快：“红了樱桃。绿了芭蕉。送春归、客尚蓬飘。昨宵谷水，今夜兰皋。奈云溶溶，风淡淡，雨潇潇。

银字笙调。心字香烧。料芳踪、乍整还凋。待将春恨，都付春潮。过窈娘堤，秋娘渡，泰娘桥。”此调以四字句和三字句为主，间以两个上三下四之七字句法。每段前半和缓，结尾由一个领字领三个三字句而又流畅奔放。每结之三字句须构词法相同，而又意义连贯，意象优美，音节响亮，具语意回环之艺术效果，故使此调特色显著。纵观宋人之作多表达感慨、嘲讽、轻快之情意。

【解佩令】　双调，六十六字。前后段各六句，五仄韵。

王庭珪

湘江停瑟韵洛川回雪韵是耶非读相逢飘瞥韵云鬓风裳句照心事读娟娟山月韵剪烟花读带萝同结韵

留环盟切韵贻珠情彻韵解携时读玉声愁绝韵罗袜尘生句早波面读春痕欲灭韵送人行读水声凄咽韵

北宋新声，始词为晏几道作。王庭珪词咏本意。解佩，解下衣带上所佩饰之珠玉。《文选》郭璞《江赋》“感交甫之丧佩”注引《韩诗内传》：“郑交甫遵彼汉皋台下，遇二女，与言曰：‘愿请子之佩。’二女与交甫。交甫受而怀之，超然而去，十步循探之，即亡矣；回顾二女，亦即亡矣。”此故事详见《太平广记》卷五十九《江妃》引《列仙传》。此调为重头曲，每段三个四字句，三个上三下四句法之七字句，且用仄韵，形成平缓凝涩之调势。史达祖词表达苦涩的离情别绪：“人行花坞。衣沾香雾。有新词、逢春分付。屡欲传情，奈燕子、不曾飞去。倚珠帘、咏郎秀句。

相思一度。秾愁一度。最难忘、遮灯私语。淡月梨花，借梦来、花边廊庑。指春衫、泪曾溅处。”蒋捷抒写惜春情怀：“春晴也好。春阴也好。著些儿、春雨越好。春雨如丝，绣出花枝红袅。怎禁他、孟婆合皂。　　梅花风小。杏花风小。海棠风、蓦地寒峭。岁岁春光，被二十四风吹老。楝花风、尔且慢到。”此将调情最完美地表现出来。朝鲜《高丽史·乐志》所存宋词有《解佩令》同于此体，全用俗语作艳词，工于细致描述，又表现出此调之另一特色。此调主要宜于抒写愁苦之情绪，尤适于写离情，亦宜于写景。

【谢池春】 双调，六十六字。前后段各六句，四仄韵。

陆　游

壮岁从戎句曾是气吞残虏韵阵云高读狼烽夜举韵朱颜青鬓句拥雕戈西戍韵笑儒冠读自来多误韵

功名梦断句却泛扁舟吴楚韵漫悲歌读伤怀吊古韵烟波无际句望秦关何处韵叹流年读又成虚度韵

北宋有《谢池春慢》，始词为张先作。《谢池春》始见于南宋陆游三词，三首格律相同，风格均甚豪健。调名取自南朝诗人谢灵运《登池上楼》诗句“池塘生春草，园柳变鸣禽”。宋人叶梦得《石林诗话》卷中：“‘池塘生春草，园柳变鸣禽。’世多不解此语为工，盖欲以奇求之耳。此语之工，正在无所用意，猝然与景相遇，借以成章，不假绳削，故非常情所能到。”金代诗人元好问《论诗绝句》云：“池塘春草谢家春，万古千秋五字新。”宋季孙夫人用以写闺情：“消减芳容，端的为郎烦恼。鬓慵梳、宫妆草草。别离情绪，待归来都告。怕伤郎、又还休道。　利锁名缰，几阻当年欢笑。更那堪、鳞鸿信杳。蟾枝高折，愿从今须早。

莫辜负、凤帷人老。”此词流美婉约，形成另一风格。此调又名《风中柳》，朝鲜《高丽史·乐志》所存宋词内有俗词一首，甚为流畅俚俗，名《风中柳令》，均与《谢池春》相同。

【青玉案】 双调，六十七字。前后段各六句，五仄韵。

贺　铸

凌波不过横塘路韵但目送读芳尘去韵锦瑟华年谁与度韵月桥花院句琐窗朱户韵只有春知处韵

碧云冉冉蘅皋暮韵彩笔新题断肠句韵试问闲愁知几许韵一川烟草句满城风絮韵梅子黄时雨韵

此词为宋词名篇，贺铸改调名《横塘路》，而下注《青玉案》。北宋新声，调名取自东汉张衡《四愁诗》之四：“美人赠我锦绣缎，何以报之青玉案。”青玉案为古时贵重之食器，案为承杯箸之盘。贺词抒写春愁，极为华美含蓄，苏轼《和贺方回韵送伯固归吴中》为旷达之风格，词云：“三年枕上吴中路。遣黄犬、随君去。若到松江呼小渡。莫惊鸳鹭，四桥尽是，老子经行处。　　辋川图上看春暮。常记高人右丞句。作个归期天已许。春衫犹是，小蛮针线，曾湿西湖雨。”自苏轼和韵之后，宋人多用贺铸韵。此调宋人作者甚众，民间尤喜用之，适合之题材广泛，凡抒情、写景、叙事、祝颂、戏谑等均宜。《词律》于此调列七体，《词谱》列十三体，贺词为通用之正体。辛弃疾《元夕》亦为宋词名篇：“东风夜放千花树。更吹落、星如雨。宝马雕车香满路。凤箫声动，玉壶光转，一夜鱼龙舞。　　蛾儿雪柳黄金缕。笑语盈盈暗香去。众里寻他千百度。蓦然回首，那人却在，灯火阑珊处。”向滈两首为白话词，通俗而流畅，如其：“多情赋得相思分。便搅断、愁和闷。万种千般说不尽。吃他圈柜，被他拖逗，便佛也须教恨。　　传消寄息无凭信，水远山长怎生奔。梦也而今难得近。伊还知道，为伊成病，便死也谁能问。”此词两结句多一字。无名氏抒写旅愁，含蓄而优美：“一年春事都来几。早过了、三之二。绿暗红嫣浑可事。绿杨庭院，暖风帘幕，有个人憔悴。　　买花载酒长安市，又争似、家山见桃李。不枉东风吹客泪。相思难表，梦魂无据，惟有归来是。”此词后段第二句多一字。另一首无名氏之词亦写旅愁，尤为流畅优美，应为此调之佳作：“年年社日停针线。怎忍见、双飞燕。今日江城春已半。一身犹在，乱山深处，寂寞溪桥畔。　　春衫著破谁针线。点点行行泪痕满。落日解鞍芳草岸。花无人戴，酒无人劝，醉也无人管。”自苏轼词始，前后段第五句不用韵，是为又一体；则此两处可用韵，亦可不用韵。此调前后段结尾三句必须语意连贯，意象优美和语言生动，可体现其艺术个性。

【殢人娇】 双调，六十八字。前后段各六句，四仄韵。

晏　殊

二月春风句正是杨花满路韵那堪更读别离情绪韵罗巾掩泪句任粉痕沾污韵争奈向读千留万留不住韵　玉酒频倾句宿眉愁聚韵空肠断读宝筝弦柱韵人间后会句又不知何处韵魂梦里读也须时时飞去韵

北宋新声，属林钟商。创调之作为柳永之艳词一首。殢，引逗之意，如宋人吕谓老《思佳客》："殢人索酒复同倾。"晏殊词三首，另两首为寿词。宋人一般用以抒写儿女之情，苏轼三首，其中两首是赠歌妓之作，另一首是戏友人之作。

【江城子】 双调，七十字。前后段各七句，五平韵。 苏　轼

十年生死两茫茫韵不思量韵自难忘韵千里孤

坟读无处话凄凉韵纵使相逢应不识句尘满面句鬓如霜韵　　夜来幽梦忽还乡韵小轩窗韵正梳妆韵相顾无言读惟有泪千行韵料得年年肠断处句明月夜句短松冈韵

此是苏轼悼念亡妻王弗之作，为宋词名篇。始词是五代韦庄两首写闺情。欧阳炯一词咏此调本意："晚日金陵岸草平。落霞明。水无情。六代繁华、暗逐逝波声。空有姑苏台上月，如西子镜，照江城。"江城指金陵，词为怀古之作。五代词人均用单调，如韦庄："髻鬟狼藉黛眉长。出兰房。别檀郎。角声呜咽、星斗渐微茫。露冷月残人未起，留不住，泪千行。"此体三十五字，宋人加一叠为双调七十字。宋人用此调者甚众，但以苏轼之作为正体。苏轼此调九词，用于写景、酬赠、别情，除其悼亡之作外尚有两首亦为名篇。其《湖上与张先同赋》云："凤凰山下雨初晴。水风清。晚霞明。一朵芙蕖、开过尚盈盈。何处飞来双白鹭，如有意，慕娉婷。　　忽闻江上弄哀筝。苦含情。遣谁听。烟敛云收，依约是湘灵。欲待曲终寻问取，人不见，数峰青。"其《密州出猎》为豪放风格之作："老夫聊发少年狂。左牵黄。右擎苍。锦帽貂裘、千骑卷平冈。为报倾城随太守，亲射虎，看孙郎。　　酒酣胸胆尚开张。鬓微霜。又何妨。持节云中、何日遣冯唐。会挽雕弓如满月，西北望，射天狼。”秦观三首，其中抒写离情一首最能体现此调声韵之美，词情极为婉约，是为此调名篇：“西城杨柳弄春柔。动离忧。泪难收。犹记多情、曾为系归舟。碧野朱桥当日事，人不见，水空流。　　韶华不为少年留。恨悠悠。几时休。飞絮落花、时候一登楼。便做春江都是泪，流不尽，许多愁。”宋人也有用以游戏或谐谑者，如逸民《中秋忆举场》：“秀才落得甚干忙。冗中秋。闷重阳。百年三万、消得几科场。吟配十年灯火梦，新米粥，紫苏汤。　　如今且说世平康。收战场。息攙枪。路断邯郸、无复梦黄粱。浪说为农今决矣，新酒熟，菊花香。”此调每段由两个七字句、一个九字句、四个三字句组成；用平韵，其用韵之句末两字俱为平声，以九字句一顿，略为收敛，结尾两个三字句又使音节流畅。故此调音韵响亮，气势流动而略有曲折，宜于表达奔放热烈之情感。因此调全为奇句，作词时应注意勿以诗法入词，秦观一词甚得调体，可细细体味。

【千秋岁】 双调，七十一字。前后段各八句，五仄韵。

秦　观

水边沙外韵城郭春寒退韵花影乱句莺声碎韵飘

零疏酒盏句离别宽衣带韵人不见句碧云暮合空相对韵　　忆昔西池会韵鹓鹭同飞盖韵携手处句今谁在韵日边清梦断句镜里朱颜改韵春去也句飞红万点愁如海韵

北宋新声，属歇指调。一年有一秋，千秋即千年，形容岁月长久。千秋，为祝寿敬词，亦为人死之婉言。此调表悲哀，或表吉庆；为悼亡，或为祝寿。始词为张先所作：“数声鶗鴂。又报芳菲歇。惜春更把残红折。雨轻风色暴，梅子青时节。永丰柳，尽日无人花飞雪。　　莫把幺弦拨。怨极弦能说。天不老，情难绝。心似双丝网，中有千千结。夜过也，东窗未白凝残月。”此词抒写伤春之情，前段第三句为七字句，与秦词略异。《词律》此调列三体，《词谱》列八体。秦词为宋人通用之正体。北宋绍圣二年（1095）秦观贬谪于处州时所作，词情悲怆绝望，不久秦观即死亡。苏轼在海南儋州贬所，黄庭坚在广西宜州贬所，得知秦观死亡消息均追和其词。苏轼词云：“岛边天外。未老身先退。珠泪溅，丹衷碎。声摇苍玉佩，色重黄金带。一万里，斜阳正与长安对。　　道远谁云会。罪大天能盖。君命重，臣节在。新恩犹可觊，旧学终难改。吾已矣，乘桴且恁浮于海。”黄庭坚词云：“苑边花外。记得同朝退。飞骑轧，鸣珂碎。齐歌云绕扇，赵舞风回带。严鼓断，杯盘狼藉犹相对。　　洒泪谁能会。醉卧藤阴盖。人已去，词空在。兔园高宴悄，虎观英游改。重感慨，波涛万顷珠沉海。”一时苏门文人和者甚众，使此调在后世多用于悼亡。此调，每段为四五三三五五三七句式，以奇句为主，第三、四句为两个三字句甚起调，结句为三字句与七字句相配，足以表达激烈之情。另有《千秋岁引》，亦名《千秋岁令》，与《千秋岁》之音谱格律均异，非同一词调。

【惜奴娇】　双调，七十二字。前后段各七句，五仄韵。

贺　铸

玉立佳人句韵不减读吴苏小韵赋情深读华年韶妙韵叠鼓新歌句最能作读江南调韵缥缈韵似阳台读娇云弄晓韵　　有客临风句梦后拟读池塘草韵竟装怀读清愁多少韵绿绮芳尊句映花月读东山道韵正要韵个卿卿读嫣然一笑韵

北宋新声，贺铸词为创调之作，史达祖词与此体同，晁补之词前段第二句少一字。自贺铸始，宋人用此调多写歌妓或言情，但颇有游戏之意。石孝友两词更为俚俗，其二云：

“合下相逢，算鬼病、须沾惹。闲深里、做场话霸。负我看承。枉驼我、许多时价。冤家。你教我、如何割舍。　　苦苦孜孜，独自个、空嗟呀。使心肠、捉他不下。你试思量，亮从前、说风话。冤家。休直待、教人咒骂。”朝鲜《高丽史·乐志》所有宋词之此调叙述京都元夕之盛况。

【忆帝京】　双调，七十二字。前段六句，四仄韵；后段七句，四仄韵。

柳　永

薄衾小枕凉天气韵乍觉别离滋味韵展转数寒更句起了还重睡韵毕竟不成眠句一夜长如岁韵

也拟待读却回征辔韵又争奈读已成行计韵万种思量句多方开解句只恁寂寞厌厌地韵系我一生心句负你千行泪韵

北宋新声，属南吕调。柳永此词为创调之作。首句《全宋词》作“薄衾小枕天气”，《词谱》有“凉”字，查《百家词》本《乐章集》亦有“凉”字。此调其他作者字数互有一些差异，当以柳词为正体。黄庭坚两词为七十六字体，其《赠弹琵琶妓》：“薄妆小靥闲情素。抱著琵琶凝伫。慢捻复轻拢，切切如私语。转拨割朱弦，一段惊沙去。　　万里嫁、乌孙公主。对易水、明妃不渡。泪粉行行，红颜片片，指下花落狂风雨。借问本师谁，敛拨当心住。”宋人多用此调作描述式叙述，其中可平可仄之字较多。

【离亭宴】 双调，七十二字。前后段各六句，四仄韵。

张　昇

一带江山如画韵风物向秋潇洒韵水浸碧天何处断句翠色冷光相射韵蓼岸荻花中句隐映竹篱茅舍韵　天际客帆高挂韵门外酒旗低迓韵多少六朝兴废事句尽入渔樵闲话韵怅望倚危阑句红日无言西下韵

北宋新声。离亭，古代路旁驿亭。地远者称离亭，近者称都亭。汉代《曹全碑》：“合七首药神明膏，亲至离亭。”离亭宴，于离亭送别行人之宴饮，“宴”，或作“燕”。始词为张先所作《公择别吴兴》，因词之第二句为“随处是、离亭别宴”，取以为调名。张先词为七十七字。张昇词为宋词名篇，词意有苍凉萧远之致，其体为宋人所通用。黄庭坚《次韵答廖明略见寄》词：“十载尊前谈笑。天禄故人年少。可是陆沉英俊地，看即琐窗批诏。此处忽相逢，潦倒秃翁同调。　　西顾郎官湖渺。事看庾楼人小。短艇绝江空怅望，寄得诗来高妙。梦去倚君旁，胡蝶归来清晓。”黄庭坚为“苏门四学士”之首，他去世后，“苏门四学士”之一的晁补之作《次韵吊豫章黄鲁直》词：“丹府黄香堪笑。章台坠鞭年少。细雨春风花落处，醉里中人传诏。却上五湖船，悲歌楚狂同调。　　青草荆江波渺。香炉紫霄簪小。人在江山长依旧，幼妇空传辞妙。洒泪作招魂，枫林子规啼晓。”此调六字句共八句，占全调三分之二，而且用韵处均为六字句，形成稳重严整的特色，兼用仄声韵，故有抑郁之声情。此调宜用于怀古、感世、悼亡等严肃题材。

【于飞乐】　双调，七十二字。前段八句，四平韵；后段八句，三平韵。

晏几道

晓日当帘句睡痕犹占香腮韵轻盈笑倚鸾台韵晕残红句匀宿翠句满镜花开韵娇蝉鬓畔句插一枝读淡蕊疏梅韵　　每到春深句多愁饶恨句妆成懒下香阶韵意中人句从别后句萦系情怀韵良辰好景句相思字读唤不归来韵

《诗经·大雅·卷阿》：“凤凰于飞，翙翙其羽。”于飞，比翼而飞。《左传》庄公二十二年：“初懿氏卜妻敬仲。其妻占之曰：吉，是谓凤凰于飞，和鸣锵锵。”后世以“凤凰于飞”喻夫妻和谐。调名取此。北宋新声，晏几道词为创调之作。其他宋人之作多有字句差异，当以此词为正体。

【粉蝶儿】 双调，七十二字。前后段各八句，四仄韵。

辛弃疾

昨日春如句十三女儿学绣韵一枝枝读不教花瘦韵甚无情句便下得句雨僝风僽韵向园林句铺作地衣红绉韵　而今春似句轻薄荡子难久韵记前时读送春归后韵把春波句都酿作句一江醇酎韵约清愁句杨柳岸边相候韵

北宋新声，始词为毛滂作，因词中有“粉蝶儿，这回共花同活”，以为调名。辛弃疾词赋落梅，甚体现此调特色。重头曲，每段各有三个三字句，但与四字句、六字句和上三下四句法之七字句相配，调势极平稳，适于咏物、写景和抒情。

【隔浦莲】 双调，七十三字。前后段各八句，六仄韵。

周邦彦

新篁摇动翠葆韵曲径通深窈韵夏果收新脆句金丸落句惊飞鸟韵浓霭迷岸草韵蛙声闹韵骤雨鸣池沼韵

水亭小韵浮萍破处句帘花檐影颠倒韵纶巾羽扇句困卧北窗清晓韵屏里吴山梦自到韵惊觉韵依然身在江表韵

北宋新声，周邦彦词为创调之作，自注大石调。唐代诗人白居易有《隔浦莲曲》，调名取此。宋人此调又名《隔浦莲近》《隔浦莲近拍》。周邦彦《片玉集》此词名《隔浦莲》，为宋人通用之正体。陆游两词名《隔浦莲近拍》，与周词格律相同，但将周词之第四、五句两个三字句合为一个六字句，余同："骑鲸云路倒景。醉面风吹醒。笑把浮丘袂，寥然非复尘境。震泽秋万顷。烟霏散，水面飞金镜。

露华冷。湘妃睡起，鬟倾钗坠慵整。临江舞处，零乱塞鸿清影。河汉横斜夜漏永。人静。吹箫同过缑岭。"吴文英《泊长桥过重午》调名《隔浦莲近》，格律同周词，但注黄钟商，词云："榴花依旧照眼。愁褪红丝腕。梦绕烟江路，汀菰绿，薰风晚。年少惊送远。吴蚕老，恨绪萦抽茧。

旅情懒。扁舟系处，青帘浊酒须换。一番重午，旋买香蒲浮盏。新月湖光荡素练。人散。红衣香在南岸。”唐宋大型乐舞曲名为大曲，其组织结构复杂，由数十遍组成，唐宋词调往往从大曲中摘取一遍或一段而配以歌词。“近”即“近拍”，为大曲之散序后的一段。此调宋人用者较多，宜于写景、咏物、叙事。

【传言玉女】 双调，七十四字。前后段各八句，四仄韵。

汪元量

一片风流句今夕与谁同乐韵月台花馆句慨尘埃漠漠韵豪华荡尽句只有青山如洛韵钱塘依旧句潮生潮落韵　万点灯光句羞照舞钿歌箔韵玉梅消瘦句恨东皇命薄韵昭君泪流句手捻琵琶弦索韵离愁聊寄句画楼哀角韵

北宋新声。玉女，传说中的古代神女，《太平广记》卷三引《汉武内传》：“元封元年，正月甲子，登嵩山，起道宫。帝斋七日，祠讫乃还。至四月戊辰，帝用居承华殿。东方朔、董仲君在侧，忽见一女子，着青衣，美丽非常。帝愕然问之。女对曰：‘我墉宫玉女王子登也，向为王母所使，从昆仑山来。’语帝曰：‘闻子轻四海之禄，寻道求生，降帝王之位，而屡祷山岳。勤哉！有似可教者也。从今日清斋，不闲人事。至七月七日，王母暂来也。’帝下席跪诺。”调名本此。始词为北宋晁冲之作，咏元夕词。自此宋人多用以咏元夕，汪元量词最佳，题为《钱塘元夕》，作于南宋亡后。宋人亦用以祝颂，或作寿词；杨无咎两词则作于花间尊前以应歌者。汪词为通用之体，晁冲之词后段第二句六字句为折腰句法之三字读，略异。

【诉衷情近】 双调，七十五字。前段七句，二仄韵；后段九句，六仄韵。

柳　永

雨晴气爽句伫立江楼望处句澄明远水生光句
重叠暮山耸翠韵遥想断桥幽径句隐隐渔村句向晚
孤烟起韵　　残阳里韵脉脉朱阑静倚韵黯然情绪句
未饮先如醉韵愁无际韵暮云过了句秋风老尽句故人
千里韵竟日空凝睇韵

北宋新声，属林钟商。柳永两词乃创调之作，为羁旅行役词。此调为换头曲，前后段句式差异较大，以六字句和四字句为主，音节低沉，宜于写景和叙事。

【碧牡丹】 双调，七十五字。前段九句，五仄韵；后段九句，六仄韵。

张　先

步帐摇红绮韵晓月堕句沉烟砌韵缓板香檀句唱彻伊家新制韵怨入眉头句敛黛峰横翠韵芭蕉寒句雨声碎韵　镜华翳韵闲照孤鸾戏韵思量去时容易韵钿盒瑶钗句至今冷落轻弃韵望极蓝桥句但暮云千里韵几重山句几重水韵

碧牡丹，牡丹花名，即欧碧。陆游《天彭牡丹谱》：“碧花止一品，名曰欧碧；其花浅碧而开最晚。”此调为北宋新声，张先词为创调之作，原题为《晏同叔出姬》。宋无名氏《道山清话》：“晏元献（殊）为京兆，辟张先为通判；新得一侍，公甚属意。每张来，令侍儿歌子野词。其后王夫人浸不容，出之。一日子野至，公与之饮。子野作词令营妓歌之，末句云：‘望极蓝桥，但暮云千里。几重山，几重水。’公闻之怃然曰：‘人生行乐耳，何自苦如此？’亟命宅库支钱，复取前所出侍儿，夫人亦不得谁何也！”此调为换头曲，共有七个三字句，但与六字句、五字句、四字句配合，用仄韵，因而音节低沉凝塞，适于抒写怨抑之情与叙事。晁补之《王晋卿都尉宅观舞》善于描绘："院宇帘垂地。银筝雁，低春水。送出灯前，婀娜腰肢细。步蹙香茵，红浪随鸳履。梁州紧，凤翘坠。　　悚轻体。绣带因风起。霓裳恐非人世。调促香檀，困入流波生媚。上客休辞，眼乱尊中翠。玉阶霜，透罗袂。"程垓抒写春日感怀："睡起情无着。晓雨尽，春寒弱。酒盏飘零，几日顿疏行乐。试数花枝，问此情何若。为谁开，为谁落。　　正愁却。不是花情薄。花元笑人萧索。旧观千红，至今冷梦难托。燕麦春风，更几人惊觉。对花羞，为花恶。"此用入声韵。晏几道一首第二句为五字句，比张词第二、三句少一字；又晏词两结句为六字句，故晏词一体略异。张词为此调通行之正体，晁补之与程垓词均同此体。张词前后段第七句"敛黛峰横翠""但暮云千里"为上一下四句法，程词正同，当以此为准。

【风入松】　双调，七十六字。前后段各六句，四平韵。

吴文英

　　听风听雨过清明韵愁草瘗花铭韵楼前绿暗分
　　●○　●●○○　○●●○○　　○●●○
携路句一丝柳读一寸柔情韵料峭春寒中酒句交加晓
○●　●○●　●●○○　●●○○●●　○○●
梦啼莺韵　　西园日日扫林亭韵依旧赏新晴韵黄
●○○　　○○●●●○○　○●●○○　○

蜂频扑秋千索句有当时读纤手香凝韵惆怅双鸳不到句幽阶一夜苔生韵

乐府古琴曲之一。《乐府诗集》卷六十《琴曲歌辞》（四）《风入松歌》题注："《琴集》曰：《风入松》，晋嵇康所作也。"宋人据古琴曲谱词，始词为晏几道两首，均言情之作，如其一："心心念念忆相逢。别恨谁浓。就中懊恼难拼处，是擘钗、分钿匆匆。却是桃源路失，落花空记前踪。　　彩笺出尽浣溪红。深意难通。强欢殢酒图消遣，到醒来，愁闷还重。若是初心未改，多应此意须同。"此为七十四字体，前后段第二句比吴词少一字，为五字句，余同。吴词七十六字者为宋人通用之正体。吴文英此调五词均佳作，"听风听雨过清明"一首为宋词名篇。调属林钟商，重头曲，每段三个七字句，其中一句为上三下四句法，嵌入一个五字句，而两结句为平仄相对之六字句。起两句音节较为响亮，而上三下四之七字句一顿，结两句有收敛之势，故音韵婉约谐美而含蓄，南宋词人用者甚众。前后段各两结句或前段对偶，或后段对偶，如吴文英前段对偶："昨夜灯前歌黛，今朝陌上啼妆"；后段对偶："哀曲霜鸿凄断，梦魂寒蝶幽飏。"南宋初年宋高宗曾甚赏太学生俞国宝一词。周密《武林旧事》卷三："一日，御舟经（西湖）断桥，桥旁有小酒肆，颇雅洁，中饰素屏，书《风入松》一词于上，光尧（宋高宗）驻目称赏久之，宣问何人所作，乃太学生俞国宝醉笔也。其词云：‘一春长费买花钱。日日醉湖边。玉骢惯识西泠路，骄嘶过、沽酒楼前。红杏香中歌舞，绿杨影里秋千。　　东风十里丽人天。花压鬓云偏。画船载取春归去，余情在、湖水湖烟。明日再携残酒，来寻陌上花钿。’上笑曰：‘此词甚好，但末句未免儒酸。’因改定云‘明日重扶残醉’，则迥不同矣。即日命解褐云。”俞国宝之词因此为宋词名篇。侯寘《西湖戏作》实为感旧之词：“少年心醉杜韦娘。曾格外疏狂。锦笺预约西湖上，共幽深、竹院松窗。愁夜黛眉颦翠，怕归罗帕分香。　　重来一梦觉黄粱。空烟水微茫。如今眼底无姚魏，记旧游、凝伫凄凉。入扇柳风残酒，点衣花雨斜阳。”此词流美工致，前后段各两结句均为对偶。纵观此调宜于感旧、悼亡、写景，要求词意婉约而意象优美。

【荔枝香】　双调，七十六字。前后段各七句，四仄韵。

柳　永

甚处寻芳赏翠句归去晚韵缓步罗袜生尘句来绕琼筵看韵金缕霞衣轻褪句似觉春游倦韵遥认读众

里盈盈好身段韵　拟回首句又伫立读帘帏畔韵素脸翠眉句时揭盖头微见韵笑整金翘句一点芳心在娇眼韵王孙空恁肠断韵

唐人李肇《唐国史补》卷上："杨贵妃生于蜀，好食荔枝。南海所生，尤胜蜀者，故每岁马驰以进。然方暑而熟，经宿则败，后人皆不知之。"宋人王灼《碧鸡漫志》卷四引《脞说》："太真妃好食荔枝，每岁忠州置急递上进，五日至都。天宝四年夏，荔枝滋甚，比开笼时，香满一室。供奉李龟年撰此曲进之，宣赐甚厚。"此调为唐代乐曲，宋代属歇指调，又名《荔枝香近》，始词为柳永应歌之作。此为换头曲，前后段句式差异很大，以六字句为主，用仄声韵，调势平稳，宜于描述。周邦彦两词字句略有差异，其第一首七十五字："照水残红零乱，风唤去。尽日恻恻轻寒，帘底吹香雾。黄昏客枕无聊，细响当窗雨。看两两相依燕新乳。

楼下水，渐绿遍、行舟浦。暮往朝来，心逐片帆轻举。何日迎门，小槛朱笼报鹦鹉。共剪西窗蜜炬。"此为写景之作，亦长于描述。此词前段结句为八字句，比柳词此句少一字，当有脱误。杨泽民、方千里和周词俱为七十六字体。《词谱》此调列十体，柳永七十六字者为正体。

【婆罗门引】 双调，七十六字。前段七句，四平韵；后段七句，五平韵。 蔡 伸

素秋向晚句岁华分付木芙蓉韵萧萧红蓼西风韵记得当时撷翠句拥手绕芳丛韵念吹箫人去句明月楼空韵 遥山万重韵望寸碧读想眉峰韵翠钿琼珰谩好句谁适为容韵凄凉怀抱句算此际读唯我与君同韵凝泪际读目送征鸿韵

唐代教坊曲有《婆罗门》，《婆罗门引》又名《婆罗门》。婆罗门，因水得名，乃印度最高之种姓，也是印度国名之别称。玄奘《大唐西域记》卷二："印度种姓，族类群分，而婆罗门特为清贵，从其雅称，传以成俗，无云经界之别，总称婆罗门国焉。"此为印度佛曲，经中亚传入中国。唐代天宝十三载（754）《婆罗门》改名《霓裳羽衣曲》，以附会唐明皇游月宫事。唐人郑嵎《津阳门诗》注云："叶法善引明皇入月宫，闻乐归，笛写其事，会西凉都督杨敬述进其《婆罗门曲》，声调吻合，遂以月中所闻为散序，敬述所进为其腔，制《霓裳羽衣》。"敦煌曲子词存《望月婆罗门》四首为咏月之作，平韵，单调，为五五七七五七句式，如其四："望月在边州。江东海北头。自从亲向月中游。

随佛逍遥登上界，端坐万花楼。千秋似万秋。”此为《婆罗门》之始词。《婆罗门引》当是宋人依旧曲新制，与敦煌曲子词迥异。宋人此调始词为曹组作，题亦名《望月》。蔡伸词与曹组词格律相同，题为《再游仙潭薛氏园亭》，乃感旧之作。此为宋人通用之正体。此调用于言情、节序、咏物均可。辛弃疾五首用以赠答友人，风格豪放，寓于言志，如其《用韵答傅先之，时傅宰龙泉归》："龙泉佳处，种花满县却东归。腰间玉若金累。须信功名富贵，长与少年期。怅高山流水，古调今悲。　卧龙暂而。算天上、有人知。最好五十学《易》，三百篇《诗》。男儿事业，看一日、须有致君时。端的了、休更寻思。”此调前后段句式相异，全词有四、五、六、七、八句式，且其中有上一下四之五字句、折腰之六字句、上三下四之七字句、上三下五之八字句，故句法复杂，虽用平声韵而顿挫之处颇多，但音韵甚为谐美。

【祝英台近】　双调，七十七字。前段八句，三仄韵；后段八句，四仄韵。

吴文英

剪红情句裁绿意句花信上钗股韵残日东风句不放岁华去韵有人添烛西窗句不眠侵晓句笑声转读新年莺语韵　旧尊俎韵玉纤曾擘黄柑句柔香系幽

素韵归梦湖边句还迷镜中路韵可怜千点吴霜句寒销不尽句又相对读落梅如雨韵

北宋新声。《宁波府志》卷三十六记载民间传说：东晋穆帝时，会稽梁山伯，与上虞祝英台同游学三年。祝归后，梁往探访，始知祝为女子。梁欲求婚，而祝已许字鄞城马氏。梁后为鄞令，病卒，葬城西清道原。次年祝适马氏，趁舟过梁坟墓，风涛阻舟，祝登岸临墓哀恸，地忽裂，遂与梁并埋。此调当是江南民间乐曲，始词为苏轼所作感旧之词。吴文英词同苏轼格律，为此调通行之正体，南宋时最为流行。吴词题为《除夜立春》，其另一首题为《春日客龟溪游废园》亦是名篇，词云："采幽香，巡古苑，竹冷翠微路。斗草溪根，沙印小莲步。自怜两鬓清霜，一年寒食，又身在、云山深处。　　昼闲度。因甚天也悭春，轻阴便成雨。绿暗长亭，归梦趁风絮。有情花影阑干，莺声门径，解留我、霎时凝伫。"吴文英两词均描述与抒情结合，词意婉约含蓄，甚能体现此调之声情特点。无名氏一首抒写春愁，词情流美："剪酴醾，移红药，深院教鹦鹉。消遣宿酲，鼓枕熏沉炷。自从载酒西湖，控梅南浦，久不见、雪儿歌舞。

恨无据。因甚不展眉头，凝愁过百五。双燕见情，难寄断肠句。可怜泪湿青绡，怨题红叶，落花乱、一帘风雨。"此词前后段结句各三句中插入对偶，意象优美而工致，语意极为流畅。辛弃疾《晚春》一词是宋词名篇，表现了其风格婉约之一面：“宝钗分，桃叶渡，烟柳暗南浦。怕上层楼，十日九风雨。断肠片片飞红，都无人管，更谁劝、啼莺声住。

鬓边觑。试把花卜归期，才簪又重数。罗帐灯昏，哽咽梦中语。是他春带愁来，春归何处，却不解、带将愁去。”此词前段第二句和后段第七句用韵，当属偶然。刘过用以感慨言志，风格颇异：“笑天涯，还倦客。欲起病无力。风雨春归，一日近一日。看人结束春衫，前呵骑马，腰剑上、陇西平贼。　　鬓分白。只可归去家山，无田种瓜得。空抱遗书，憔悴小楼侧。杜鹃不管人愁，月明枝上，直啼到、枕边相觅。”此词第二句用韵，亦属偶然。此调用仄韵，韵稀，句式有三、四、五、六、七字句，前后段句式颇异而三结句又同，故调势富于变化；可平可仄之字较多，声韵和谐，委婉而流畅。纵观诸家之作，宜于表达温柔缠绵之情。

【侧　犯】　双调，七十七字。前段九句，六仄韵；后段九句，五仄韵。

周邦彦

暮霞霁雨句小莲出水红妆靓韵风定韵看步袜江妃读照明镜韵飞萤度暗草句秉烛游花径韵人静

韵携艳质句追凉就槐影韵　金环皓腕句雪藕清泉莹韵谁念省韵满身香句犹是旧荀令韵见说胡姬句酒垆深静韵烟锁漠漠句藻池苔井韵

北宋新声，属大石调，周词为创调之作。唐宋燕乐在音乐上出现犯调现象，即一支乐曲中犯入他调，为串调或转调。凡乐曲之犯调必须宫调之住字——结音相同。南宋词人兼音乐家姜夔自度曲《凄凉犯》词序云："凡曲言犯者，谓以宫犯商、商犯宫之类。如道调宫'上'字住，双调亦'上'字住。所住字同，故道调曲中犯双调，或于双调中犯道调。其他准此。唐人乐书云：犯有正、旁、偏、侧。宫犯宫为正，宫犯商为旁，宫犯角为偏，宫犯羽为侧。此说非也。十二宫所住字各不同，不容相犯。十二宫特可犯商、角、羽耳。"周词为此调正体，南宋袁去华词同，其词云："篆消余馥，烛堆残蜡房栊晓。寒峭。看杏脸羞红、尚娇小。游蜂静院落，绿水摇池沼。闲绕。翠树底，支颐听啼鸟。　愁风怕雨，弹指春光了。音信杳。最堪恨，归雁过多少。困倚孤眠，昼长人悄。睡起依然，半窗残照。"此调前段有两字句，常出现顿挫，调势平缓，宜于写景与叙事。

【一丛花】 双调，七十八字。前后段各七句，四平韵。

张 先

伤高怀远几时穷韵无物似情浓韵离愁正引千丝乱句更东陌读飞絮濛濛韵嘶骑渐遥句征尘不断句何处认郎踪韵　双鸳池沼水溶溶韵南北小桡通韵梯横画阁黄昏后句又还是读斜月帘栊韵沉恨细思句不如桃杏句犹解嫁东风韵

北宋新声，张先之作为始词，亦是宋词名篇。此调仅一体，宋代词人作者较多。秦观抒写对歌妓师师的怀念之情：“年时今夜见师师。双颊酒红滋。疏帘半卷微灯外，露华上、烟袅凉飔。簪髻乱抛，偎人不起，弹泪唱新词。　佳期谁料久参差。愁绪暗萦丝。想应妙舞清歌罢，又还对、秋色嗟咨。惟有画楼，当时明月，两处照相思。”此亦宋词名篇。南宋赵长卿抒写离情别绪，题为《暮春送别》：“阶前春草乱愁芽。尘暗绿窗纱。钗盟镜约知何限，最断肠、溢浦琵琶。南渚送船，西城折柳，遗恨在天涯。　夜来魂梦到侬家。一笑脸如霞。莺啼燕恨西窗下，问何事、潘鬓先华。钟动五更，魂归千里，残角怨梅花。”词中前后段第五、六两个四字句为对偶，甚为工致。陈亮写景的《溪堂玩月作》意象神奇，境界弘大，其词云：“冰轮斜辗镜天长。江练隐寒光。危阑醉倚人如画，隔烟村、何处鸣榔。乌鹊倦栖，鱼龙惊起，星斗挂垂杨。　　芦花千顷水微茫。秋色满江乡。楼台恍似游仙梦，又疑是、洛浦潇湘。风露浩然，山河影转，今古照凄凉。”此调为重头曲，用平声韵，前后段每段为七五七七四四五句式结构，第四句为上三下四之七字句，略为顿挫，以下三句语意连贯而有流畅的效应。全调句式配合和谐，音韵响亮，调势于平稳中略显流动，故宜于抒写热烈之情感。晁补之三首：《谢济倅宗室令郯送酒》《十二叔节推以无咎生日于此声中为辞依韵和答》《再呈十二叔》，均与此调声情特点不甚相合。

【剔银灯】　双调，七十八字。前后段各七句，四仄韵。

范仲淹

　　昨夜因看蜀志韵笑曹操读孙权刘备韵用尽机关句徒劳心力句只得三分天地韵屈指细寻思句争如共读刘伶一醉韵　　人世都无百岁韵少痴騃读老成尪悴韵只有中间句些子少年句忍把浮名牵系韵一品与千金句问白发读如何回避韵

北宋新声，属仙吕调。宋人龚仲希《中吴纪闻》卷五：“范文正与欧阳文忠席上分题作《剔银灯》，皆寓劝世之意。”欧阳修此调之词已佚，仅存范词。柳永七十五字体为创调之作，乃流连坊曲之词。沈邈两词乃赠歌妓之作，其一云：“江上秋高霜早。云静月华如扫。候雁初飞，啼螀正苦，又是黄花衰草。等闲临照。潘郎鬓、星星易老。
那堪更酒醒孤棹。望千里、长安西笑。臂上妆痕，胸前泪粉，暗惹离愁多少。此情难表。除非是、重相见了。”此词与范词字句略异。杜安世三首，其一云：“昨夜一场风雨。催促牡丹归去。孙武宫中，石崇楼下，多情怎生为主。真疑洛浦。云水算、杳无重数。　　独倚阑干凝伫。香片乱沾尘土。争似当初，不曾相见，免恁恼人肠肚。绿丛无语。空留得、宝刀剪处。”此词亦寓劝世之意，字句亦与范词略异。《词谱》此调共列五体，范词影响较大，可依范体。此调因有劝世之作，可以发表议论，但议论须寓于形象之内，或得理趣者为佳。此词亦可言情，亦有寿词者。

【御街行】　双调，七十八字。前后段各七句，四仄韵。

范仲淹

纷纷坠叶飘香砌韵夜寂静读寒声碎韵真珠帘

卷玉楼空句天淡银河垂地韵年年今夜句月华如练句长是人千里韵　　愁肠已断无由醉韵酒未到读先成泪韵残灯明灭枕头攲句谙尽孤眠滋味韵都来此事句眉间心上句无计相回避韵

北宋新声，属夹钟商。御街，京都内帝王巡行的街道。宋人孟元老《东京梦华录》卷二："坊巷御街，自宣德楼一直南去，约阔二百余步。两边乃御廊，旧许市人买卖于其间，自政和间官司禁止，各安立黑漆叉子。路心又安朱漆叉子两行，中心御道，不得人马行往。行人皆在廊下朱叉子之外。"柳永词《圣寿》为创调之作。此调《词律》列四体，《词谱》列六体，当以范词七十八字者为正体。范词原题《秋日怀旧》，最能体现此调声情特点。此调为重头曲，前后段格律相同。每段首句为七字句，接以折腰之六字句，皆用韵。第三句为七字句不用韵，接以一个六字句，略一停顿。结尾三句，两个四字句，一个五字句，句势奔放。后段重复，形成回环效应。故此调由韵密到韵稀，由顿挫到奔放，宜于表达压抑而又逐渐激烈之情绪。因此调音韵和谐流美，词人用之者颇众。张先记述一段难忘的情事："夭非花艳轻非雾。来夜半、天明去。来如春梦不多时，去似朝云何处。乳鸡栖燕，落星沉月，紞紞城头鼓。　　参差渐辨西池树。珠阁斜开户。绿苔深径少人行，苔上屐痕无数。余香遗粉，剩衾闲枕，天把多情赋。”此词后段第二句为五字句，比范词少一字。辛弃疾两词，一为赠友人之作，一为《无题》，后者实是赠某歌妓之词：“栏干四面山无数。供望眼、朝与暮。好风吹雨过山来，吹尽一帘烦暑。纱厨如雾，簟纹如水，别有生凉处。　　冰肌不受铅华污，更旎旎、真香聚。临风一曲最妖娇，唱得行云且住。藕花都放，木犀开后，待与乘鸾去。”李清照此调改名《孤雁儿》乃咏梅之词，其序云：“世人作梅词，下笔便俗。予试作一篇，乃知前言不妄耳。”词云：“藤床纸帐朝眠起。说不尽、无佳思。沉香断续玉炉寒，伴我情怀如水。笛声三弄，梅心惊破，多少春情意。　　小风疏雨萧萧地。又催下、千行泪。吹箫人去玉楼空，肠断与谁同倚。一枝折得，人间天上，没个人堪寄。”无名氏一首梅词尤为流美：“平生有个风流愿。愿长与、梅为伴。问伊因甚破寒来，只恐百花先绽。比兰比麝，比酥比玉，休恁闲缭乱。　　瑶台月下分明见。依旧残妆浅。不知分得几多香，一片清如一片。直须遮断，恐人眼毒，不解轻轻看。”此词后段第二句比范词少一字。填此调时，可谨遵范词。

【山亭柳】　双调，七十九字。前段八句，五平韵；后段八

句，四平韵。晏　殊

家住西秦韵赌博艺随身韵花柳上句斗尖新韵偶学念奴声调句有时高遏行云韵蜀锦缠头无数句不负辛勤韵　数年来往咸京道句残杯冷炙漫消魂韵衷肠事句托何人韵若有知音见采句不辞遍唱阳春韵一曲当筵落泪句重掩罗巾韵

北宋新声。晏殊词为创调之作，题为《赠歌者》，乃叙述民间歌妓卖艺情形。此词之冷峻描述风格与其余晏殊之作风格迥异。此调以六字句为主，用平韵，调势甚平缓，宜于叙事与写景。此调有平韵与仄韵两体，仄韵体为杜安世词，其中句式略异。

【**红林檎近**】　双调，七十九字。前段八句，五平韵；后段七句，三平韵。周邦彦

高柳春才软句冻梅寒更香韵暮雪助清峭句玉尘散林塘韵那堪飘风递冷句故遣度幕穿窗韵似欲料理新妆韵呵手弄丝簧韵　冷落词赋客句萧索水云乡韵援毫受简句风流犹忆东梁韵望虚檐徐转句

回廊未扫句夜长莫惜空酒觞韵

○○●●○●○●○

北宋新声，属夹钟商。周邦彦两词为创调之作。林檎，果名，即沙果，也称花红、来禽、文林郎果。此果味甘，果林能招众禽，故有林檎、来禽之名。东晋谢灵运《山居赋》：“枇杷林檎，带谷映渚。”周邦彦此词写初春之景，其另一首写冬景：“风雪惊初霁，水乡增暮寒。树杪堕飞羽，檐牙挂琅玕。才喜门堆巷积，可惜迤逦消残。渐看低竹翩翻。清池涨微澜。　　步屧晴正好，宴席晚方欢。梅花耐冷，亭亭来入冰盘。对前山横素，愁云变色，放杯同觅高处看。”此调方千里、杨泽民、陈允平和词格律相同，仅此一体。周词两首前段第一、二句，第三、四句，后段第一、二句皆为对偶句，甚似五言诗句，配以六字句和四字句，虽然结句为七字句，但音节仍然凝重，调势极平稳。南宋袁去华一词将几个五字句处理得较好，其词云：“森木蝉初噪，淡烟梅半黄。睡起傍檐隙，墙梢挂斜阳。鱼跃浮萍破处，碎影颠倒垂杨。晚庭谁与追凉。清风散荷香。　　望极霞散绮，坐待月侵廊。调水荐饮，全胜河朔飞觞。渐参横斗转，怀人未寝，别来偏觉今夜长。”此词前段第三、四句不对偶，词意纤细而脉络清楚，故无以诗法入词之缺憾。

【**金人捧露盘**】 双调，七十九字。前段八句，四平韵；后段九句，四平韵。

曾　觌

记神京句繁华地句旧游踪韵正御沟读春水溶溶韵平康巷陌句绣鞍金勒跃青骢韵解衣沽酒醉弦管句柳绿花红韵　到如今句余霜鬓句嗟前事句梦魂中韵但寒烟读满目飞蓬韵雕栏玉砌句空锁三十六离宫韵寒笳惊起暮天雁句寂寞东风韵

北宋新声。北宋后期晁端礼元宵词为创调之作。晁词乃长调，与此体相异。贺铸两词为《铜人捧露盘引》，八十一字体。汉武帝迷信神仙，于神明台上作承露盘，立铜仙人舒掌以接甘露，认为饮之可以延年。《汉书·郊祀志》："其后又作柏梁、铜柱、承露仙人掌之属矣。"注引苏林曰："仙人以手掌擎盘承甘露。"《三辅故事》："建章宫承露盘高二十丈，大七围，以铜为之，上有仙人掌承露，和玉屑饮之。"唐代诗人李贺《金铜仙人辞汉歌并序》："魏明帝青龙元年八月，诏言官牵车西取汉孝武捧露盘仙人，欲立置前殿。宫官既拆盘，仙人临载，乃潸然泪下。"调名本此，以歌颂盛世，亦以感叹历史兴亡。南宋初年曾觌词题为《庚寅岁春奉使过京师感怀作》，于北宋故都抒写亡国之痛感。韩玉改调名为《上平西》，词题为《甲申岁西度道中作》，词云："折腰劳，弹冠望，纵飞蓬。笑造化、相戏穷通。风帆浪桨，暮城寒角晓楼钟。暗借霜雪鬓边来，惊对青铜。　　萧闲好，何时遂，门横水，径穿松。有无限、杯月襟风。区区个甚，帝尧堂下足夔龙。不如闻早问溪山，高养吾慵。"此词感悟人生，风格旷达。此调应为《金人捧露盘引》，通行者两体，均七十九字。另一体首句用韵，前后段结两句为一个四字句，一个上三下四之七字句。

【又一体】 双调，七十九字。前段八句，五平韵；后段九句，四平韵。

高观国

念瑶姬韵翻瑶佩句下瑶池韵冷香梦读吹上南枝韵罗浮梦杳句忆曾清晓见仙姿韵天寒翠袖句可怜是读倚竹依依韵

溪痕浅句雪痕冻句月痕淡句粉痕微韵江楼怨读一笛休吹韵芳音待寄句玉堂烟驿两凄迷韵新愁万斛句为春瘦读却怕春知韵

高词三首格律相同，此首乃咏梅之作。宋季罗志仁《丙午钱塘》抒写怀念故国之情，风格奇崛悲凉，最能体现此调之声情特点，词云："湿苔青，妖血碧，坏垣红。怕精灵、来往相逢。荒烟瓦砾，宝钗零乱隐鸾龙。吴峰越巘，翠颦销、若为谁容。　　浮屠换，昭阳殿，僧磬改，景阳钟。兴亡事、泪老金铜。骊山废尽，更无宫女说元（玄）宗。角声起，海涛落、满眼秋风。”此词首句未用韵。此调用平韵，三字句较多，结句为四字句，或为上三下四之七字句，其中插入四字句和七字句，故调势奔放又归于收敛，音韵甚为和谐，宜用于祝颂、怀旧、感时伤世、咏物、言志等题材。

【安公子】　双调，八十字。前段八句，四仄韵；后段七句，三仄韵。

柳　永

长川波潋滟韵楚乡淮岸迢递句一霎烟汀雨过句芳草青如染韵驱驱携书剑韵当此好天好景句自觉多愁多病句行役心情厌韵　　望处旷野沉沉句暮云黯黯韵行侵夜色句又是急桨投村店韵认去程将近句舟子相呼句遥指渔灯一点韵

唐代教坊曲，始词为柳永作。此调为中亚安国乐曲，创始于隋代末年。唐人段安节《乐府杂录》云：“隋炀帝游江都时，有乐工笛中吹之。其父老废，于卧内闻之，问曰：‘何得此曲子？’对曰：‘宫中新翻也。’”宋人王灼

《碧鸡漫志》卷四："炀帝将幸江都，乐工王令言者，妙达音律。其子弹胡琵琶作《安公子》曲，令言惊问：'那得此？'对曰：'宫中新翻。'令言流涕曰：'慎勿从行。宫，君也。宫声往而不返，大驾不复回矣。'据《理道要诀》，唐时《安公子》在太簇角。今已不传。其见于世者，中吕调者有近，般涉调有令，然尾声皆无所归宿；亦异矣。"柳永此词属中吕调，即王灼所言《安公子近》。柳永另有般涉调《安公子》两首为一百六十字之长调，与此八十字体的宫调、字数、音谱均异。柳永此词为宋词名篇，描述羁旅行役之情形。此调为换头曲，前段以六字句为主，调势平稳；后段句式富于变化，结句仍为六字句，声情具有凝涩压抑的特点。

【最高楼】 双调，八十一字。前段八句，四平韵；后段八句，两仄韵，三平韵。 蒋 捷

新春景句明媚在何时韵宜早不宜迟韵软尘巷陌青油幰句重帘深院画罗衣韵要些儿句晴日照句暖风吹韵

一片片读雪儿休要下仄韵一点点读雨儿休要洒韵才恁地句越愆期平韵悠悠不趁梅花到句匆匆枉带柳花飞韵倩黄莺句将我语句报春归韵

北宋新声，毛滂两词为创调之作。其《散后》词云：“微雨过，深院芰荷中。香冉冉，绣重重。玉人共倚阑干角，月华犹在小池东。入人怀，吹鬓影，可怜风。　　分散去、轻如云与雪。剩下了、许多风与月。侵枕簟，冷帘栊。刚能小睡还惊，略成轻醉早醒松。仗行云，将此恨，到眉峰。”此词抒写离情，其第三、四句为三字句，比蒋词第三句之五字句多一字，是为又一体。南宋以来词人喜用此调，大都同蒋词，当以此为正体。此调多用三字句，后段第一、二句为上三下五之八字句，此两句用仄声韵，使韵律变化，形成格律与声韵之特点。词中前后段各两个七字句，可不对偶，但以对偶为工。此调迂徐而流畅，后段首两句换仄韵，再回复原部平韵，使音节忽抑又扬，曲折变化，但整体之音韵甚为谐美。宋代词人用以抒情、咏物，且多为寿词。辛弃疾八首，用于咏物、祝颂、酬赠、游戏，风格旷达恣肆，如其《醉中有索四时歌为赋》：“长安道，投老倦游归。七十古来稀。藕花雨湿前湖夜，桂枝风淡小山时。怎消除，须殢酒，更吟诗。　　也莫向、竹边辜负雪。也莫向、柳边辜负月。闲过了，总成痴。种花事业无人问，惜花情绪只天知。笑山中，云出早，鸟归迟。”辛词《名了》乃游戏之作，深寓人生哲理，善为词论：“吾衰矣，须富贵何时。富贵是危机。暂忘设醴抽身去，未曾得米弃官归。穆先生，陶县令，是吾师。　　待葺个、园儿名佚老。更作个、亭儿名亦好。闲饮酒，醉吟诗。千年田换八百主，一人口插几张匙。便休休，更说甚，是和非。”刘克庄七首，风格更为狂放，多用于祝寿、自嘲，如：“臣少也，豪举泛星槎。飘逸吐天葩。穆陵误奖推儒宿，龙泉曾唤做行家。今耄矣，文跌宕，字麻茶。　　同队者、多为公与相。广坐里、都无兄与丈。生有限，望犹奢。补还瞎子重开卷，放教跛子出看花。地行仙，疑是汝，不争些。”刘克庄《再题周登乐府》纯是一篇论词之作：“周郎后，直数到清真。君莫是前身。八音相应谐韶乐，一声未了落梁尘。笑而今，轻郢客，重巴人。　　只少个、绿珠横玉笛。更少个、雪儿弹锦瑟。欺贺晏，压黄秦。可怜樵唱并菱曲，不逢御手与龙巾。且醉眠，篷底月，瓮间春。”此调既可达婉约之情，亦可写豪放之致，其适宜性较广。《词谱》于此调共列十一体，当以蒋词为通用之体。

【蓦山溪】 双调，八十二字。前后段各九句，三仄韵。

晁端礼

风流心胆句直把春偿酒韵选得一枝花句绮罗中读算来未有韵名园翠苑句风月最佳时句夜迢迢句

车款款句是处曾携手韵　重来一梦句池馆皆依旧韵幽恨写新诗句托何人读章台问柳韵渔舟归后句云锁武陵溪句水潺潺句花片片句舣棹空回首韵

北宋新声。欧阳修元夕词为创调之作，晁端礼词格律与欧词同。唐代诗人李贺《马诗》之十八有句云：“只今掊白草，何日蓦青山。”调名本此。此调显著特点是韵稀，特别是前后段之第五、六、七、八、九共五句一韵，要求语意连贯而流畅，故很难作好。因韵稀，且用仄声韵，声韵低沉，音节散缓，于宋词中甚有特色，作者甚众。此调适应之题材广泛，可用于抒情、写景、咏物、祝颂。刘菊房以代言体抒写离情：“醉魂离梦，捻合难成片。恶味怕黄昏，更西风、梧桐深院。蝉松翠妩，记那日相逢，情缱绻，语玲珑，人静凌波见。　香云曾约，念阻题红怨。应是绿窗寒，也思郎、云衣谁换。郎今销黯，步楚竹江空，云缥缈，水弥茫，不抵相思半。”此词意甚为纤细柔婉。吴礼之《感旧》深寓人生感慨，风格旷达，词云：“刘郎老矣，倦入繁华地。触目愈伤情，念陈迹、人非物是。共谁携手，落日步江村，临远水，对遥山，闲看烟云起。　买牛卖剑，便作儿孙计。朋旧自荣华，也怜我、无名无利。箪瓢钟鼎，等是百年身，空妄作，枉迂回，贪爱从今止。”姜夔《题钱氏溪月》甚为骚雅，是宋词名篇，词云："与鸥为客。绿野留吟屐。两行柳垂阴，是当日，仙翁手植。一亭寂寞，烟外带愁横，荷苒苒，展凉云，横卧虹千尺。　　才因老尽，秀句君休觅。万绿正迷人，更愁入、山阳夜笛。百年心事，唯有玉兰知，吟未了，放船回，月下空相忆。"此词首句用韵，当属偶误，不足为法。晁补之一首以俚语入词，风格又异，词云："自来相识，比你情都可。咫尺千里算，惟孤枕、单衾和我。终朝尽日，无绪亦无言，我心里，忡忡也，一点全无那。　　香笺小字，写了千千个。我恨无羽翼，空寂寞、青苔院锁。昨朝冤我，却道不如休，天天天，不曾么，因甚须冤我。"此词特为流畅，体现了口语的艺术效果。纵观宋人之作，此调仍以言情与写景为主。

【千秋岁引】 双调，八十二字。前段八句，四仄韵；后段八句，五仄韵。

王安石

别馆寒砧句孤城画角韵一派秋声入寥廓韵东归燕从海上去句南来雁向沙头落韵楚台风句庾楼月句宛如昨韵　　无奈被些名利缚韵无奈被他情担阁韵可惜风流总闲却韵当初谩留华表语句而今误我秦楼约韵梦阑时句酒醒后句思量着韵

《千秋岁》有小令和中调两种，在中调者为《千秋岁引》。“引”是唐宋大曲组成部分之一。宋人沈括《梦溪笔谈》卷五：“所谓大遍者有序、引、歌、䎈、嗺、哨、催、攧、衮、破、行、中腔、踏歌之类，凡数十解。”南宋张炎《词源》卷下：“法曲、大曲、慢曲之次，引、近辅之，皆定拍眼……引、近则用六均拍。”宋词中的“引”在词学里具体含义已难以详考，但它应是大曲的一部分，而且基本上为六拍，属于比小令较长的乐曲，故中调内多“引”“近”。王安石词原题为《秋景》，乃创调之作，亦是宋词名篇。此调为换头曲，除前段第一、二句外，皆用七字句和三字句，而且每种句式连用，如前段连用三个七字句，继连用三个三字句，后段连用五个七字句，再连用三个三字句；用入声韵，韵位较密。故此调音韵浏亮，节奏较快，调势轻活，宜于表达热烈奔放之情感。宋季陈德武咏紫薇词：“濯锦丰姿，新凉台阁。懊悔巫云太轻薄。琵琶未诉衣衫湿，菱花不照胭脂落。凤凰池，鸳鸯殿，重金钥。

春色画船何处泊。秋色丹青人难摸。可惜风流总闲却。此情不与人知道，知时只恐人扰着。碧窗前，银灯下，陪孤酌。”王词前后段之七字句各有两句为对偶，陈词前段之七字句有两句对偶，均工巧。朝鲜《高丽史·乐志》所存宋词，其中有《千秋岁令》实即《千秋岁引》，词云：“想风流态，种种般般媚。恨别离时太容易。香笺欲写相思意，相思泪滴香笺字。画堂深，银烛暗，重门闭。似当日欢娱何日遂。愿早早相逢重设誓。美景良辰莫轻拌，鸳鸯帐里鸳鸯被。鸳鸯枕上鸳鸯睡。似恁地，长恁地，千秋岁。”此词与王词比较，前段第二句增一字，后段第一、二句各增一字，共为八十五字，用韵亦有增添，是为别体。此调亦有用以作寿词者。王词与陈词均用入声韵，音调谐美，当为法式。

【早梅芳】 双调，八十二字。前后段各九句，五仄韵。

周邦彦

花竹深句房栊好韵夜阒无人到韵隔窗寒雨句向壁孤灯弄余照韵泪多罗袖重句意密莺声小韵正魂惊梦怯句门外已知晓韵　　去难留句话未了韵早促登长道韵风披宿雾句露洗初阳射林表韵乱愁迷远览句苦语萦怀抱韵漫回头句更堪归路杳韵

柳永《早梅芳》为祝颂之词，属正宫，乃长调。周邦彦《早梅芳》两首，或名《早梅芳近》，为此调始词。

周词此首原题《别恨》抒写离别情景，另一首题为《牵情》，均叙事与抒情相结合之作。宋季仇远此调标名《早梅芳近》，抒写旅情，词云："碧溪湾，疏竹外。正小春天气。绿珠羞涩，半吐椒红可人意。月香传瘦影，露脸凝清泪。笑倡条冶叶，怕冷尚贪睡。　　马行迟，雪未霁。还忆前溪里。青禽啁哳，疑是当时梦初起。旧愁归塞管，远恨潇湘水。望江南，故人家万里。"无名氏咏雪梅词："冰唯清，玉唯润。清润无风韵。此花风韵，清润自然傅香粉。故应春意别，不使凡英混。到春前腊后，长是寄芳信。　　此情闲，此意远。一点萦芳寸。风亭水馆，解与行人破离恨。广寒宫未有，姑射仙曾认。向雪中，月下吟未尽。"此调中多五字句，如周邦彦词颇有以诗法入词之现象，因其意象密集，词意不甚连贯之故。无名氏之词颇为流畅而构思纤细，能发挥此调之优长。此调前段第八句虽为五字句，但诸家之作均为上一下四之句法，如周邦彦两词作"正魂惊梦怯""看鸿惊凤翥"，陈允平两词作"纵离歌缓唱""掩香茵缥缈"，仇远作"笑倡条冶叶"，无名氏作"到春前腊后"，皆如此，当为定格。此外，前后段第五句乃拗句，周词均为仄仄平平仄平仄，亦是定格。

【新荷叶】 双调，八十二字。前后段各八句，四平韵。

黄　裳

落日衔山句行云载雨俄鸣韵一顷新荷句坐间总是秋声韵烟波醉客句见快哉读风恼娉婷韵香和清点句为人吹在衣襟韵　　珠佩欢言句放船且向前汀韵绿伞红幢句自从天汉相迎韵飞鸥独落句芦边对读几朵繁英韵侑觞人唱句乍闻应似湘灵韵

北宋新声。黄裳词题为《雨中泛湖》，因有“一顷新荷”句，调名本此。宋人以此调写夏景、咏荷。辛弃疾六首均为赠答友人之作，风格旷达，如其《再题傅岩叟悠然阁》：“种豆南山，零落一顷为箕。岁晚渊明，也吟草盛苗稀。风流划地，向尊前、采菊题诗。悠然忽见，此山正绕东篱。　　千载襟期。高情想象当时。小阁横空，朝来翠扑人衣。是中真趣，问骋怀、游目谁知。无心出岫，白云一片孤飞。”辛词《上巳日吴子似谓古今无此词索赋》：“曲水流觞，赏心乐事良辰。兰蕙光风，转头天气还新。明眸皓齿，看江头、有女如云。折花归去，绮罗陌上芳尘。　　能几多春。试听啼鸟殷勤。对景兴怀，向来哀乐纷纷。且题醉墨，似兰亭、列叙时人。后之览者，又将有感斯文。”辛词两首后段首句用韵，与黄词异。此调依黄词为正体。

【促拍满路花】 双调，八十三字。前后段各八句，四平韵。

柳　永

香靥融春雪句翠鬟亸秋烟韵楚腰纤细正笄年韵凤帏夜短句偏爱日高眠韵起来贪颠耍句只恁残却黛眉句不整花钿韵　有时携手闲坐句偎倚绿窗前韵温柔情态尽人怜韵画堂春过句悄悄落花天韵长是娇痴处句尤殢檀郎句未教拆了秋千韵

“促拍”即急拍。此调又名《满路花》《满园花》《归去难》。北宋新声，属仙吕调，柳永词为创调之作。此调《词律》列七体，《词谱》列十一体，分平韵与仄韵。平韵以柳词为正体，仄韵以周邦彦词为正体。两体句式略有差异，字数则均为八十三字。

【又一体】 双调，八十三字。前后段各八句，五仄韵。

周邦彦

金花落烬灯句银砾鸣窗雪韵庭深微漏断读行

人绝韵风扉不定句竹圃琅玕折韵玉人新间阔韵著甚情悰句更当恁地时节韵　无言欹枕句帐底流清血韵愁如春后絮读来相接韵知他那里句争信人心切韵除共天公说韵不成也还句似伊无个分别韵

此调平韵和仄韵两体，均以五字句和六字句为主，每体前后段以四字句和六字句为结句，故调势极平稳。宋人依托之吕洞宾此调一首甚为流传，词云："秋风吹渭水，落叶满长安。黄尘车马道、独清闲。自然炉鼎，虎绕与龙盘。九转丹砂就，琴心三叠，蕊官看舞胎仙。　任万钉、宝带貂蝉。富贵欲薰天。黄粱炊未熟、梦惊残。是非海里，直道作人难。袖手江南去，白蘋红蓼，又寻湓浦庐山。"此词八十六字，字句略异。此调宜用于叙事、写景、议论。

【洞仙歌】　双调，八十三字。前段六句，三仄韵；后段七句，三仄韵。　苏　轼

冰肌玉骨句自清凉无汗韵水殿风来暗香满韵绣帘开读一点明月窥人句人未寝句欹枕钗横鬓乱韵　起来携素手句庭户无声句时见疏星渡河汉韵试问夜如何读夜已三更句金波淡读玉绳低转韵但屈

指读西风几时来句又不道读流年暗中偷换韵

●○○●○○●○○●

唐代教坊曲，属林钟商。洞仙，仙人好居洞壑，故通称为洞仙。唐初宋之问《下桂江龙目滩》：“巨石潜山怪，深篁隐洞仙。”此调当出自道教乐曲。苏轼此词序云：“余七岁时，见眉州老尼，姓朱，忘其名，年九十余。自言尝随其师入蜀主孟昶宫中。一日大热，蜀主与花蕊夫人夜纳凉摩诃池上，作一词，朱俱能记之。今四十年，朱已死久矣，人无知此词者，但记其首两句。暇日寻味，岂《洞仙歌令》乎？乃为足之云。”苏轼从老尼所传孟昶之词，实为《避暑摩诃池上作》诗：“冰肌玉骨清无汗，水殿风来暗香满。帘开明月独窥人，攲枕钗横云鬓乱。起来琼户启无声，时见疏星渡河汉。屈指西风几时来，只恐流年暗中换。”苏轼以之檃栝入词。此调或称《洞仙歌令》，另有长调，音谱与格律迥异。敦煌曲子词存两首，格律与句式基本相同，如其一：“悲雁随阳。解引秋光。寒蛩响、夜夜堪伤。泪珠串滴，旋流枕上。无计恨征人，争向金风漂荡。捣衣嘹亮。　　懒寄回文先往。战袍待絻，絮重更薰香。殷勤凭、驿使追访。愿四塞、来朝明帝，令戎客、休施流浪。”此为创调之作《词律》列《洞仙歌》中调七体，《词谱》列三十三体。诸家所作自八十三字迄八十八字，字数与句式略有参差，即使同一词人之作如苏轼两词亦有小异。此调当以苏词此体为正体。辛弃疾七首全同苏词格律，用于祝寿，咏物、写景、赠酬、游戏。其《丁卯八月病中作》乃以文为词，风格恣肆：“贤愚相去，算其间能几。差以毫厘谬千里。细思量、义利舜跖之分，孳孳者，等是鸡鸣而起。　味甘终易坏，岁晚还知，君子之交淡如水。一饷聚飞蚊、其响如雷，深自觉、昨非今是。羡安乐、窝中泰和汤，更剧饮、无过半醺而已。”宋季张炎《观王碧山〈花外词集〉有感》：“野鹃啼月，便角巾还第。轻掷诗瓢赴流水。最无端、小院寂历春空，门自掩，柳发离离如此。　可惜欢娱地，雨冷云昏，不见当时谱银字。旧曲怯重翻、总是离愁，泪痕洒、一帘花碎。梦沉沉、知道不归来，尚错问桃根、醉魂醒未。”此词后段首句误入韵，后段结句之九字句作上五下四句法，亦可。此调韵稀，每韵自成一个意群，尤须意脉贯串；其中七字句、八字句、九字句之句法皆特殊，如用上三下六、上五下四、上三下四、上三下五句法。故此调顿挫之处较多，前后段变化很大，调势纡徐曲折而又凝塞，宜于描述、诉说，表达闲淡、郁抑、含蕴之情感。此调声韵低沉而优美，可平可仄之处较多，作者甚众。

【鹤冲天】　双调，八十四字。前段九句，五仄韵；后段八

句，五仄韵。 柳 永

闲窗漏永句月冷霜华堕韵悄悄下帘幕句残灯火韵再三思往事句离魂乱读愁肠锁韵无语沉吟坐韵好天好景句未省展眉则个韵　从前早是多成破韵何况经岁月句相抛亸韵假使重相见句还得似读当初么韵悔恨无计那韵迢迢良夜句自家只恁摧挫韵

五代南唐冯延巳词为创调之作，其词为小令："晓月坠，宿云披。银烛锦屏帷。建章钟动玉绳低。宫漏出花迟。

春态浅。来双燕。红日初长添一线。严妆欲罢啭黄鹂。飞上万年枝。"此双调，后段两换韵。此词音谱与宋人所用者迥异。柳永两词，音谱各异，此词大石调，另一首在黄钟宫，宫调不同，字数与句式略有相异。

【又一体】 双调，八十八字。前段九句，六仄韵；后段九句，五仄韵。 柳 永

黄金榜上韵偶失龙头望韵明代暂遗贤句如何向韵未遂风云便句争不恣狂荡韵何须论得丧韵才子词人句自是白衣卿相韵　烟花巷陌句依约丹

青屏障韵幸有意中人句堪寻访韵且恁偎红倚翠句风流事读平生畅韵青春都一饷韵忍把浮名句换了浅斟低唱韵

后段第五句《全宋词》据《彊村丛书》本《乐章集》作“且恁偎红翠”，《词律》与《词谱》均作六字句“且恁偎红倚翠”，核《百家词》本如此，今依《词谱》。此词为柳永名篇。宋人吴曾《能改斋漫录》卷十六：“仁宗留意儒雅，务本理道，深斥浮艳虚美之文。初，进士柳三变，好为淫冶讴歌之曲，传播四方。尝有《鹤冲天》词云：‘忍把浮名，换了浅斟低唱。’及临轩放榜，特落之，曰：‘且去浅斟低唱，何要浮名!’”因此词影响很大，用此调可依此体。

【蕙兰芳引】 双调，八十四字。前后段各八句，四仄韵。

周邦彦

寒莹晚空句点青镜读断霞孤鹜韵对客馆深扃句霜草未衰更绿韵倦游厌旅句但梦绕读阿娇金屋韵想故人别后句尽日空疑风竹韵　塞北氍毹句江南图障句是处温燠韵更花管云笺句犹写寄情旧曲韵音尘迢递句但劳远目韵今夜长读争奈枕单人独韵

蕙兰，兰的一种，也称蕙。与草兰相似而瘦，春暮开花，一茎开八九朵，香次于兰。舌瓣有红点，无红点者为素兰。《古诗十九首》之八：“伤被蕙兰花，含英扬光辉。”晋代陆机《鳖赋》：“咀蕙兰之芳荄，翳华藕之垂房。”周词注：仙吕调。吴文英注：林钟商，俗名歇指调。吴文英《赋藏一家吴郡王画兰》：“空翠染云，楚山迥、故人南北。秀骨冷盈盈，清洗九秋涧绿。奉车旧畹，料未许、千金轻债。浅笑还不语，蔓草罗裙一幅。　　素女多情，阿真娇重，唤起空谷。弄野色烟姿，宜扫怨蛾淡墨。光风入户，媚香倾国。湘佩寒、幽梦小窗春足。”此调以四字句与六字句为主。用入声韵，前后段句式颇相异，但调势平缓，韵低沉，宜于旅怀、咏物、写景、抒情。诸家之作皆与周词同，仅此一体。

【华胥引】　双调，八十六字。前段九句，四仄韵；后段八句，四仄韵。

周邦彦

川原澄映句烟月冥濛句去舟似叶韵岸足沙平句蒲根水冷留雁唼韵别有孤角吟秋句对晓风鸣轧韵红日三竿句醉头扶起还怯韵　　离思相萦句渐看

看读鬓丝堪镊韵舞衫歌扇句何人轻怜细阅韵检点从前恩爱句但凤笺盈箧韵愁剪灯花句夜来和泪双叠韵

北宋新声，属黄钟宫，周词为创调之作，题为《秋思》。华胥为中国古代寓言中之理想国。《列子》卷二《黄帝篇》："华胥氏之国在弇州之西，台州之北，盖非舟车足力之所及，神游而已。其国无师长，自然而已。其民无嗜欲，自然而已。不知乐生，不知恶死。故无夭殇；不知亲己，不知疏物，故无爱憎；不知背逆，不知向顺，故无利害：都无所爱惜，却无所畏忌。"调名本此。此调仅此一体，诸家所作格律皆同。宋季丁默一首为抒情之作，写得甚为流美，当是此调之佳作，词云："论交眉语，惜别心啼，费情不少。蕙渺溱期，蘋深汜约轻误了。几度金铸相思，又燕归鸿杳。谁料如今，被莺闲占春早。　　频把愁句，惜鸦云、娇红犹绕。浑拚如梦，争奈枕醒屏晓。欲寄芙蓉香半握，怕不禁秋恼。重是亲逢，片帆双度天杪。"此调以四字句为主，配以六字句及七字句，用仄韵，后段比前段之句式略有变化，调势亦平缓。丁词构思纤细，意脉清晰，语言平易，将情意表现得空灵，纯用词法，故宜效之。

【离别难】　双调，八十七字。前段九句，四平韵，四仄韵；

后段十句，四平韵，六仄韵。　　　　　　　　　　薛昭蕴

宝马晓鞴雕鞍平韵罗帷乍别情难韵那堪春景媚仄韵送君千万里韵半妆珠翠落句露华寒平韵红蜡烛换仄韵青丝曲韵偏能勾引泪阑干平韵　良夜促仄韵香尘绿韵魂欲迷换平韵檀眉半敛愁低韵未别心先咽换仄韵欲语情难说韵出芳草读路东西平韵摇袖立换仄韵春风急韵樱桃杨柳雨凄凄平韵

唐代教坊曲，有齐言声诗与长短句两体。唐代段安节《乐府杂录》：“天后朝有士人妻，配入掖庭，善吹觱篥，乃撰此曲。”唐代诗人白居易听到此曲作有绝句《离别难》，诗云：“绿杨陌上送行人，马去车回一望尘。不觉别时红泪尽，归来无可更沾巾。”长短句词体之创调者为五代前蜀词人薛昭蕴。此调之艺术形式极为精巧，这主要表现在韵律方面。薛词属于一词多韵之典型：“鞍”“难”“寒”“干”为平韵；“媚”“里”为仄韵；“烛”“曲”“促”“绿”为入声韵；“迷”“低”“西”“凄”为平声韵；“别”“咽”“出”“立”“急”为入声韵，共五部韵。前段用三部韵，平声韵中插入仄声韵和入声韵；后段用两

部韵，平声韵内包孕入声韵。故用韵呈现富于变化，韵位极密，平韵与仄韵相互交错的局面。薛词所表述之离情别绪之缠绵复杂恰与调之声情吻合，音韵丰富而谐美。北宋柳永此调属中吕调，乃一百二十字之长调，与薛词之音谱迥异。

【江城梅花引】 双调，八十七字。前段八句，五平韵；后段十句，三叶韵，三平韵。

王　观

年年江上见寒梅韵几枝开韵暗香来韵疑是月宫句仙子下瑶台韵冷艳一枝春在手句故人远句相思切读寄与谁韵　怨极恨极嗅玉蕊叶念此情句家万里叶暮霞散绮叶楚天碧读几片斜飞韵为我多情句特地点征衣韵花易飘零人易老句正心碎句那堪闻读塞管吹韵

此调由《梅花引》与《江城子》两调合为一调。又名《江梅引》《摊破江城子》《西湖明月引》，周密与蒋捷又名《梅花引》。王观词为创调之作，咏梅本意。《全宋词》录王词前段字句略异，今据《词律》与《词谱》，并有南宋洪皓四首可校律。洪皓和词序云：“顷留金国，四经除馆。十有四年，复馆于燕。岁在壬戌，甫临长至，张总侍御邀饮。众宾皆退，独留少款。侍婢歌《江梅引》，有‘念此情，家万里’之句，仆曰：此调殆为我作也。又闻本朝使命将至，感慨久之。既归不寐，追和四章。”洪皓之词四首每首内均有一“笑”字，故称为《四笑江梅引》，其一为宋词名篇，词云：“天涯除馆忆江梅。几枝开。使南来。还带余杭，春信到燕台。准拟寒英聊慰远，隔山水，应消落、赴愬谁。　　空恁遐想笑摘蕊。断回肠，思故里。漫弹绿绮。引三弄、不觉魂飞。更听胡笳，哀怨泪沾衣。乱插繁花须异日，待孤讽，怕东风、一夜吹。”此体后段换本部三仄韵为叶，再换本部平韵。此调本来极为流畅，音节响亮，因叶仄韵而顿挫，以表达曲折压抑之情感。《词谱》于此调列八体，但通用者除王词一体而外尚有程垓一体。

【又一体】 双调，八十七字。前段八句，四平韵，一叠韵；后段十句，六平韵，两叠韵。　　　　程　垓

娟娟霜月又侵门韵对黄昏韵怯黄昏叠愁把梅花句独自泛清尊韵酒又难禁花又恼句漏声远句一更更读总断魂韵　　断魂叠断魂叠不堪闻韵被半温韵香半熏韵睡也睡也句睡不稳读谁与温存韵只有床前句红烛伴啼痕韵一夜无眠连晓角句人瘦也句比梅花读

瘦几分韵

宋季蒋捷《荆溪阻雪》同此体：“白鸥问我泊孤舟。是身留。是心留。心若留时、何事锁眉头。风拍小帘灯晕舞，对闲影，冷清清、忆旧游。　　旧游。旧游。今在不。花外楼。柳下舟。梦也梦也，梦不到、寒水空流。漠漠黄云，湿透木棉裘。都道无人愁似我，今夜雪，有梅花、似我愁。”此体全用平韵并有叠韵，韵密，多短句，故音节急促响亮，有行云流水之势，声韵和谐优美，宜于抒情与咏物。《词律》与《词谱》于蒋捷词后段换头处作：“忆旧游。旧游今在不。”《百家词》本作：“旧游。旧游。今在不。”《全宋词》本同。此正与程词句式一致。

【八六子】　双调，八十八字。前段六句，三平韵；后段十句，五平韵。

秦　观

倚危亭韵恨如芳草句萋萋刬尽还生韵念柳外青骢别后句水边红袂分时句怆然暗惊韵　　无端天与娉婷韵夜月一帘幽梦句春风十里柔情韵怎奈向读欢娱渐随流水句素弦声断句翠绡香减句那堪片片飞花弄晚句濛濛残雨笼晴韵正销凝韵黄鹂又

《尊前集》存唐代诗人杜牧词一首，九十字体，当出自宋初人伪托。柳永一首九十一字，仄韵，乃应歌之俗词，属平调，乃创调之作。秦观词是宋词名篇，亦是通行之正体。后段第四句，《词律》作九字句“怎奈向、欢娱渐随流水”，《词谱》分为两句，作“怎奈向欢娱，渐随流水”。《全宋词》及秦观词集整理本均同《词律》，南宋郑熏初词与秦词全同，其词云：“忆南洲。绀波萦绕，垂杨翠拂朱楼。念十载风流梦觉，满身花影人扶，旧曾暗游。　　无言空怆离忧。醉袖裛落将红泪，吟笺写许清愁。试与问、杨琼解怜郎否，也应还是，旧家声价，而今艳质不来眼底，柔情终在心头。暗凝眸。黄昏月沉半钩。”此调特点在于前段第三句以下三句为一个意群，用一韵；后段第三句以下五句为一个意群，用一韵。此两处韵稀，语意必须连贯，颇难处理。前段第四、五句除领字而外成两个六字句对偶；后段第二、三句为两个六字句对偶，第七、八句除领字而外成两个六字句对偶。秦词与郑词均同，甚工致。此调多用虚字为领字，引领以下句意，如秦词之“念”“怎奈向”“那堪”，郑词如“念”“试与问”“而今”。此调为换头曲，而且前后段字数差异颇大，前段三十字，后段五十八字。因此，其词调之特点极为突出，而且声韵柔婉流美。诸家所作以抒情、感旧为主，亦用于写景、寿词、节序。

【惜红衣】 双调，八十八字。前段十句，五仄韵；后段九句，五仄韵。 姜 夔

簟枕邀凉句琴书换日句睡余无力韵细洒冰泉句并刀破甘碧韵墙头唤酒句谁问讯读城南诗客韵岑寂韵高树晚蝉句说西风消息韵 虹梁水陌韵鱼浪吹香句红衣半狼藉韵维舟试望句故国渺天北韵可惜渚边沙外句不共美人游历韵问甚时同赋句三十六陂秋色韵

南宋音乐家兼词人姜夔自度曲，其词序云："吴兴号水晶宫，荷花甚丽。陈简斋云：'今年何以报君恩，一路荷花相送到青墩。'亦可见矣。丁未之夏，予游千岩，数往水红香中，自度此曲，以无射宫歌之。"《词律》于前段第二句断句，以为未用韵，《词谱》以为用韵；今参订吴文英与张炎词均未用韵，故从《词律》。《词谱》于后段第四、五句作："维舟试望故国。渺天北。"《词律》作："维舟试望，故国渺天北。"参张炎词亦作四五句式，今诸家校

本亦从《词律》。张炎赠歌妓双波词云："两剪秋痕，平分水影，炯然冰洁。未识新愁，眉心倩人贴。无端醉里，通一笑、柔花盈睫。痴绝。不解送情，倚银屏斜瞥。　　长歌短舞，换羽移宫，飘飘步回雪。扶娇倚扇，欲把艳怀说。旧日杜郎重到，只虑空江桃叶。但数峰犹在，如傍那家风月。"此词后段首句未用韵，第六句《全宋词》无"旧日"两字，但留空格，兹从《词谱》补正。此调已为现代音乐家译为今谱，可以演唱，其曲调极有特色，旋律优雅而富于变化，颇为动听。此调宜于抒情与写景。

【鱼游春水】　双调，八十九字。前后段各八句，五仄韵。

无名氏

秦楼东风里韵燕子还来寻旧垒韵余寒微透句红日薄侵罗绮韵嫩草初抽碧玉簪句细柳轻窣黄金蕊韵莺啭上林句鱼游春水韵　　几曲阑干遍倚韵又是一番新桃李韵佳人应念归期句梅妆泪洗韵凤箫声绝沉孤雁句目断清波无双鲤韵云山万重句寸心千里韵

北宋新声。宋人吴曾《能改斋漫录》卷十六："政和中，一中贵人使越州回，得词于古碑阴，无名无谱，不知何人作也。录以进御，命大晟府撰腔，因词中语，赐名《鱼游春水》。”此词诸家所录文字略有异，兹据《能改斋漫录》并参《全宋词》订正。南宋吕胜己抒发对适闲生活之追求：“林梢听布谷。郭外舒怀仍快目。平田浩荡，虢虢泉鸣暗谷。香稻吐芒针棘细，秀麦摇风波浪绿。山童野态，意亲情熟。

我待休官弃禄。屏迹幽闲安退缩。渭川千亩修篁，巑巑绀玉。顾盼滩流萦八节，呼吸湖光穿九曲。贪求自乐，尽忘尘俗。”此词风格旷达。马子严《怨别》词云：“池塘生春草。数尽归鸿人未到。天涯目断，青鸟尚赊音耗。晓月频窥白玉堂，暮雨还湿青门道。巢燕引雏，乳莺空老。　　庭际香红倦扫。乾鹊休来枝上噪。前回准拟同他，翻成病了。欲题红叶凭谁寄，独抱孤桐无心挑。眉间翠攒，鬓边霜早。”前后段第五、六两个七字句，第七、八两个四字句，均成对偶为工，诸家之作皆如此。此调七字句与四字句配合恰当，略有流畅之美，而又含蓄能留，适于抒情、言志、写景。

【卜算子慢】　双调，八十九字。前段八句，四仄韵；后段八句，五仄韵。

柳　永

江枫渐老句汀蕙半凋句满目败红衰翠韵楚客登临句正是暮秋天气韵引疏砧读断续残阳里韵对晚景读伤怀念远句新愁旧恨相继韵　脉脉人千里韵念两处风情句万重烟水韵雨歇天高句望断翠峰十二韵尽无言读谁会凭高意韵纵写得读离肠万种句奈归云谁寄韵

此与小令之《卜算子》音谱格律不同，《词谱》称《卜算子慢》以区别于小令，但柳永此词在《乐章集》内属歇指调，无“慢”。“慢”是宋人词乐之术语，指慢节奏之乐曲为“慢曲子”，在小令、中调、长调中，有的调既有“急曲子”亦有“慢曲子”。后世词学家将“慢”误解为长调，这是不符合宋代词乐实际情形的。本谱以量化标准区分词调种类，故依宋人习惯不以“慢”标示长调或中调与小令之同调名者。此调创调之作为唐末钟辐词，词云：“桃花院落，烟重露寒，寂寞禁烟晴昼。风拂珠帘，还记去年时候。惜春心、不喜闲窗牖。倚屏山、和衣睡觉，醺醺暗消残酒。
独倚危栏久。把玉筭偷弹，黛蛾轻斗。一点相思，万般自家甘受。抽金钗、欲买丹青手。写别来、容颜寄与，使知人清瘦。”柳词写羁旅行役，钟词写离情别绪，均甚婉约而词意流畅，故为佳作。

【石湖仙】 双调，八十九字。前后段各九句，六仄韵。

姜　夔

　　松江烟浦韵是千古三高句游衍佳处韵须信石
○○○●　●○●○○　○　○●　○●●
湖仙句似鸱夷读翩然引去韵浮云安在句我自爱读绿
○○　●○○　○○●●　○○○●　●●●　●
香红舞韵容与韵看世间读几度今古韵　芦沟旧曾
○○●　○●　●●○　●●○●　○○●○
驻马句为黄花读闲吟秀句韵见说胡儿句也学纶巾攲
●●　●○○　○○●●　●●○○　●●○○
雨韵玉友金蕉句玉人金缕韵缓移筝柱韵闻好语韵明
●　●●○○　●○○●　●○○●　○●●　○
年定在槐府韵
○●●○●

南宋姜夔自度曲，为诗人范成大作。石湖，在江苏苏州西南，界吴县与吴江之间，西南通太湖，北通横塘，东入胥门运河。相传为范蠡入五湖之口，南宋诗人范成大晚年居地，随地势高下，面湖筑亭榭，宋孝宗书赠“石湖”二字，因自号石湖居士。姜夔于淳熙十三年（1186）六月访石湖作此词，属越调。此调以四字句为主，用仄韵。换头曲，调势纡徐闲雅，宜于祝颂、写景。

【谢池春慢】 双调，九十字。前后段各十句，五仄韵。

张　先

缭墙重院句时闻有读流莺到韵绣被掩余寒句画阁明新晓韵朱槛连空阔句飞絮无多少韵径莎平句池水渺韵日长风静句花影闲相照韵　尘香拂马句逢谢女读城南道韵秀艳过施粉句多媚生轻笑韵斗色鲜衣薄句碾玉双蝉小韵欢难偶句春过了韵琵琶流韵句都入相思调韵

张先词在中吕宫，原题为《玉仙观道中逢谢媚卿》。宋人杨湜《古今词话》：“张子野往玉仙观，中路逢谢媚卿，初未相识，但两相闻名。子野才韵既高，谢亦秀色出世，一见慕悦，目色相授。张领其意，缓辔久之而去。”李之仪抒写春愁，词云：“残寒消尽，疏雨过、清明后。花径敛余红，风沼萦新皱。乳燕穿庭户，飞絮沾襟袖。正佳时，仍晚昼。着人滋味，真个浓如酒。　频移带眼，空只恁、厌厌瘦。不见又思量，见了还依旧。为问频相见，何似长相守。天不老，人未偶。且将此恨，分付庭前柳。”此调前后段各有四个五字句，可为两个对偶，如张词；李词前段对偶，后段不对偶，亦可。此调宜于叙事与写景。

【探芳信】　双调，九十字。前段九句，五仄韵；后段八句，

五仄韵。　　　　蒋　捷

翠吟悄韵似有人黄裳句孤伫埃表韵渐老侵芳岁句识君恨不早韵料应陶令吟魂在句凝此秋香妙韵傲霜姿读尚想前身句倚窗余傲韵　　回首醉年少韵控骏马蓉边句红鞸茸帽韵淡泊东篱句有谁肯读梦飞到韵正襟三诵悠然句句聊遣花微笑韵酒休赊读醒眼看花正好韵

南宋新声，属夹钟羽。史达祖词为创调之作。芳信，指春天的讯息。北宋晏几道《玉楼春》："梅花未足凭芳信，弦语岂堪传素恨。"蒋捷词题《菊》，格律与史达祖词同。另一体后段第五句为五字句，少一字。

【又一体】 双调，八十九字。前段九句，五仄韵；后段八句，五仄韵。　　　　吴文英

暖风定韵正卖花吟春句去年曾听韵旋自洗幽兰句银瓶钓金井韵斗窗香暖悭留客句街鼓还催暝韵调雏莺读试遣深杯句唤将愁醒韵　　灯市又重整韵待醉勒游缰句缓穿斜径韵暗忆芳盟句绡帕泪

犹凝韵吴宫十里吹笙路句桃李都羞靓韵绣帘人读
○●　○●○○●　●○○●　●○○
怕惹飞梅翳镜韵
●○○●●

吴词乃怀念苏州一位民间歌妓而作，词序云："丙申岁，吴灯市盛常年。余借宅幽坊，一时名胜遇合，置杯酒，接殷勤之欢，甚盛事也。"张炎《西湖春感寄草窗》词云："坐清昼。正冶思萦花，余醒倦酒。甚采芳人老，芳心尚如旧。消魂忍说铜驼事，不是因春瘦。向西园、竹扫颓垣，蔓罗荒甃。

风雨夜来骤。叹歌冷莺帘，恨凝蛾岫。愁到今年，多似去年否。旧情懒听山阳笛，目极空搔首。我何堪、老却江潭汉柳。"此调为换头曲，用仄韵，句式较复杂，但以偶句为主，调势平缓，声韵和谐，宜于抒情、写景、咏物，亦可为寿词。

长调

【**夏云峰**】双调，九十一字。前后段各八句，五平韵。

柳　永

宴堂深韵轩楹雨读轻压暑气低沉韵花洞彩舟泛斝句坐绕清浔韵楚台风快句湘簟冷读永日披襟韵坐久觉读疏弦脆管句时换新音韵　越娥蕙态兰心韵逞妖艳读昵欢邀宠难禁韵筵上笑歌间发句舄履交侵韵醉乡深处句须尽兴读满酌高吟韵向此免读名缰利锁句虚费光阴韵

北宋新声，柳永词为创调之作，属歇指调。此调以四字句与六字句为主，用平韵，调势平稳。诸家所作字句略有参差，当以此体为准。宋人用以祝颂、节序、写景。

【**法曲献仙音**】　双调，九十二字。前段八句，三仄韵；后段九句，六仄韵。

张　炎

云隐山晖句树分溪影句未放妆台帘卷韵篝密笼香句镜圆窥粉句花深自然寒浅韵正人在银屏底句琵琶半遮面韵　　语声软韵且休弹读玉关愁怨韵怕唤起读西湖那时春感韵杨柳古湾头句记小怜读隔水曾见韵听到无声句谩赢得读情绪难剪韵把一襟心事句散入落梅千点韵

法曲，兴起于隋代，至唐代而盛行。它源自汉代以来的中国清商乐；在唐代胡乐——燕乐流行之后，只有法曲尚保存中国古代音乐的一些特色。《新唐书》卷二十二《礼乐志》："初隋有法曲，其乐清而近雅，其器有铙、钹、钟、磬、洞箫、琵琶，其声金石丝竹以次作。隋炀帝厌其声淡，曲终后加'解音'。玄宗既知音律，又酷爱法曲，选坐部伎子弟三百教于梨园，声有误者，帝必觉而正之，号'皇帝梨园弟子'。"宋代初年教坊有燕乐、散乐、法曲、龟兹诸部乐。法曲所奏音乐内有小石调《献仙音》。南宋时法曲仍然与燕乐部并立，乐曲仅存《望瀛》与《献仙音》两曲。此调为北宋新声，柳永词为创调之作，仍属小石调，九十一字体，但与周邦彦词之字句多有差异。周邦彦词为正体，在南宋较为通行。张炎词题为《席上听琵琶有感》，出于周邦彦体。此调为换头曲，前段以四字句和六字句为主，调势平缓；后段句式富于变化，其中有三个上三下四句法之七字句，另有三、五、六、九等句，音韵较为典雅优美。张炎词在诸作中是写得最流美的，最能体现此调特色。姜夔词自注：“俗名大石调，黄钟商。”其词甚为骚雅：“虚阁笼寒，小帘通月，暮色偏怜高处。树隔离宫，水平驰道，湖山尽入尊俎。奈楚客淹留久，砧声带愁去。　屡回顾。过秋风、未成归计，谁念我、重见冷枫红舞。唤起淡妆人，问逋仙、今在何许。象笔鸾笺，甚而今、不道秀句。怕平生幽恨，化作沙边烟雨。”王沂孙于宋亡后作的《聚景亭梅次草窗韵》，意象奇幻，语意含蕴，而艺术尤精美。其词云：“层绿峨峨，纤琼皎皎，倒压波痕清浅。过眼年华，动人幽意，相逢几番春换。记唤酒寻芳处，盈盈褪妆晚。　已销黯。况凄凉、近来离思，应忘却、明月夜深归辇。荏苒一枝春，恨东风、人似天远。纵有残花，洒征衣、铅泪都满。但殷勤折取，自遣一襟幽怨。”凡长调的写作，特别注意整体结构布局。张炎《词源》卷下：“作慢词（长调）看是甚题目。先择曲名，然后命意。命意既了，思量头如何起，尾如何结。方始选韵，而后述曲。最是过片，不要断了曲意，须要承上接下。”若整体构思欠考虑，其词很可能出现拼凑与散缓之失。

【意难忘】 双调，九十二字。前后段各九句，六平韵。

周邦彦

衣染莺黄韵爱停歌驻拍句劝酒持觞韵低鬟蝉影动句私语口脂香韵檐露滴读竹风凉韵拚剧饮淋浪韵夜渐深读笼灯就月句子细端相韵　知音见说无双韵解移宫换羽句未怕周郎韵长颦知有恨句贪耍不成妆韵些个事读恼人肠韵待说与何妨韵又恐伊读寻消问息句瘦减容光韵

北宋新声，属中吕调，周词为创调之作，描写一位歌妓的情态。宋人多沿用周词之题材及用韵。周词乃应歌之作，俚俗而不近雅，但仍为宋词名篇，在南宋末年尚传唱于民间。宋季刘辰翁《元宵雨》却写得萧瑟悲凉，暗寓故国之感，其词云：“角动寒谯。看雨中灯市，雪意潇潇。星球明戏马，歌管杂鸣刁。泥没膝、舞停腰。焰蜡任风消。更可怜、红啼桃槛，绿暗杨桥。　当年乐事朝朝。曾锦鞍呼妓，金屋藏娇。围香春斗酒，坐月夜吹箫。今老矣、倦歌谣。嫌杀杜家乔。漫三杯、踞炉觅句，断送春宵。”宋季范晞文亦写宋亡之后的悲苦情绪，词云：“清泪如铅。叹咸阳送远，露冷铜仙。岩花纷堕雪，津柳暗生烟。寒食后、暮江边。草色更芊芊。四十年、留春情绪，不似今年。　　山阴欲棹归船。暂停杯雨外，舞剑灯前。重逢未应卜，此别转堪怜。凭急管、倩繁弦。思苦调难传。望故乡、都将往事，付与啼鹃。”此调为换头曲，但后段首句后与前段同。前后段第四、五两个五字句，诸家皆为对偶。调用平韵，音节较响亮流畅，宜于叙事与抒情。

【满江红】　双调，九十三字。前段八句，四仄韵；后段十句，五仄韵。　　岳　飞

　　怒发冲冠句凭阑处读潇潇雨歇韵抬望眼读仰天长啸句壮怀激烈韵三十功名尘与土句八千里路云和月韵莫等闲读白了少年头句空悲切韵　　靖康耻句犹未雪韵臣子恨句何时灭韵驾长车踏破句贺兰山缺韵壮志饥餐胡虏肉句笑谈渴饮匈奴血韵待从头读收拾旧山河句朝天阙韵

唐代诗人白居易《忆江南》词有“日出江花红胜火”之句，描绘太阳出来光照江水的美丽景象，调名本此。此为北宋新声，柳永词为创调之作。柳永四词，两首俗词表

达市民妇女情感，另两首为羁旅行役之词。它们都属仙吕调，即夷则宫，其基音较高，故有激越之感。此调在南宋至清代都可付诸歌喉。清代《九宫大成南北词宫谱》有几支《满江红》曲。1920年北京大学音乐研究会发现另一古曲，所配之词是元代萨都剌的，声情悲壮雄浑。1925年由杨荫浏将岳飞词配此古曲，词曲契合，艺术效果极佳，自此广为传唱。岳飞词与柳永“暮雨初收”词格律相同，为宋人通用之正体。此调为换头曲，后段自第六句始与前段相同。后段第一句之三字句第一字应为平声，岳词作“靖”，偶异。词中可平可仄之字较多，宋人作者极众。调中有三个四字句，一个五字句，两个灵活的八字句，四个可以对偶的七字句，六个三字句。其基本句式为奇句，三字句与七字句的配合，造成奔放与急促的声情；又由于有三个平声句脚与仄声句脚相配，形成拗怒的声情；四字句、八字句及对偶句的穿插又使此调和婉而多变化。因而此调之表情既丰富又具特色，可表达清新绵邈之情，亦可表达悲壮激越之情。辛弃疾三十三首之中如“点火樱桃”“家住江南”“敲碎离愁”三词清新而和婉，如写春归的：“点火樱桃，照一架、荼蘼如雪。春正好、见龙孙穿破，紫苔苍壁。乳燕引雏飞力弱，流莺唤友娇声怯。问春归、不肯带愁归，肠千结。　层楼望，春山叠。家何在，烟波隔。把古今遗恨，向他谁说。蝴蝶不传千里梦，子规叫断三更月。听声声、枕上劝人归，归未得。”宋季宫人王清惠《题驿壁》一词悲痛愤激而声韵谐美，词云：“太液芙蓉，浑不似、旧时颜色。曾记得、春风玉露，玉楼金阙。名播兰馨妃后里，晕潮莲脸君王侧。忽一声、鼙鼓揭天来，繁华歇。　　龙虎散，风云灭。千古恨，凭谁说。对山河百二，泪盈襟血。驿馆夜惊尘土梦，宫车晓碾关山月。问恒娥、于我肯从容，同圆缺。”

此调前后段各两个七字句，可以不对偶，但以对偶为佳，如张先的“过雨小桃红未透，舞烟新柳青犹弱”，苏轼的“衣上旧痕余苦泪，眉间喜气添黄色”，周邦彦的“芳草连天迷远望，宝香薰被成孤宿”。后段过变四个三字句是要求对偶的，但有两对偶的如辛弃疾的“佳丽地，文章伯。金缕唱，红牙拍”，有一个对偶的如刘辰翁的“记犹是，卿卿惜；空复见，谁谁摘”；也有一、二句对偶，三、四句不对偶的。《词谱》于此调列十四体，但实际上仅有仄韵与平韵两体。

【又一体】　双调，九十三字。前段八句，四平韵；后段十句，五平韵。　　姜　夔仙姥来时句正一望读千顷翠澜韵旌旗共读乱云俱下句依约前山韵命驾群龙金作轭句相从诸娣玉为冠韵向夜深读风定悄无人句闻佩环韵　　神奇处句君试看韵奠淮右句阻江南韵遣六丁雷电句别守东关韵却笑英雄无好手句一篙春水走曹瞒韵又怎知读人在小红楼句帘影间韵

此体为南宋姜夔所创，将原调仄韵改为平韵，字数、句式、韵数皆与正体相同。此后词人赵以夫、吴文英、彭元逊、张炎等少数作品偶用此体，但声情效果与正体颇异。

【凄凉犯】 双调，九十三字。前段九句，五仄韵；后段九句，四仄韵。

姜　夔

绿杨巷陌秋风起句边城一片离索韵马嘶渐远句人归甚处句戍楼吹角韵情怀正恶韵更衰草寒烟淡薄韵似当时读将军部曲句迤逦度沙漠韵　　追念西湖上句小舫携歌句晚花行乐韵旧游在否句想如今读翠凋红落韵漫写羊裙句等新雁来时系著韵怕匆匆读不肯寄与句误后约韵

姜夔自度曲，其词序云：“合肥巷陌皆种柳，秋风夕起骚骚然。予客居阖户，时闻马嘶，出城四顾，则荒烟野草，不胜凄暗，乃著此解。琴有凄凉调，假以为名。”前段首句“绿杨巷陌秋风起”，《词律》与《词谱》以为“陌”字为韵，遂将“秋风起”连下句为九字句。此词用觉药韵，而“陌”属质陌锡职缉韵，韵部不同，故“陌”非韵，夏承焘整理姜夔词集亦不作韵处理；再查张炎两词亦如此。调属夷则羽，俗名仙吕调，犯双调。张炎《过邻家见故园有感》词意极为凄凉，最能体现调情，词云：“西风暗剪荷衣碎，柔丝不解重缉。荒烟断浦，晴晖历乱，半江摇碧。悠悠望极。忍独听、秋声渐急。更怜他、萧条柳发，相为动秋色。
老态今如此，犹自留连，醉筇游屐。不堪瘦影，渺天涯、尽成行客。因甚忘归，漫吹裂山阳夜笛。梦三十六陂流水，去未得。”姜夔、吴文英、张炎三家词均用入声韵，当以入声韵为宜。姜夔此曲，今已译出，可以歌唱。

【水调歌头】 双调，九十五字。前段九句，四平韵；后段十句，四平韵。

苏　轼

明月几时有句把酒问青天韵不知天上宫阙句
今夕是何年韵我欲乘风归去句又恐琼楼玉宇句高

处不胜寒韵起舞弄清影句何似在人间韵　转朱阁句低绮户句照无眠韵不应有恨句何事长向别时圆韵人有悲欢离合句月有阴晴圆缺句此事古难全韵但愿人长久句千里共婵娟韵

苏词题为《丙辰中秋欢饮达旦，大醉作此篇兼怀子由》，为此调之始词，亦是宋词名篇。“水调”即南吕商调。王灼《碧鸡漫志》卷四云：“世以今曲《水调歌》为（隋）炀帝自制，今曲乃中吕词，而唐所谓南吕商，则今俗呼中管林钟商也。”唐代白居易《听水调》诗云：“五言一遍最殷勤，调少情多似有因。不会当时翻曲意，此声肠断为何人。”今存唐末吴融《水调》乃咏隋炀帝所制之曲，诗云：“凿河千里走黄沙，浮殿西来动日华。可道新声是亡国，且贪惆怅后庭花。”《乐府诗集》卷七十九存唐代无名氏《水调歌》十一首，第五以后为“入破”五首，后为“第六彻”。此是集唐人五言与七言绝句入乐以歌唱之齐言声诗。《水调歌头》是宋人从《水调》大曲中摘取“歌头”部分乐曲谱词，成为词调。苏轼词前段之“我欲乘风归去，又恐琼楼玉宇”，后段之“人有悲欢离合，月有阴晴圆缺”。《词律》以为未叶韵，《词谱》以为于平韵中插入仄韵。兹核宋人此调并无插入仄韵的情形，当从《词律》为准。又后段第四、五两句，苏词作四七句式，如苏词其他作品为："忽然浪起，掀舞一叶白头翁"；但其余词则作六五句式如："跻攀寸步千险，一落百寻轻"，辛弃疾亦有作"倦游欲去江上，手种橘千头"，"而今已不如昔，后更不如今"。此两种句式均可依据词意而定。苏词为此调通行之正体。此调前段起两句，结两句，后段结两句，均为五字句，而且可成对偶。又调中前后段各连用两个六字句，过变连续三个三字句。故诸家易于以诗为词，使词生硬而乏和婉协谐之效果。豪放词人多用以言志、议论、祝颂、节序、写景，时有句读不葺之现象。用此调者切忌以诗法入词。南宋陈亮《送章德茂大卿使虏》为此调佳作，词之气魄雄伟，爱国情感迸涌，虽有议论，却无以诗入词之弊。其词云："不见南师久，谩说北群空。当场只手，毕竟还我万夫雄。自笑堂堂汉使，得似洋洋河水，依旧只流东。且复穹庐拜，会向藁街逢。　　尧之都，舜之壤，禹之封。于中应有，一个半个耻臣戎。万里腥膻如许，千古英灵安在，磅礴几时通。胡运何须问，赫日自当中。"宋人龚仲希《中吴纪闻》卷六："建炎庚戌，两浙被虏祸，有题《水调歌头》于吴江者，不知其姓氏，意极悲壮。"词云："平生太湖上，来往几经过。如今重到，何事愁与水云多。拟把匣中长剑，换取扁舟一叶，归去老渔蓑。银艾非吾事，丘壑漫蹉跎。　　脍新鲈，斟碧酒，起悲歌。太平生长，不谓今日识干戈。欲卷三江雪浪，净洗边尘千里，不用挽天河。回首望霄汉，双泪堕清波。”这首无名氏词情绪激烈，词意流畅，亦是此调中难得之佳作。宋人作此调者极众，但佳作较少。填此词者尤其须慎重处理好诗法与词法之别。

【满庭芳】 双调，九十五字。前段十句，四平韵；后段十一句，五平韵。

秦观

山抹微云句天连衰草句画角声断谯门韵暂停征棹句聊共引离尊韵多少蓬莱旧事句空回首读烟霭纷纷韵斜阳外句寒鸦万点句流水绕孤村韵 销魂韵当此际句香囊暗解句罗带轻分韵谩赢得读青楼薄幸名存韵此去何时见也句襟袖上读空惹啼痕韵伤情处句高城望断句灯火已黄昏韵

北宋新声，苏轼六首为创调之作，属中吕调。唐末诗人吴融有“满庭芳草易黄昏”诗句，调名本此。秦观词与苏轼词同为宋人通行之正体。苏轼抒写人生感悟，其词云：“蜗角虚名，蝇头微利，算来着甚干忙。事皆前定，谁弱又谁强。且趁闲身未老，须放我、些子疏狂。百年里，浑教是醉，三万六千场。　　思量。能几许，忧愁风雨，一半相妨。又何须、抵死说短论长。幸对清风皓月，苔茵展、云幕高张。江南好，千钟美酒，一曲《满庭芳》。”此调又名《满庭霜》《满庭芳慢》《潇湘夜雨》《转调满庭芳》。宋人用者甚众。此调为换头曲，过变首句用韵，亦可不用韵，或可连接下面之三字句为五字句，但秦词作“消魂”、苏词作“思量”、周邦彦词作“年年”均用韵，固是此调之显著特点，宜遵从之。此调多用四字句、六字句与上三下四句法之七字句，但韵之稀密适度，常以四四六或六七句式组成句群，尤其两结为三四五句式之句群，故于含蓄顿挫中忽又流动奔放。因用平韵，而且过变处用短韵，使声韵颇为响亮。此调之适应范围很广，可用以抒情、议论、写景、叙事、祝颂、酬赠。李清照词调改名《满庭霜》，乃咏梅之作，词云：“小阁藏春，闲窗锁昼，画堂无限深幽。篆香烧尽，日影下帘钩。手种江梅更好，又何必、临水登楼。无人到，寂寞浑似，何逊在扬州。　　从来，知韵胜，难堪雨藉，不耐风揉。更谁家横笛，吹动浓愁。莫恨香消雪减，须信道、扫迹情留。难言处，良宵淡月，疏影尚风流。”此词过变不用韵。刘克庄《记梦》，意象神奇，词意流畅，为此调之佳作，词云：“凉月如冰，素涛翻雪，人世依约三更。扁舟乘兴，莫计水云程。忽到一洲奇绝，花无数、多不知名。浑疑是，芙蓉城里，又似牡丹坪。　　蓬莱，应不远，天风海浪，满目凄清。更一声铁笛，石裂龙惊。回顾尘寰局促，挥袂去、散发骑鲸。蘧蘧觉，元来是梦，钟动野鸡鸣。”此词过变亦不用韵。此调另有仄韵一体。

【又一体】 双调，九十五字。前后段各十句，四仄韵。

刘　焘

风急霜浓句天低云淡句过来孤雁声切韵雁儿且住句略听自家说韵你是离群到此句我共那读人才相别韵松江岸句黄芦丛里句天更待飞雪韵　　声声句肠欲断句和我也读点点珠泪成血韵一江流水句流也呜咽韵告你高飞远举句前程事读永无磨折韵须知道句飘零散聚句终有见时节韵

此词又名《转调满庭芳》，词语通俗流畅。后段句式与秦词略有小异。

【凤凰台上忆吹箫】 双调，九十五字。前段十句，四平韵；后段十一句，五平韵。

李清照

香冷金猊句被翻红浪句起来慵自梳头韵任宝奁尘满句日上帘钩韵生怕离怀别苦句多少事读欲说还休韵新来瘦句非干病酒句不是悲秋韵　休休韵这回去也句千万遍阳关句也则难留韵念武陵人远句烟锁秦楼韵惟有楼前流水句应念我读终日凝眸韵凝眸处句从今又添句一段新愁韵

北宋新声，晁补之两词为创调之作。《太平广记》卷四引《神仙传拾遗》："萧史，不知得道年代。貌如二十许人，善吹箫作鸾凤之响，而琼姿炜烁，风神超迈，真天人也。混迹于世，时莫能知之。秦穆公有女弄玉，善吹箫。公以弄玉妻之。遂教弄玉作凤鸣，居十数年，吹箫似凤声。凤凰来止其屋，公为作凤台。"调名本此。《词谱》于此调列六体，李词为宋词名篇，固宜为正体。

【天　香】　双调，九十六字。前段十一句，四仄韵；后段八句，六仄韵。

吴文英

珠络玲珑句罗囊闲斗句酥怀暖麝相倚韵百和花须句十分风韵句半袭凤箱重绮韵茜垂四角句慵未揭读流苏春睡韵熏度红薇院落句烟消画屏沉水韵

温泉绛绡乍试韵露华侵读透肌兰沘韵温省浅溪月夜句暗浮花气韵荀令如今老矣韵但未减读韩郎旧风味韵远寄相思句余熏梦里韵

天香，祭神的香。北周庾信《奉和同泰寺浮屠》诗云：“天香下桂殿，仙梵入伊笙。”宋人吴自牧《梦粱录》卷一“元旦大朝会”：“元旦侵晨，禁中景阳钟罢，主上精虔炷天香。”旧时民间于年节朔望，炷香敬天，亦称天香。此调为北宋新声，王观写冬日闲情之词是创调之作。其词云：“霜瓦鸳鸯，风帘翡翠，今年早是寒少。矮钉明窗，侧开朱户，断莫乱教人到。重阴未解，云共雪、商量不了。青帐垂毡要密，红炉收围宜小。　　呵梅弄妆试巧。绣罗衣、瑞云芝草。伴我语时同语，笑时同笑。已被金尊劝倒。又唱个、新词故相恼。尽道穷冬，元来恁好。”此词通俗流畅，但意境不高。吴文英词题为《熏衣香》，意象华丽而密集，凝塞晦昧，但艺术性很高。宋季词人王沂孙咏《龙涎香》一词是名篇，暗寓故国之思，词意亦晦涩。其词云：“孤峤蟠烟，层涛蜕月，骊宫夜采铅水。讯远槎风，梦深薇露，化作断魂心字。红瓷候火，还乍识、冰环玉指。一缕萦帘翠影，依稀海天云气。　　几回殢娇半醉。剪春灯、夜寒花碎。更好故溪飞雪，小窗深闭。荀令如今顿老，总忘却、尊前旧风味。

漫惜余熏，空篝素被。”此调以四字句与六字句为主，用仄韵，调势和缓凝重，宜用以写景、咏物和叙事。

【汉宫春】 双调，九十六字。前段九句，五平韵；后段九句，四平韵。

辛弃疾

春已归来句看美人头上句袅袅春幡韵无端风雨未肯句收尽余寒韵年时燕子句料今宵读梦到西园韵浑未办读黄柑荐酒句更传青韭堆盘韵　却笑东风从此句便薰梅染柳句更没些闲韵闲时又来镜里句转变朱颜韵清愁不断句问何人读会解连环韵生怕见读花开花落句朝来塞雁先还韵

东晋无名氏据旧籍撰有《汉宫春色》，写西汉惠帝皇后张嫣遗事，以张皇后为汉宫第一美人，然其遭遇极为不幸。调名本此。北宋新声，张先《蜡梅》词为创调之作。宋人用此调者较多。辛弃疾此词题为《立春》，乃宋词名篇，亦为宋人通用之正体。辛词另有《会稽蓬莱阁怀古》是以文为词之典范，词情悲凉而豪放，词云：“秦望山头，看乱云急雨，倒立江湖。不知云者为雨，雨者云乎。长空万里，被西风、变灭须臾。回首听、月明天籁，人间万窍号呼。　谁问若耶溪上，倩美人西去，麋鹿姑苏。至今故国人望，一舸归欤。岁云暮矣，问何不、鼓瑟吹竽。君不见、王亭谢馆，冷烟寒树啼乌。”词中多用文言虚词与文言句法，但全词意脉贯注，极为生动。无名氏一首抒写宫怨，最切合此调之声情，词云：“玉减香消，被婵娟误我，临镜妆慵。无聊强开强解，蹙破眉峰。凭高望远，但断肠、残月初钟。须信道、承恩在貌，如何教妾为容。　　风暖鸟声和碎，更日高院静，花影重重。愁来待只殢酒，酒困愁浓。长门怨感，恨无金、买赋临邛。翻动念、年年女伴，越溪共采芙蓉。”陆游《初自南郑来成都作》乃感慨时事与言志之词，词云：“羽箭雕弓，忆呼鹰古垒，截虎平川。吹笳暮归野帐，雪压青毡。淋漓醉墨，看龙蛇、飞落蛮笺。人误许、诗情将略，一时才气超然。　　何事又作南来，看重阳药市，元夕灯山。花时万人乐处，攲帽垂鞭。闻歌感旧，尚时时、流涕尊前。君记取、封侯事在，功名不信由天。”此调音节较响亮，而调势于奔放中归于收敛，多为豪放词人所用以言志抒情，但亦可表达婉约与含蓄之情。南宋词人用者较众。

【八声甘州】　双调，九十七字。前后段各九句，四平韵。

柳　永

对潇潇暮雨洒江天句一番洗清秋韵渐霜风凄紧句关河冷落句残照当楼韵是处红衰翠减句苒苒物华休韵唯有长江水句无语东流韵　　不忍登高临远句望故乡渺邈句归思难收韵叹年来踪迹句何事苦淹留韵想佳人读妆楼颙望句误几回读天际识归舟韵争知我读倚阑干处句正恁凝愁韵

甘州，西魏废帝三年（554）改西凉州为甘州，因甘峻山为名。治所在永平（今甘肃张掖），辖境相当于今甘肃高台以东弱水上游。唐永泰后入吐蕃，大中后入回鹘。唐代为河西节度使所在地。《甘州子》乃唐代边地所进之乐曲，入教坊曲。王灼《碧鸡漫志》卷三："《甘州》世不见，今仙吕调有曲破，有八声慢，有令，而中吕调有象八声甘州，他宫调不见也。"《八声甘州》即《甘州》曲之一种，"八声"即八韵，属慢曲子，故称"八声慢"。《八声甘州》为北宋初年依唐代乐曲所制之新声，柳永词为创调之作，正属仙吕调。此调以四字句和五字句为主，但有两个八字句，后段用两个上三下四句法之七字句；用平声韵八韵，每韵脚均连用两个平声字，因此形成调势不急不慢，平稳而音节响亮，结构匀称的特点。起句为八字句，很难处理，必须有笼罩全词氛围之势。柳词为宋词名篇，此调典范，其最成功之表现在于善用领字，如“对”“渐”“望”“叹”“想”等字，使句群之间关系清楚，联系紧密，词意贯串，流转空灵。这可体现柳词长调结构之谨严，由此可悟长调之做法。辛弃疾《夜读〈李广传〉》亦是名篇，词云：“故将军饮罢夜归来，长亭解雕鞍。恨灞陵醉尉，匆匆未识、桃李无言。射虎山横一骑，裂石响惊弦。落魄封侯事，岁晚田园。　谁向桑麻杜曲，要短衣匹马，移住南山。看风流慷慨，谈笑过残年。汉开边、功名万里，甚当时，健者也曾闲。纱窗外、斜风细雨，一阵轻寒。”张炎此调名《甘州》，同此体，但首句用韵，词云：“记玉关踏雪事清游。寒气脆貂裘。傍枯林古道，长河饮马，此意悠悠。短梦依然江表，老泪洒西州。一字无题处，落叶都愁。　载取白云归去，问谁留楚佩，弄影中洲。折芦花赠远，零落一身秋。向寻常、野桥流水，待招来、不是旧沙鸥。空怀感，有斜阳处，却怕登楼。”以上三词均爽健而气势宏大，最能具此调声情特点。此调前段起两句柳词作八五句式，另一体作五八句式。

【又一体】 双调，九十七字。前后段各九句，四平韵。

吴文英

渺空烟四远句是何年读青天坠长星韵幻苍崖云树句名娃金屋句残霸宫城韵箭径酸风射眼句腻水染花腥韵时靸双鸳响句廊叶秋声韵　宫里吴王沉醉句倩五湖倦客句独钓醒醒韵问苍波无语句华发奈山青韵水涵空读阑干高处句送乱鸦读斜日落渔汀韵连呼酒读上琴台去句秋与云平韵

吴词题为《陪庾幕诸公游灵岩》，起句气势博大，亦善用领字，结句极为空灵。此调柳词与吴词两体均通行，而且两词均超越众作，当细细领会。此调用于怀古、抒情、写景、咏物、感慨时事皆可。

【暗　香】　双调，九十七字。前段九句，五仄韵；后段十句，七仄韵。

姜　夔

旧时月色韵算几番照我句梅边吹笛韵唤起玉人句不管清寒与攀折韵何逊而今渐老句都忘却读春风词笔韵但怪得读竹外疏花句香冷入瑶席韵　江国韵正寂寂韵叹寄与路遥句夜雪初积韵翠尊易泣韵红萼无言耿相忆韵长记曾携手处句千树压读西湖寒碧韵又片片读吹尽也句几时见得韵

姜夔自度曲，词序云："辛亥之冬，予载雪诣石湖。止既月，授简索句，且征新声。作此两曲，石湖把玩不已，使工妓隶习之，音节谐婉，乃名之曰《暗香》《疏影》。"词为咏梅之作，属仙吕宫。词用入声韵，诸家所作皆同。词为换头曲，前后段句式甚相异，除韵脚为入声外，其余句脚亦多用仄声，句式变化大，韵位时稀时密，声韵低沉，情调压抑，表情含蓄曲折，但形式精巧，声情和谐，为姜夔自度曲中之精品。今此曲已经译出并有歌唱之音响资料，曲调极其优雅婉转，有宋人雅词之余韵。此调张炎又名《红情》，词人多用以咏梅与言情。

【长亭怨慢】 双调，九十七字。前后段各九句，五仄韵。

姜　夔

渐吹尽读枝头香絮韵是处人家句绿深门户韵远浦萦回句暮帆零乱向何许韵阅人多矣句谁得似读长亭树韵树若有情时句不会得读青青如此韵　日暮韵望高城不见句只见乱山无数韵韦郎去也句怎忘得读玉环分付韵第一是读早早归来句怕红萼读无人为主韵算空有并刀句难剪离愁千缕韵

姜夔自度曲，属中吕宫。其词序云：“予颇喜自度曲，初率意为长短句，然后协以律，故前后阕多不同。桓大司马云：‘昔年种柳，依依汉南。今看摇落，凄怆江潭。树犹如此，人何以堪’此语予深爱之。”姜夔此曲今已译出，甚为纡徐而感慨凄凉。张炎于宋亡后重过故居，十分悲感而赋，即用此调。宋遗民王沂孙《重过中庵故园》亦甚感慨，其词云：“泛孤艇、东皋过遍。尚记当日，绿阴门掩。屐齿梅阶，酒痕罗袖事何限。欲寻前迹，空惆怅、成秋苑。自约赏花人，别后总、风流云散。　　水远。怎知流水外，却是乱山尤远。天涯梦短，想忘了、绮疏雕槛。望不尽、苒苒斜阳，扶乔木、年华将晚。但数点红英，犹识西园凄婉。”姜夔作此曲时，深有古今沧桑之感，诸家词作亦如此。

【声声慢】　双调，九十七字。前段九句，五仄韵；后段八句，五仄韵。

李清照

寻寻觅觅韵冷冷清清句凄凄惨惨戚戚韵乍暖还寒句时候最难将息韵三杯两盏淡酒句怎敌他读晚来风急韵雁过也句正伤心读却是旧时相识韵

满地黄花堆积韵憔悴损读如今有谁堪摘韵守着窗儿句

独自怎生得黑韵梧桐更兼细雨句到黄昏读点点滴滴韵这次第句怎一个读愁字了得韵

此调原名《胜胜慢》，晁补之词为创调之作，李清照改名《声声慢》。《词律》列四体，《词谱》列十四体，而实仅仄韵与平韵两体。李词为宋词名篇，是宋人通用之体。此词仄韵，仄声字约占三分之二，音节徐缓而低沉，尤其有许多看似拗句，如“凄凄惨惨戚戚”“三杯两盏淡酒”为平平仄仄仄仄式，“点点滴滴，这次第、怎一个”全为仄声字，形成此调悲咽之声情。李词构思纤细，善用白话，词意绵密，最富艺术特色。宋季奚倬然词亦是佳作，其词云：“秋声淅沥。楚棹吴鞭，相逢易老颜色。桐竹鸣骚音韵，水云空觅。炎凉自今自古，信浮生、有谁禁得。漫回首，问黄花、还念故人犹客。　　莫管红香狼藉。兰蕙冷、偏他露知霜识。木落山空，心事对秋明白。征衣暗尘易染，算江湖、随人宽窄。正无据，看寒蟾、飞上暮碧。”

【又一体】　双调，九十七字。前段十句，四平韵；后段八句，四平韵。

张　炎

因风整帽句借柳维舟句休登故苑荒台韵去岁

何年句游处半入青苔韵白鸥旧盟未冷句但寒沙读空与愁堆韵漫叹息句向西门洒泪句不忍徘徊韵　眼底江山犹在句把冰弦读弹断苦忆颜回韵一点归心句分付布袜青鞋韵相寻已期到老句那知人读如此情怀韵怅望久句海棠开读依旧燕来韵

词题为《中吴感旧》，虽用平韵，声情亦如仄韵体。此调两体可用于抒情、咏物、写景、祝颂、赠酬。平韵体首句不韵，句式略有变化。

【**雨中花慢**】 双调，九十八字。前后段各十句，四平韵。

张孝祥

一舸凌风句斗酒酹江句翩然乘兴东游韵欲吐平生孤愤句壮气横秋韵浩荡锦囊诗卷句从容玉帐兵筹韵有当时桥下句取履仙翁句谈笑同舟韵　先贤济世句偶耳功名句事成岂为封留韵何况我读君恩深重句欲报无由韵长望东南气王句从教西北云浮韵断鸿万里句不堪回首句赤县神州韵

此调有小令与长调两类。长调多称《雨中花慢》，苏轼词为创调之作。《词谱》列十三体，诸家之作字句多有参差，平韵依张词即可，仄韵可以秦观词为准。

【又一体】 双调，九十八字。前后段各十句，四仄韵。

秦　观

指点虚无征路句醉乘斑虬句远访西极韵见天风吹落句满空寒白韵玉女明星迎笑句何苦自淹尘域韵正火轮飞上句雾卷烟开句洞观金碧韵　重重观阁句横枕鳌峰句水面倒衔苍石韵随处有读奇香异火句杳然难测韵好是蟠桃熟后句阿环偷报消息韵在青天碧海句一枝难遇句占取春色韵

此用仄韵，句式略有变化。此调可作豪放词，亦可作婉约词，调势较平稳，适于抒情、写景、言志、咏物、赠酬。

【扬州慢】 双调，九十八字。前段十句，四平韵；后段九句，四平韵。

姜　夔

淮左名都句竹西佳处句解鞍少驻初程韵过春风十里句尽荠麦青青韵自胡马读窥江去后句废池乔

木句犹厌言兵韵渐黄昏读清角吹寒句都在空城韵

杜郎俊赏句算如今读重到须惊韵纵豆蔻词工句青楼梦好句难赋深情韵二十四桥仍在句波心荡读冷月无声韵念桥边红药句年年知为谁生韵

姜夔自度曲，属中吕宫。词序云：“淳熙丙申至日，予过维扬。夜雪初霁，荠麦弥望。入其城则四顾萧条，寒水自碧。暮色渐起，戍角悲吟。予怀怆然，感慨今昔，因自度此曲。千岩老人以为有黍离之悲也。”此曲今已译出，可供演唱，悠扬雅致，和谐动听。赵以夫咏扬州后土祠琼花，亦得骚雅之意，词云：“十里春风，二分明月，蕊仙飞下琼楼。看冰花翦翦，拥碎玉成球。想长日、云阶伫立，太真肌骨，飞燕风流。敛群芳、清丽精神，都付扬州。　　雨窗数朵，梦惊回、天际香浮。似阆苑花神，怜人冷落，骑鹤来游。为问竹西风景，长空淡、烟水悠悠。又黄昏羌管，孤城吹起新愁。”宋遗民罗志仁于长沙定王台怀古之词抒写江山异代的故国之思，词情极为悲凉深刻。词云：“危榭摧红，断砖埋玉，定王台下园林。听樯干燕子，诉别后惊心。尽江上、青峰好在，可怜曾是，野烧痕深。付潇湘渔笛，吹残今古消沉。　　妙奴不见，纵秦郎、谁更知音。正雁妾悲歌，雕奚醉舞，楚户停砧。化碧旧愁何处，魂归些、晚日阴阴。渺云平铁坝，凄凉天也沾襟。”此调前后段略相异，但皆以四字句和六字句为主，调势平稳，凡韵脚连用两个平声字。前段第六、七、八句，后段第四、五、六句皆由领字形成句群，一气贯下，颇为流畅。故此调于平稳和谐中有奔放之势，而结尾又归凝重。姜夔十七首自度曲，与唐宋民间流行之曲调有别，属于雅音，尤为南宋以来婉约词人所欣赏。此调此词是姜夔成名之作，对宋词的发展影响极大。

【双双燕】 双调，九十八字。前段九句，五仄韵；后段十句，七仄韵。

史达祖

过春社了句度帘幕中间句去年尘冷韵差池欲住句试入旧巢相并韵还相雕梁藻井韵又软语读商量不定韵飘然快拂花梢句翠尾分开红影韵　芳径韵芹泥雨润韵爱贴地争飞句竞夸轻俊韵红楼归晚句看足柳昏花暝韵应是栖香正稳韵便忘了读天涯芳信韵愁损翠黛双蛾句日日画阑独凭韵

南宋新声，史达祖此词题为《咏燕》，是创调之作。宋词中此是咏物名篇，描述极为细腻贴切，而意象极其优美。此调为换头曲，后段用韵较密，韵位时密时稀，但较和谐。

【应天长慢】 双调，九十八字。前后段各十一句，五仄韵。

周邦彦

条风布暖句霏雾弄晴句池塘遍满春色韵正是夜堂无月句沉沉黯寒食韵梁间燕句前社客韵似笑我读闭门愁寂韵乱花过句隔院芸香句满地狼藉韵

长记那回时句邂逅相逢句郊外驻油壁韵又见汉宫传烛句飞烟五侯宅韵青青草句迷路陌韵强载酒读细寻前迹韵市桥远句柳下人家句犹自相识韵

此调有小令和长调两类。长调之始词为柳永之九十四字体，属林钟商。周词为宋词名篇，和其韵者较多，乃宋人通用之正体。吴文英《吴门元夕》，注为夷则商，同周体，亦长于叙事，词云："丽花斗靥，清麝溅尘，春声遍满芳陌。竟路障空云幕，冰壶浸霞色。芙蓉镜，词赋客。竞绣笔、醉嫌天窄。素娥下，小驻轻镳，眼乱红碧。　　前事顿非昔，故苑年光，浑与世相隔。向暮巷空人绝，残灯耿尘壁。凌波恨，帘户寂。听怨写、堕梅哀笛。伫立久，雨暗河桥，谯漏疏滴。"此词后段首句"前事顿非昔"，当是偶用入声本部韵字，亦如第四句"向暮巷空人绝"一样，并非韵位，《词谱》以为前者用韵，特立一别体，不宜从。此调共用六个三字句，但与四字句和六字句相配，颇为流畅，但不急促，故全调句式富于变化，流动而趋于平稳，最宜于叙事与写景。南宋张矩即以此调作十首以写西湖十景。

【玲珑四犯】 双调，九十九字。前后段各九句，五仄韵。

周邦彦

秾李夭桃句是旧日潘郎句亲试春艳韵自别河阳句长负露房烟脸韵憔悴鬓点吴霜句细念想读梦魂飞乱韵叹画阑玉砌都换韵才始有缘重见韵 夜深偷展香罗荐韵暗窗前读醉眠葱蒨韵浮花浪蕊都相识句谁更曾抬眼韵休问旧色旧香句但认取读芳心一点韵又片时一阵句风雨恶句吹分散韵

北宋新声，此为创调之作，属大石调。《词谱》此调列七体，以周词为正体；其他南宋词人所作，字数与句式略有差异。周词是感旧之作，叙事层次极为清楚，有头有尾，善用虚字，如“是”“自别”“细念想”“休问”“又”，使词意转折变化之关系清楚，结构谨严，为宋词典范之作。词中连用三个仄声字之处较多，看似拗句，而正是此调特点，而音响亦甚独特。此调是换头曲，前后段变化较大。后段结两句，句法特殊，将全词情绪推向高潮。姜夔《越中岁暮闻箫鼓感怀》属黄钟商，亦九十九字，但句式与周词差异极大，当是音谱不同所致。

【三姝媚】 双调，九十九字。前段十一句，五仄韵；后段十句，五仄韵。

史达祖

烟光摇缥瓦韵望晴檐多风句柳花如洒韵锦瑟横床句想泪痕尘影句凤弦常下韵倦出犀帷句频梦见读王孙骄马韵讳道相思句偷理绡裙句自惊腰衩韵

惆怅南楼遥夜韵省翠箔张灯句枕肩歌罢韵又入铜驼句遍旧家门巷句首询声价韵可惜东风句将恨与读闲花俱谢韵记取崔徽模样句归来暗写韵

南宋新声，史达祖词为创调之作，属夷则商。吴文英《过都城旧居有感》与史词之字声平仄全合，词云："湖山经醉惯。渍春衫，啼痕、酒痕无限。又客长安，叹断襟零袂，涴尘谁浣。紫曲门荒，沿败井、风摇青蔓。对语东邻，犹是曾巢，谢堂双燕。　　春梦人间须断。但怪得当年、梦缘能短。绣屋秦筝，傍海棠偏爱，夜深开宴。舞歇歌沉，花未减、红颜先变。伫久河桥欲去，斜阳泪满。”史词前段第二、三句“望晴檐多风，柳花如洒”，后段第二、三句“省翠箔张灯，枕肩歌罢”均作五四句式；吴词前后段第二句作“渍春衫、啼痕酒痕无限”，“但怪得、当年梦缘能短”，此两处乃九字句，作上五下四或上四下五均可，当随语意而定。此调以四字句与六字句为主，五字句则为上一下四句法，七字句则为上三下四句法，又用仄韵，故调势极平缓，顿挫处较多，凝塞压抑。史词与吴词皆名篇，均为感旧之作，情绪凄苦，最能体现此调之声情。《词谱》于此调列三体，当以史词为正体。此外尚有平韵一体为《词谱》所忽略。

【又一体】 双调，九十九字。前后段各十句，四平韵。

杜良臣

花浮深岸树句迎新曦窗影句细触游尘韵映叶青梅句记共折南枝句又及尝新韵驻屐危亭句烟墅杳读风物撩人韵虹外斜阳留晚句莺边落絮催春韵　心事应辜桃叶句但自把新诗句遍写修筠韵恨满芳洲句倩晚风吹梦句暗逐江云韵慢捻轻拢句幽思切读清音谁闻韵漫有鸳鸯结带句双垂绣巾韵

此体改用平韵，前段首句不入韵。史词前段结句为三个四字句，此体为两个六字句，字数相等。此调宜于叙事。

【国　香】　双调，九十九字．前段十句，五平韵；后段十句，四平韵。　　张　炎

莺柳烟堤韵记未吟青子句曾比红儿韵娴娇弄春微透吹鬓翠双垂韵不道留仙不住句便无梦读吹到南枝韵相看两流落句掩面含羞句怕说当时韵　凄凉歌楚调句袅余音不放句一朵云飞韵丁香枝上句几度款语深期韵拜了花梢淡月句最难忘读弄影牵衣韵无端动人处句过了黄昏句犹道休归韵

张炎词序云："沈梅娇，杭妓也，忽于京都见之。把酒相劳苦，犹能歌周清真《意难忘》《台城路》二曲，因嘱余记其事。词成以罗帕书之。"这是宋亡后词人于元大都重逢杭州歌妓沈梅娇所作。此调始词为南宋初年词人曹勋所作寿词两首。国香，指极香之花。《左传》宣公三年："以兰有国香，人服媚之如是。"后因称兰为国香。其他极香之花亦有称为国香者。北宋后期诗坛曾有关于国香的倡和。北宋建中靖国元年（1101）诗人黄庭坚在荆南作有咏水仙花诗，

有云："可惜国香天不管，随缘流落小民家。"江西派诗人高荷《国香诗序》云："国香，荆渚田氏侍儿名也。黄太史自南溪召为吏部副郎，留荆州，乞守当涂待报，所居即此女子邻也。太史偶见之，以谓幽闲殊美，目所未睹。后其家以嫁下俚贫民，因赋此诗以寓意，俾予和之。"词调《国香》当与黄庭坚有关。张炎另一词赋兰，以喻山林之士之高洁品质。周密《赋子固凌波图》特标此调属夷则商。其词云："玉润金明。记曲屏小几，剪叶移根。经年汜人重见，瘦影娉婷。雨带风襟零乱，步云冷、鹅管吹春。相逢旧洛，素靥尘缁，仙掌霜凝。　　国香流落恨，正冰铺翠薄，谁念遗簪。水天空远，应念矾弟梅兄。渺渺鱼波望极，五十弦、愁满湘云。凄凉耿无语，梦入东风，雪尽江清。"周词是赋水仙花。此调以六字句与四字句为主，用平韵，换头曲，每段后半相同，结句句群为五四四句式。调势平缓纡徐，韵位适度，音韵柔和，适用于抒情、写景、咏物。诸家所作均善于用优美之意象，表情极含蓄，而且将叙事与抒情相结合。张炎词即于前段叙事，后段言情，层次非常清楚，而词意纤细绵密，为此调之典范。

【念奴娇】　双调，一百字。前后段各十句，四仄韵。　辛弃疾野棠花落句又匆匆过了句清明时节韵刬地东风欺客梦句一夜云屏寒怯韵曲岸持觞句垂杨系马句此地曾轻别韵楼空人去句旧游飞燕能说韵　　闻道绮陌东头句行人长见句帘底纤纤月韵旧恨春江流不断句新恨云山千叠韵料得明朝句尊前重见句镜里花难折韵也应惊问句近来多少华发韵

念奴，唐代天宝年间歌者。调名本此，但乃北宋新声，属大石调，转入道调宫，又转入高宫大石调。王灼《碧鸡漫志》卷五："《念奴娇》，元微之《连昌宫词》云：'初过寒食一百六，店舍无烟宫树绿。夜半月高弦索鸣，贺老琵琶定场屋。力士传呼觅念奴，念奴潜伴诸郎宿。须臾觅得又连催，特敕街中许然烛。春娇满眼泪红绡，掠削云鬟旋装束。飞上九天歌一声，二十五郎吹管逐。'自注云：'念奴，天宝中名倡，善歌。每岁楼下酺宴，万众喧隘。严安之、韦黄裳辈辟易不能禁。众乐为之罢奏。明皇遣高力士呼楼上曰：欲遣念奴唱歌，邠二十五郎吹小管逐，看人能听否。皆悄然奉诏。'"此调以苏轼《赤壁怀古》词为创调之作，但其中句式与宋代通行者略异。苏轼另一首中秋词"凭高眺远"则与通行之体相合，然而此词不见于宋人傅干《注坡词》，亦不见元延祐本之《东坡乐府》。辛词同苏轼之中秋词格律，是为宋人通用之正体。此调又名《大江东去》《酹江月》《壶中天》《百字令》《湘月》。此调为换头曲，前后段第四句起，句式相同；以四字句为主，但与五、六、七字句式巧妙配合；每段四个句群，第二、三句群皆较为流畅，结两句则归于平稳。自苏轼始词为怀古之作惆怅雄壮，风格豪放，故此调多为豪放词人所用，表达社会重大题材，而且多用入声韵，宋人用者极众。宋末元初王仲晖《瓮天脞语》记北宋宋江一词："天南地北，问乾坤何处，可容狂客。借得山东烟水寨，来买凤城春色。翠袖围香，鲛绡笼玉，一笑千金值。神仙体态，薄幸如何消得。　　回想芦叶滩头，蓼花汀畔，皓月空凝碧。六六雁行连八九，只待金鸡消息。义胆包天，忠肝盖地，四海无人识。闲愁万种，醉乡一夜头白。"这应是传说之词，可见此调在民间的流行。宋人方勺《泊宅编》卷九记载南宋初年一位自称"中兴野人"者于吴江桥上题词："炎精中否，叹人才委靡，都无英物。胡虏长驱三犯阙，谁作长城坚壁。万国奔腾，两宫幽陷，此恨何时雪。草庐三顾，岂无高卧贤杰。　　天意眷我中兴，吾皇神武，踵曾孙周发。河海封疆俱效顺，狂虏何劳灰灭。翠羽南巡，叩阍无路，徒有冲冠发。孤忠耿耿，剑铓冷侵秋月。"此词悲慨激烈，深刻表达了士人在南宋初年对国家命运的关注。词乃用东坡韵，但过变处之句式则依通行之体。宋末邓刿《驿中言别》，或传为文天祥作，此词不仅爱国情感激烈，而且艺术性尤高，其词云：“水天空阔，恨东风不惜，世间英物。蜀鸟吴花残照里，忍见荒城颓壁。铜雀春情，金人秋泪，此恨凭谁雪。堂堂剑气，斗牛空认奇杰。　　那信江海余生，南行万里，不放扁舟发。正为鸥盟留醉眼，细看涛生云灭。睨柱吞嬴，回旗走懿，千古冲冠发。伴人无寐，秦淮应是孤月。”此亦是用东坡韵。大致宋人于此调多用入声韵，辛弃疾词十九首，其中用入声韵的即有十三首之多。用仄声韵如陈亮《登多景楼》亦是宋词名篇：“危楼还望，叹此意今古，几人曾会。鬼设神施。浑认作，天限南疆北界。一水横陈，连冈三面，做出争雄势。六朝何事，只成门户私计。　　因笑王谢诸人，登高怀远，也学英雄涕。凭却长江管不到，河洛腥膻无际。正好长驱，不须反顾，寻取中流誓。小儿破贼，势成宁为强对。”此词长于议论，批判现实政治，极为深刻。辛词《书东流村壁》乃感旧之作，清新婉约，是此调另一风格。李清照写春日闺情，则语意苦涩，情感隐晦而压抑，亦用仄声韵，词云：“萧条庭院，又斜风细雨，重门须闭。宠柳娇花寒食近，种种恼人天气。险韵诗成，扶头酒醒，别是闲滋味。征鸿过尽，万千心事难寄。　　楼上几日春寒，帘垂四面，玉阑干慵倚。被冷香消新梦觉，不许愁人不起。清露晨流，新桐初引，多少游春意。日高烟敛，更看今日晴未。”

宋末张炎改调名为《壶中天》，题为《夜渡古黄河》，用入声韵，词意清空骚雅，是为又一风格，词云：“扬舲万里，笑当年底事，中分南北。须信平生无梦到，却向而今游历。老柳关河，斜阳古道，风定波犹直。野人惊问，泛槎何处狂客。　迎面落叶萧萧，水流沙共远，都无行迹。衰草凄迷秋更绿，惟有闲鸥独立。浪挟天浮，山邀云去，银浦横空碧。叩舷歌断，海蟾飞上孤白。”《词谱》于此调共列十二体，除正体而外，影响最大者是苏轼之始词。

【又一体】　双调，一百字。前段九句，四仄韵；后段十句，四仄韵。

苏　轼

大江东去句浪淘尽读千古风流人物韵故垒西边句人道是读三国周郎赤壁韵乱石穿空句惊涛拍岸句卷起千堆雪韵江山如画句一时多少豪杰韵　遥想公瑾当年句小乔初嫁了句雄姿英发韵羽扇纶巾句谈笑处读樯橹灰飞烟灭韵故国神游句多情应笑我句早生华发韵人生如梦句一樽还酹江月韵

此体前后段之句式与辛词略异，宋人依此体填写者较少。因此词影响深远，后世用东坡韵者亦有照此填写。故此调可用正体，亦可用苏轼此体。无论用正体或苏体，前后段结句均为仄平平仄平仄，为此调之定格。张元幹、陈允平、叶梦得、曹勋等此调用平韵，但音响已不似《念奴娇》调。

【解语花】 双调，一百字。前段九句，六仄韵；后段九句，七仄韵。

周邦彦

风消焰蜡句露浥烘炉句花市光相射韵桂华流瓦韵纤云散读耿耿素娥欲下韵衣裳淡雅韵看楚女读纤腰一把韵箫鼓喧读人影参差句满路飘香麝韵

因念都城放夜韵望千门如昼句嬉笑游冶韵钿车罗帕韵相逢处读自有暗尘随马韵年光是也韵唯只见读旧情衰谢韵清漏移读飞盖归来句从舞休歌罢韵

北宋新声，属高平调，周邦彦词为创调之作，题是《元宵》。五代王仁裕《开元天宝遗事》卷下：“明皇秋八月，太液池有千叶白莲数枝盛开，帝与贵戚宴赏焉。左右皆叹嗟久之，帝指贵妃示于左右曰：‘争如我解语花？’”后因以比喻美人，宋人赵彦端《鹧鸪天》：“清肌莹骨能香玉，艳质英姿解语花。”此调为换头曲，前后段自第四句起句式相同，以四字句与六字句为主，四个七字句皆作上三下四句法，两个九字句皆作上三下六句法，故此调极平缓，低沉而和谐，适于叙事与写景。张炎描述一位家妓，词云："行歌趁月，唤酒延秋，多买莺莺笑。蕊枝娇小。浑无奈、一掬醉乡怀抱。筹花斗草。几曾放、好春闲了。芳意阑、可惜香心，一夜酸风扫。　　海上仙山缥缈。问玉环何事，苦无分晓。旧愁空杳。蓝桥路、深掩半庭斜照。余情暗恼。都缘是、那时年少。惊梦回、懒说相思，毕竟如今老。"周密一词序云："羽调《解语花》，音韵婉丽，有谱而无其词。连日春晴，风景韶媚，芳思撩人，拈花枝，倚声成句。"其词与周词句式略有差异，用入声韵。周密见到此调之音谱为羽调，实即周邦彦所用之高平调。高平调乃俗名，实为林钟羽调。周密据此音谱倚声填词，与周邦彦词基本上相合。

【渡江云】　双调，一百字。前段十句，四平韵；后段九句，一叶韵，四平韵。

周邦彦

晴岚低楚甸句暖回雁翼句阵势起平沙韵骤惊春在眼句借问何时句委曲到山家韵涂香晕色句盛粉饰读争作妍华韵千万丝读陌头杨柳句渐渐可藏鸦韵

堪嗟韵清江东注句画舸西流句指长安日下换仄叶愁宴阑读风翻旗尾句潮溅乌纱平韵今宵正对初弦月

句傍水驿读深舣蒹葭韵沉恨处读时时自剔灯花韵
●　　　○●●　　○　　●○○

北宋新声，周词为创调之作，属小石调。周邦彦《玉楼春》词："人如风后入江云，情似雨余粘地絮。"意指所恋之人犹如骤风吹入江中之浮云，很快消散，而情如雨后粘地之柳絮，不再飞起。调名本此。周词为羁旅行役之作，前段写春景，意象密集，善于铺叙，景物描述很细致。后段首句一个短句用韵，有承上启下作用；第四句韵脚"下"换本部仄韵相叶，诸家如此，这是定格。后段两处用对偶句，甚工巧；"傍水驿"为全词勾勒处，表明抒情地点。此调为换头曲，前后段句式颇异，前段因有三个五字句为韵句，故较流畅；后段稍有收敛，但音韵仍浏亮和谐。吴文英调名为《渡江云三犯》，注云："中吕商，俗名小石调。"其词题为《西湖清明》，亦是宋词名篇，词云："羞红颦浅恨，晚风未落，片绣点重茵。旧堤分燕尾，桂棹轻鸥，宝勒倚残云。千丝怨碧，渐路入、仙坞迷津。肠漫回、隔花时见，背面楚腰身。　逡巡。题门惆怅，堕履牵萦，数幽期难准。还始觉、留情缘眼，宽带因春。明朝事与孤烟冷，做满湖、风雨愁人。山黛暝，尘波淡绿无痕。"此词叙述词人在杭州西湖与某贵家之妾艳遇之经过，后段"准"字是以本部仄声相叶，格律谨严，而较周词流美。张炎《山阴久客，一再逢春，回忆西杭，渺然愁思》，词云："山空天入海，倚楼望极，风急暮潮初。一帘鸠外雨，几处闲田，隔水动春锄。新烟禁柳，想如今、绿到西湖。犹记得、当年深隐，门掩两三株。　　愁余。荒洲古溆，断梗疏萍，更漂流何处。空自觉、围羞带减，影怯灯孤。常疑即见桃花面，甚近来、翻笑无书。书纵远，如何梦也都无。"后段"处"字，以本部仄声叶韵。可见吴词与张词均严遵周词之法度。

【琵琶仙】 双调，一百字。前段九句，四仄韵；后段八句，四仄韵。

姜　夔

双桨来时句有人似读旧曲桃根桃叶韵歌扇轻约飞花句蛾眉正奇绝韵春渐远读汀洲自绿句更添了读几声啼鴂韵十里扬州句三生杜牧句前事休说韵

又还是读宫烛分烟句奈愁里读匆匆换时节韵都把一襟芳思句与空阶榆荚韵千万缕读藏鸦细柳句为玉尊读起舞回雪韵想见西出阳关句故人初别韵

南宋新声，姜词为创调之作，属林钟商。换头曲，前后段句式颇异。前后段共五个七字句，为上三下四句法，一个八字句为上三下五句法，一个九字句为上三下六句法，与五个四字句相配合，形成顿挫之处较多，而前后段结句又较为流畅，加以用入声韵，使此调具有含蓄、曲折、抑郁之情调，而音响有激越之感。姜夔用以叙述在吴兴一段情事，雅致清空而怨抑惆怅，很能体现此调之声情。填写此词宜用入声韵。

【东风第一枝】 双调，一百字。前段九句，四仄韵；后段八句，五仄韵。

无名氏

腊雪犹凝句东风递暖句江南梅早先折韵一枝经晓芬芳句几处漏春消息韵孤根寒艳句料化工读别施恩力韵迥不与读桃李争妍句自称寿阳妆饰韵

雪烂熳读怨蝶未知句嗟燕孤读画楼绮陌韵暗香空写银笺句素艳漫传妙笔韵王孙轻顾句便好与读移栽京国韵更免逐读羌管凋零句冷落暮山寒驿韵

北宋新声，此词为创调之作，属黄钟商。此为正体，史达祖《壬戌闰腊望，雨中立癸亥春，与高宾王各赋》同此体。史词云："草脚愁苏，花心梦醒，鞭香拂散牛土。旧歌空忆珠帘，彩笔倦题绣户。粘鸡贴燕，想立断、东风来处。暗惹起、一掬相思，乱若翠盘红缕。　　今夜觅、梦池秀句。明日动、探花芳绪。寄声沽酒人家，预约俊游伴侣。怜它梅柳，乍忍俊、天街酥雨。待过了、一月灯期，日日醉扶归去。”此调可平可仄之字较多，但各家句式相同。词中凡两个四字句、六字句、七字句连用时皆为对偶，甚见工致。此调以六字句与四字句为主，又六个七字句均作上三下四句法，兼用仄声韵，故调势极迂徐平缓，音响低沉，但仍谐婉。梅花迎东风而开，故称《东风第一枝》，宋人多用以咏梅、春词、元夕词和寿词，诸词皆以叙事与写景见长。

【高阳台】 双调，一百字。前后段各十句，五平韵。 张　炎

接叶巢莺句平波卷絮句断桥斜日归船韵能几番游句看花又是明年韵东风且伴蔷薇住句到蔷薇读春已堪怜韵更凄然韵万绿西泠句一抹荒烟韵

当年燕子知何处句但苔深韦曲句草暗斜川韵见说新愁句如今也到鸥边韵无心再续笙歌梦句掩重门读浅醉闲眠韵莫开帘韵怕见飞花句怕听啼鹃韵

北宋新声，王观词为创调之作；但流行于南宋后期，吴文英、蒋捷、周密、王沂孙等词人喜用此调，名篇颇多。张炎词题为《西湖春感》，为此调之典范。高阳，城邑名，

在河南杞县西。上古颛顼高阳氏佐少昊有功封于此。汉初刘邦兵过高阳，郦食其入谒，自称高阳酒徒，即此。又曰高阳亭。此调为换头曲，前后段自第四句起句式相同，多用律句如仄仄平平，平平仄仄，平平仄仄平平，平平仄仄平平仄；前后段两结句作仄仄平平，仄仄平平。韵位疏密适当，凡用韵处均连用两平声字，因此音韵极为和谐而流美，个性非常突出。吴文英《丰乐楼分韵得如字》实为感旧之作，词云："修竹凝妆，垂杨驻马，凭阑浅画成图。山色谁题，楼前有雁斜书。东风紧送夕阳下，弄旧寒、晚酒醒余。自销凝，能几花前，顿老相如。　　伤春不在高楼上，在灯前敧枕，雨外熏炉。怕舣游船，临流可奈清癯。飞红若到西湖底，搅翠澜、总是愁鱼。莫重来，吹尽香绵，泪满平芜。"前后段第八句不用韵，其余同张词。蒋捷题为《送翠英》，词云："燕卷晴丝，蜂黏落絮，天教绾住闲愁。闲里清明，匆匆粉涩红羞。灯摇缥晕茸窗冷，语未阑、娥影分收。好伤情，春也难留，人也难留。　　芳尘满目悠悠。问萦云佩响，还绕谁楼。别酒才斟，从前心事都休。飞莺纵有风吹转，奈旧家、苑已成秋。莫思量，杨柳湾西，且棹吟舟。"此亦同吴词前后段第八句不用韵，但后段首句又用韵。宋末柴元彪《怀钱塘旧游》不胜今昔沧桑之感，词云："丹碧归来，天荒地老，骎骎华发相催。见说钱塘，北高峰更崔嵬。琼林侍宴簪花处，二十年、满地苍苔。倩阿谁，为我起居，坡柳遁梅。　　凄凉往事休重省，且凭阑感慨，抚景衔杯。冷暖由天，任他花谢花开。知心只有西湖月，尚依依、照我徘徊。更多情，不间朝昏，潮去潮来。”刘辰翁《和巽吾韵》亦是感慨悲歌之作，词云：“雨枕莺啼，露班烛散，御街人卖花窠。过眼无情，而今魂梦年多。百钱曳杖桥边去，问几时、重到明河。便人间，无了东风，此恨难磨。　　落红点点入颓波。任归春到海，海又成涡。江上儿童，抱茅笑我重过。蓬莱不涨枯鱼泪，但荒村、败壁悬梭。对残阳，往往无成，似我蹉跎。”此词亦后段首句用韵，前后段第八句不用韵。比较诸家之词，张炎词音节最和婉流畅，填此调者应以张词格律为准。

【凤归云】　双调，一百零一字。前段十句，四平韵；后段十一句，三平韵。　　柳　永

　　向深秋句雨余爽气肃西郊韵陌上夜阑句襟袖起凉飙韵天末残星句流电未灭句闪闪隔林梢韵又是晓鸡声断句阳乌光动句渐分山路迢迢韵　　驱驱行役句苒苒光阴句蝇头利禄句蜗角功名句毕竟成何事读漫相高韵抛掷林泉句狎玩尘土句壮节等闲销韵

幸有五湖烟浪句一船风月句会须归老渔樵韵

唐代教坊曲，有齐言声诗与长短句两种。长短句词体见于敦煌《云谣集杂曲子》四首，其中一首残缺，余三首分别为八十一字、八十三字、七十八字，皆两段，平韵。三词虽然字句参差，但仍有格律可寻，句中平仄字声往往有相同之处。敦煌曲子词多写闺怨，如："征夫数载，萍寄他邦。去便无消息，累换星霜。月下愁听砧杵，拟塞雁行。孤眠鸾帐里，枉劳魂梦，夜夜飞飏。　想君薄行，更不思量。谁为传书与，表妾衷肠。倚牖无言垂血泪，暗祝三光。万般无那处，一炉香尽，又更添香。"柳词为羁旅行役之作，当是另据音谱，曲属仙吕调。此体为换头曲，前段前半四句与后段前半五句句式差异，其余后半段相同。后段韵稀，过变五句始用一韵，是为此调特殊之处，但此句群须一气贯下，词意流畅。此调平稳，颇为流利，宜于写景、叙事。

【木兰花慢】　双调，一百零一字。前段十句，五平韵；后段十句，七平韵。

柳　永

拆桐花烂漫句乍疏雨读洗清明韵正艳杏烧林句缃桃绣野句芳景如屏韵倾城韵尽寻胜去句骤雕鞍绀

幰出郊坰韵风暖繁弦脆管句万家竞奏新声韵
盈盈韵斗草踏青韵人艳冶读递逢迎韵向路旁读往往
遗簪堕珥句珠翠纵横韵欢情韵对佳丽地句信金罍罄
竭玉山倾韵拚却明朝永日句画堂一枕春酲韵

此调有小令与长调两类。长调多称《木兰花慢》，创调之作为柳永词；柳词三首属南吕调，《百家词》本《乐章集》无“慢”字，其他宋人之作多称《木兰花慢》。《词谱》于此调列十二体。柳词此体为短韵之正体，在词中有三个两字句用韵者。其他宋人此体偶有句式略异之处，但当以柳词为准。

【又一体】 双调，一百零一字。前段九句，四平韵；后段九句，五平韵。

辛弃疾

可怜今夕月句向何处读去悠悠韵是别有人间
句那边才见句光影东头韵是天外空汗漫句但长风浩
浩送中秋韵飞镜无根谁系句姮娥不嫁谁留韵
谓经海底问无由韵恍惚使人愁韵怕万里长鲸句纵
横触破句玉殿琼楼韵虾蟆故堪浴水句问云何玉兔
解沉浮韵若道都齐无恙句云何渐渐如钩韵

辛词题为《中秋饮酒，将旦，客谓前人诗词有赋月无送月者，因用〈天问〉体赋》，这是以议论为词，风格恣肆狂放。此体去掉短韵，为宋人所通用。宋人用此调者众多，适于写景、叙事、言志、祝颂、咏物。刘克庄《癸卯生日》亦是豪气词："病翁将耳顺，牙齿落、鬓毛疏。也惭愧君恩，放还田舍，免诣公车。儿时某丘某水，到如今老矣可樵渔。宝马华轩无分，蹇驴破帽如初。　　浮名箕斗竟成虚。磨折总因渠。帝赐余别号，江湖聱叟，山泽仙癯。樽前未宜感慨，事犹须看岁晏何如。卫武耄年作戒，伏生九十传书。"此体为换头曲，前后段自第三句起句式相同，以六字句为主，每段前半多短句，自第七句用六字句，接着一个八字句很突兀，两结为六字句又归平缓。全调之音响至八字句达高峰，继而归于含蓄，音韵较为流畅谐美。

【桂枝香】　双调，一百零一字。前后段各十句，五仄韵。

王安石

登临送目韵正故国晚秋句天气初肃韵千里澄江似练句翠峰如簇韵征帆去棹残阳里句背西风读酒旗斜矗韵彩舟云淡句星河鹭起句画图难足韵　　念

往昔读繁华竞逐韵叹门外楼头句悲恨相续韵千古凭高句对此漫嗟荣辱韵六朝旧事随流水句但寒烟读芳草凝绿韵至今商女句时时犹唱句后庭遗曲韵

北宋新声，王词为创调之作。《草堂诗余》后集引《古今词话》：“金陵怀古，诸公寄调于《桂枝香》，凡三十余首，独介甫（王安石）最为绝唱。”此为换头曲，前后段自第六句起句式相同，全调以四字句为主，配以上一下四之五字句，上三下四之七字句，及六字句，形成多处顿挫、曲折，每段结句连用三个四字句则又较为流畅而又含蓄。诸家所作多用入声韵，故于凝重之中含有激烈与感慨之情。此调适用于临登怀古、中秋，言志、祝颂。柴望抒写月夜之感慨，词云：“今宵月色。叹暗水流花，年事非昨。潇洒江南似画，舞枫飘柞。谁家又唱江南曲，一番听、一番离索。孤鸿飞去，残霞落尽，怨深难托。　　又肠断、丁香画雀。记牡丹时候，归燕帘幕。梦里襄王，想念王孙飘泊。如今雪上萧萧鬓，更相思、连夜花发。柘枝犹在，春风那是，旧时宋玉。”赵以夫《四明鄞江楼九日》寓意伤今感昔并对现实时局的批判，词云：“水天一色。正四野秋高，千古愁极。多少黄花密意，付他欢伯。楼前马戏星球过，又依稀、东徐陈迹。一时豪俊，风流济济，酒朋诗敌。　　画不就、江东暮碧。想阅尽千帆，来往潮汐。烟草凄迷，此际为谁心恻。引杯抚剑凭高处，黯销魂、目断天北。至今人笑，新亭坐间，泪珠空滴。”宋季施翠岩是不知名之文人，其秋夜感旧一词亦佳，词云：“西风满目。渐院落悄清，愁近银烛。多少虫书堕翠，又随波縠。姮娥半露扶疏影，向虚檐、似知幽独。浦鸿声断，枝乌漏永，芳梦难续。　记旧日、离亭细嘱。早归趁香边，频泛醽醁。谁遣而今，对景黛蛾双蹙。玉鞭但共秋光远，漫空怜、如许金粟。露零襟冷，萧萧更兼，数竿修竹。”以上诸词皆用入声韵。自王安石词之后，用此调者多次王韵，以致影响创作之新意。苏轼、辛弃疾、刘克庄等词人，因才气纵横，喜和人韵，或连用己韵作数词或十余词，因难见巧，翻出新意。后世填词，若无苏辛等人之才气，最好不用宋词原韵。如施翠岩用王安石词韵之同部韵，而不依次和韵为善用韵，若能另用其他韵部则更好。此调前后段第二句之五字句须上一下四句法，第七句之七字句须上三下四句法，过变首句须上三下四句法。诸家均如此，正是此调之特色。两结之三个四字句，须语意连贯，有流畅之气势。

【水龙吟】　双调，一百零二字。前段十一句，四仄韵；后段十一句，五仄韵。

秦　观

小楼连苑横空句下窥绣毂雕鞍骤韵朱帘半卷句单衣初试句清明时候韵破暖轻风句弄晴微雨句欲无还有韵卖花声过尽句斜阳院落句红成阵读飞鸳甃韵　玉佩丁东别后韵怅佳期读参差难又韵名缰利锁句天还知道句和天也瘦韵花下重门句柳边深巷句不堪回首韵念多情但有句当时皓月句照人依旧韵

北宋新声，属无射商，俗名越调，始词为苏轼作四首。三国时吴地童谣云："不畏岸上虎，但畏水中龙。"其后，王濬以舟师直入建业，灭吴，后乃以水龙为战船之别称。龙吟，似龙鸣之声。南朝刘孝先《咏竹诗》："谁能制长笛，当为作龙吟。"调名本此，其声当较为沉雄。此调《词律》列三体，《词谱》列二十四体，但基本上为一百二字体，只是句式互有一些相异而已。此调又名《龙吟曲》《鼓笛慢》《小楼连苑》，宋人通用之体如秦观此体。此体后段结尾三句诸家断句偶有差异，《词谱》作五四四句式，《词律》作三六四句式；《全宋词》亦从《词谱》作五四四句式。全词以四字句为主，共十五句，其中多对偶句，配以五字、六字、七字等句；过变首句用韵，前后段各第三、四、五、六、七、八共六个四字句两韵，而前后段首尾则不同，这是此调特点。由此形成此调具有悠扬流畅，不急不缓，柔婉和谐之声情。此调宋人用者极众，名篇亦多。辛弃疾《登建康赏心亭》最能体现此调特点。词云：“楚天千里清秋，水随天去秋无际。遥岑远目，献愁供恨，玉簪螺髻。落日楼头，断鸿声里，江南游子。把吴钩看了，阑干拍遍，无人会、登临意。　　休说鲈鱼堪脍。尽西风、季鹰归未。求田问舍，怕应羞见，刘郎才气。可惜流年，忧愁风雨，树犹如此。倩何人唤取，红巾翠袖，揾英雄泪。”王沂孙咏白莲乃咏物词名篇，极为婉约含蓄，词云：“翠云遥拥环妃，夜深按彻霓裳舞。铅华尽洗，涓涓出浴，盈盈解语。太液荒寒，海山依约，断魂何许。甚人间别有，冰肌雪艳，娇无奈、频相顾。

　　三十六陂烟雨。旧凄凉、向谁堪诉。如今谩说，仙姿自洁，芳心更苦。罗袜初停，玉珰还解，早凌波去。试乘风一叶，重来月底，与修花谱。”以上诸词后段首句用韵，亦可不用韵，是为又一体。

【又一体】　双调，一百零二字。前后段各十一句，四仄韵。

辛弃疾

举头西北浮云句倚天万里须长剑韵人言此地句夜深长见句斗牛光焰韵我觉山高句潭空水冷句月明星淡韵待燃犀下看句凭栏却怕句风雷怒读鱼龙惨

韵　峡束沧江对起句过危楼读欲飞还敛韵元龙老矣句不妨高卧句冰壶凉簟韵千古兴亡句百年悲笑句一时登览韵问何人又卸句片帆沙岸句系斜阳缆韵

因后段首句不用韵，气势更为流畅。南宋以来用此体者较多。刘克庄《癸丑生日时再得明道观》，风格恣肆，以议论为词，其词云："依然这后村翁，阿谁改换新曹号。虚名沙砾，旁观冷笑，何曾明道。吟歇后诗，说无生话，热瞒村獠。被儿童盘问，先生因甚，身顽健、年多少。　不茹园公芝草，不曾餐、安期瓜枣。要知甲子，陈抟差大，邵雍差小。肯学痴人，据鞍求用，染髭藏老。待眉毛覆面，看千桃谢，阅三松倒。"此词豪放太过，不甚合于此调声情。宋季曾允元《春梦》一词极为婉约和谐，自是佳作，其词云："日高深院无人，杨花扑帐春云暖。回文未就，停针不语，绣床倚遍。翠被笼香，绿鬟坠腻，伤春成怨。尽云山烟水，柔情一缕，又暗逐、金鞍远。　鸾佩相逢甚处，似当年、刘郎仙苑。凭肩后约，画眉新巧，从来未惯。枕落钗声，帘开燕语，风流云散。甚依稀难记，人间天上，有缘重见。"此调如苏轼、秦观、辛弃疾等诸词每每有句式略异、后段首句用韵或不同韵等情形。填此调者，可依以上两体为准。

【又一体】 双调，一百零二字。前段十一句，四仄韵；后段十句，四仄韵。 苏 轼

似花还似非花句也无人惜从教坠韵抛家傍路句思量却是句无情有思韵萦损柔肠句困酣娇眼句欲开还闭韵梦随风万里句寻郎去处句又还被读莺呼起韵 不恨此花飞尽句恨西园读落红难缀韵晓来雨过句遗踪何在句一池萍碎韵春色三分句二分尘土句一分流水韵细看来读不是杨花句点点是离人泪韵

此是宋词名篇，与以上两体比较，其差异在于后段结句作三四六句式。用此调者固可用此体，但宋人用此者极少。

【庆春宫】 双调，一百零二字。前段十一句，四平韵；后段十一句，五平韵。 周邦彦

云接平冈句山围寒野句路回渐转孤城韵衰柳啼鸦句惊风驱雁句动人一片秋声韵倦途休驾句淡烟里读微茫见星韵尘埃憔悴句生怕黄昏句离思牵萦韵 华堂旧日逢迎韵花艳参差句香雾飘零韵弦管当头句偏怜娇凤句夜深簧暖笙清韵眼波传意句恨密

约读匆匆未成韵许多烦恼句只为当时句一晌留情韵

北宋新声，属越调，周词为创调之作。此调又名《庆宫春》，换头曲，前后段自第四句起句式相同。前后段共十六个四字句，配合六字句和上三下四句法之七字句。此调以偶句为主，其中四字句多处可为对偶句，故调势极平稳和缓，虽用平韵而音响仍低沉。张炎词序："都下寒食，游人甚盛，水边花外，多丽环集，各以柳圈祓禊而去，亦京洛旧事也。"其词云："波荡兰觞，邻分杏酪，昼辉冉冉烘晴。罥索飞仙，戏船移景，薄游也自忺人。短桥虚市，听隔桥、谁家卖饧。月题争系，油壁相连，笑语逢迎。　池亭小队秦筝。就地围香，临水湔裙。冶态飘云，醉妆扶玉，未应闲了芳情。旅怀无限，忍不住、低低问春。梨花落尽，一点新愁，曾到西泠。"此词是张炎于宋亡后在元代都城所作。诸家之作多以写情和叙事。周词乃应歌之作，甚为流传。

【花　犯】　双调，一百零二字。前段十句，六仄韵；后段九句，四仄韵。　周邦彦

粉墙低句梅花照眼句依然旧风味韵露痕轻缀韵疑净洗铅华句无限佳丽韵去年胜赏曾孤倚韵冰盘

同宴喜韵更可惜读雪中高树句香篝熏素被韵　　今年对花最匆匆句相逢似有恨句依依愁悴韵吟望久句青苔上读旋看飞坠韵相将见读脆圆荐酒句人正在读空江烟浪里韵但梦想读一枝潇洒句黄昏斜照水韵

北宋新声，属小石调，周词为创调之作。此词为咏梅，抒写去年和今年赏梅之感受，构思独特。宋末刘辰翁咏雪词，题为《旧催雪词苦不甚佳，因复作此》，词云："海山昏，寒云欲下，低低压吹帽。平沙浩浩。想关塞无烟，时动衰草。苏郎卧处愁难扫。江南春不到。但怅望、雪花夜白，人间憔悴好。　　谁知广寒梦无聊，丁宁白玉链，不关怀抱。看清浅，桑田外、尘生热恼。待说与、天公知道。期腊尽、春来事宜早。更几日、银河信断，梅花容易老。"此调为换头曲，前后段句式差异极大，仅结两句相同；全调以五字句和七字句为主，但后段三个七字句均为上三下四句法，故顿挫之处较多，兼用仄韵，以致音响低沉凝重，多表现苦涩之情绪。

【瑞鹤仙】　双调，一百零二字。前段十一句，七仄韵；后段十一句，六仄韵。　　周邦彦悄郊原带郭韵行路永句客去车尘漠漠韵斜阳映山落韵敛余红句犹恋孤城阑角韵凌波步弱韵过短亭读何用素约韵有流莺劝我句重解雕鞍句缓引春酌韵　不记归时早暮句上马谁扶句醒眠朱阁韵惊飙动幕韵扶残醉句绕红药韵叹西园已是句花深无地句东风何事又恶韵任流光过却韵犹喜洞天自乐韵

北宋新声，属高平调，周词为创调之作。周邦彦另一词为一百零三字，句式亦略有差异。《词谱》于此调列十六体，周邦彦此词为宋人通用之正体。周词描述暮春情景，叙事与写景交互，结构谨严，层次清楚，为宋词名篇。此体为过变曲，前后段句式与句群结构相异，故无回环、重复之效果。词中句式变化很大，用韵时稀时密，音节顿挫之处较多，音响低沉，调势曲折，适于抒写复杂而富变幻之情景。宋人用此调者颇众。

【又一体】 双调，一百零二字。前段十句，七仄韵；后段十二句，六仄韵。　　史达祖

杏烟娇湿鬓韵过杜若汀洲句楚衣香润韵回头翠楼近韵指鸳鸯沙上句暗藏春恨韵归鞭隐隐韵便不

念读芳盟未稳韵自箫声读吹落云东句再数故园花信韵　　谁问韵听歌窗罅句倚月钩阑句旧家轻俊韵芳心一寸韵相思后句总灰烬韵奈春风多事句吹花摇柳句也把幽情唤醒韵对南溪读桃萼翻红句又成瘦损韵

词写春恨。此体过变用短韵，句式与周词略异。南宋以来诸家多用此体。吴文英八词皆同此体。吴文英怀念苏州歌妓之作，情绪极为苦涩、复杂，词云："泪荷抛碎璧。正漏云筛雨，斜捎窗隙。林声怨秋色。对小山不迭，寸眉愁碧。凉欺岸帻。暮砧催、银屏剪尺。最无聊、燕去堂空，旧幕暗尘罗额。　　行客。西园有分，断柳凄花，似曾相识。西风破屐。林下路，水边石。念寒蛩残梦，归鸿心事，那听江村夜笛。看雪飞、蘋底芦梢，未如鬓白。"蒋捷四词皆同此体，其咏红叶，意象新奇，词语华丽，是此调佳作。其词云："缟霜霏霁雪。渐翠没凉痕，猩浮寒血。山窗梦凄切。短吟筇犹倚，莺边新樾。花魂未歇。似追惜、芳消艳灭。挽西风、再入柔柯，误染绀云成缬。　　休说。深题锦翰，浅泠琼漪，暗春曾泄。情条万结。依然是，未愁绝。最怜他南苑，空阶堆遍，人隔仙蓬怨别。锁芙蓉、小殿秋深，碎虫诉月。"黄庭坚此体，凡用韵处皆用"也"字，此被称为独木桥韵。宋人魏庆之《诗人玉屑》卷二十一记《山谷檃栝醉翁亭记》，词云："环滁皆山也。望蔚然深秀，瑯玡山也。山行六七里，有翼然泉上，醉翁亭也。翁之乐也。得之心、寓之酒也。更野芳佳木，风高日出，景无穷也。　　游也。山肴野蔌，酒洌泉香，沸筹觥也。太守醉也。喧哗众宾欢也。况宴酣之乐，非丝非竹，太守乐其乐也。问当时、太守为谁，醉翁是也。"檃栝，本为矫正竹木弯曲之工具，借用为就原文章之内容加以剪裁或改制。黄庭坚此词乃一种文字游戏。

【齐天乐】 双调，一百零二字。前段十句，五仄韵；后段十一句，五仄韵。

周邦彦

绿芜凋尽台城路句殊乡又逢秋晚韵暮雨生寒句鸣蛩劝织句深阁时闻裁剪韵云窗静掩韵叹重拂罗裀句顿疏花簟韵尚有练囊句露萤清夜照书卷韵

荆江留滞最久句故人相望处句离思何限韵渭水西风句长安乱叶句空忆诗情宛转韵凭高眺远韵正玉液新篘句蟹螯初荐韵醉倒山翁句但愁斜照敛韵

北宋新声，属黄钟宫，俗名正宫，周词为创调之作，因首句又名《台城路》。《词谱》于此调列八体，此为宋人通用之正体。宋人用此调者甚众，尤为南宋婉约词人所喜用。

此调为换头曲，前段自第三句以后，后段自第四句以后句式格律相同，但两结句又相异。全调以四字句为主，配以五、六、七字句，配合匀称。调势不急不缓，纡徐和谐，兼用黄钟宫，得中和之音，故为朝廷吉庆活动所用。宋人用以抒情、写景、咏物、祝颂、赠酬，适用题材广泛。前后段中相同之三韵四四六句式为句群，四字句一韵，又五四句式为一句群，连贯起来最能体现此调特点，流美而和婉。前后两结句则有收敛之效。周词抒写深秋旅怀，层次清晰，充满诗情画意，极为雅致，是为宋词名篇。此调之名篇颇多。吴文英晚年重到西湖抒写沉痛的感旧之情，词云：“烟波桃叶西陵路，十年断魂潮尾。古柳重攀，轻鸥聚别，陈迹危亭独倚。凉飔乍起。渺烟碛飞帆，暮山横翠。但有江花，共临秋镜照憔悴。　　华堂烛暗送客，眼波回盼处，芳艳流水。素骨凝冰，柔葱蘸雪，犹忆分瓜深意。清尊未洗。梦不湿行云，慢沾残泪。可惜秋宵，乱蛩疏雨里。”王沂孙以咏蝉为题，寄寓宋故宫人之哀怨，词云：“一襟余恨宫魂断，年年翠阴庭树。乍咽凉柯，还移暗叶，重把离愁深诉。西窗过雨。怪瑶佩流空，玉筝调柱。镜暗妆残，为谁娇鬓尚如许。　　铜仙铅泪似洗，叹携盘去远，难贮零露。病翼惊秋，枯形阅世，消得斜阳几度。余音更苦。甚独抱清高，顿成凄楚。谩想熏风，柳丝千万缕。”蒋捷于宋亡后当元夕时阅读孟元老《东京梦华录》，引起怀念故国之情，其词云：“银蟾飞到觚棱外，娟娟下窥龙尾。紫电鞘轻，云红莨曲，雕玉舆穿灯底。峰缯岫绮。沸一簇人声，道随竿媚。侍女迎銮，燕娇莺姹炫珠翠。　　华胥仙梦未了，被天公澒洞，吹换尘世。淡柳湖山，浓花巷陌，惟说钱塘而已。回头汴水。望当日宸游，一去万里。但有寒芜，夜深青磷起。”以上三词皆于叙事中表现深沉之情。

【**又一体**】　双调，一百零二字。前段十句，六仄韵；后段十一句，六仄韵。　　　　姜　夔

庾郎先自吟愁赋韵凄凄更闻私语韵露湿铜铺
句苔侵石井句都是曾听伊处韵哀音似诉韵正思妇无
眠句起寻机杼韵曲曲屏山句夜凉独自甚情绪韵
西窗又吹暗雨韵为谁频断续句相和砧杵韵候馆迎
秋句离宫吊月句别有伤心无数韵豳诗漫与韵笑篱落
呼灯句世间儿女韵写入琴丝句一声声更苦韵

此体前后段起句用韵。姜词题为赋蟋蟀，构思纤细工巧，为宋词名篇。刘辰翁《节庵和示中斋端午〈齐天乐〉词，有怀其弟海山之梦》，词意隐晦，暗寓亡国之痛，词

云："海枯泣尽天吴泪。又涨经天河水。万古鱼龙，雷收电卷，宇宙刹那间戏。沉兰坠芷。想重荷衣，顿惊腰细。尚有干将，冲牛射斗定何似。　　成都桥动万里。叹何时重见，鹃啼人起。孤竹双清，紫荆半落，到此吟枯神瘁。对床永已。但梦绕青神，尘昏白帝。重反离骚，众醒吾独醉。"张炎《台城路》则首句不用韵，而后段首句用韵，亦可。

【喜迁莺慢】　双调，一百零三字。前段十句，五仄韵；后段十二句，六仄韵。

高观国

歌音凄怨韵是几度诉春句春都不管韵感绿惊红句颦烟啼月句长是为春销黯韵玉骨瘦无一把句粉泪愁多千点韵可怜损句任尘侵粉蠹句舞裾歌扇韵

转盼韵尘梦断韵峡里归云句空想春风面韵燕子楼空句玉台妆冷句湖外翠峰眉浅韵绮陌断魂名在句宝箧返魂香远韵此情苦句问落花流水句何时重见韵

此调有小令与长调两类，长调始于北宋中期，蔡挺词为创调之作，同高观国体。蔡挺之作为边塞词，其他作者亦有用以写边塞及战争者，而一般多用于叙事、写景、咏物、酬赠、祝锁。宋人用此调者颇众。《词谱》于此调列十一体，高词为正体。此体为换头曲，过变连用两个短韵。前段自第四句起，后段自第五句起，前后格律句式相同。前后段各两个六字句以为对偶见工致。前后段结尾三句为三五四句式，配以前此之两个六字对偶句，使调势柔婉流美而又含蓄收敛，词调之个性显著。高词题为《代人吊西湖歌者》，词情悲苦雅致，为宋词名篇。蒋捷《金村阻风》：“风涛如此，被闲鸥诮我，君行良苦。槲叶深湾，芦窠窄港，小憩倦篙慵橹。壮年夜吹笛去，惊得鱼龙嗥舞。怅今老，但篷窗紧掩，荒凉愁愫。　　别浦。云断处。低雁一绳，拦断家山路。佩玉无诗，飞霞乏序，满席快飙谁付。醉中几番重九，今度芳尊孤负。便晴否，怕明朝蝶冷，黄花秋圃。”此词首句不用韵，余同高词。吴词前后段两个六字句不对偶，但两个四字句对偶，亦可。

【又一体】　双调，一百零三字。前段十一句，五仄韵；后段十一句，四仄韵。

沈端节

暮云千里韵正小雨乍晴句霜风初起韵芦荻江边句月昏人静句独自小船儿里韵消魂几声新雁句合造愁人天气韵怎奈何句少年时光景句一成抛弃韵

回首空肠断句尺素未传句应是无双鲤韵闷酒孤

斟句半醺还醒句干净不如不醉韵有得恁多烦恼句直是没些如意韵受尽也句待今回厮见句从头说似韵

此体后段首句为五字句，不用韵，其余同高体。高体与此体比较，此体可仄可平之字极多，是为宽式。沈词多用俚语，甚为流畅。黄公绍咏荼蘼词："乱红飞雨。怅春心一似，腾腾闷暑。密绾柔情，暗传芳意，人在垂杨深宇。晓雪一帘幽梦，半点檀心知否。春不管，想粉香凝泪，翠颦含趣。　　谁念芳径小，新绿戋戋，问讯今何许。玉冷钗头，罗宽带眼，缥缈青鸾难遇。望断碧云深处，倚遍画阑将暮。空惆怅，更江头桃叶，溜横波渡。"此词写物以寄情，甚为含蓄。

【雨霖铃】　双调，一百零三字。前段十句，五仄韵；后段八句。五仄韵。

柳　永

寒蝉凄切韵对长亭晚句骤雨初歇韵都门帐饮无绪句方留恋处句兰舟催发韵执手相看泪眼句竟无语凝咽韵念去去读千里烟波句暮霭沉沉楚天阔韵

多情自古伤离别韵更那堪读冷落清秋节韵今宵酒醒何处句杨柳岸读晓风残月韵此去经年句应是良

辰好景虚设韵便纵有读千种风情句更与何人说韵

○●○●●●●●○○●●○○●

唐代教坊曲。王灼《碧鸡漫志》卷五："予考史及诸家说，明皇自陈仓入散关，出河池，初不由斜谷路。今剑州梓桐县地名上亭，有古今诗刻记明皇闻铃之地，庶几是也。罗隐诗云：'细雨霏微宿上亭，雨中因感雨淋铃。贵为天子犹魂断，穷着荷衣好涕零。剑水多端何处去，马猿无赖不堪听。少年辛苦今飘荡，空愧先生教聚萤。'世传明皇宿上亭，雨中闻牛铎声，怅然而起，问黄幡绰：'铃作何语？'曰：'谓陛下特郎当。'特郎当，俗称不整治也。明皇一笑，遂作此曲。《杨妃外传》又载上皇还京后，复幸华清，从宫嫔御多非旧人。于望京楼下，命张野狐奏《雨淋铃》曲……张祜诗云：'雨淋铃夜却归秦，犹是张徽一曲新。长说上皇和泪教，月明南内更无人。'张徽即张野狐也……今双调《雨淋铃慢》，颇极哀怨，真本曲遗声。"此曲有声诗和长短句两种，张祜诗为声诗，长短句之始词为柳永之作。柳词属夹钟商，俗名双调。柳词抒写离情别绪，词情哀怨，与调情相符。宋人用此调亦多写离情。王安石晚年佞佛，为词论以阐明所感悟之禅理，其词云："孜孜矻矻。向无明里，强作窠窟。浮名浮利何济，堪留恋处，轮回仓猝。幸有明空妙觉，可弹指超出。缘底事、抛了全潮，认一浮沤作瀛渤。　　本源自性天真佛。祇些些、妄想中埋没。贪他眼花阳艳，谁信道、本来无物。一旦茫然，终被阎罗老子相屈。但纵有、千种机筹，怎免伊唐突。”王词是以柳词之声韵格律为准而填制的，其模拟之痕迹可见，但却完全与此调之哀怨声情相背离。凡用此调者当以柳词为准。此调为换头曲，前后段句式组合全异。前段起三个四字句，继一个六字句，两个四字句，故迂缓沉滞；结句为两个七字句而使调情流畅。后段起两个七字句，继为六字句与七字句，故调情在过变后再呈奔放之势，但结为上三下四之七字句和五字句，则使调势归于收敛。柳词之词意发展恰与调势相合，故为宋词之名篇。

【永遇乐】　双调，一百零四字。前后段各十一句，四仄韵。

苏　轼

明月如霜句好风如水句清景无限韵曲港跳鱼句圆荷泻露句寂寞无人见韵紞如三鼓句铿然一叶句暗暗梦云惊断韵夜茫茫读重寻无处句觉来小园行遍韵　　天涯倦客句山中归路句望断故园心眼韵燕子楼空句佳人何在句空锁楼中燕韵古今如梦句何曾梦觉句但有旧欢新怨韵异时对读黄楼夜景句为予

北宋新声，属林钟商，柳永两首祝颂之词为创调之作。苏词为此调通行之正体，题为《彭城夜宿燕子楼，梦盼盼，因作此词》，词写梦境并怀古之情，为传世名篇。此调纡徐和缓，韵稀，而可平可仄之字较多，乃律宽之调，故宋人用此调者颇众。此调适应之题材广泛，言志、怀古、写景、抒情、议论、赠酬、祝颂、咏物均可；风格既可豪放，亦可婉约。李清照于晚年作元夕词，感念故国，词情凄苦，词云："落日镕金，暮云合璧，人在何处。染柳烟浓，吹梅笛怨，春意知几许。元宵佳节，融和天气，次第岂无风雨。来相召、香车宝马，谢他酒朋诗侣。　　中州盛日，闺门多暇，记得偏重三五。铺翠冠儿，捻金雪柳，簇带争济楚。如今憔悴，风鬟霜鬓，怕见夜间出去。不如向、帘儿底下，听人笑语。"辛弃疾《京口北固亭怀古》是沉郁雄伟的名篇。词云："千古江山，英雄无觅，孙仲谋处。舞榭歌台，风流总被，雨打风吹去。斜阳草树，寻常巷陌，人道寄奴曾住。想当年、金戈铁马，气吞万里如虎。　　元嘉草草，封狼居胥，赢得仓皇北顾。四十三年，望中犹记，烽火扬州路。可堪回首，佛狸祠下，一片神鸦社鼓。凭谁问、廉颇老矣，尚能饭否。"刘仙伦《春暮有怀》，词风则很婉约，词云：

"青幄蔽林，白毡铺径，红雨迷楚。画阁关愁，风帘卷恨，尽日萦情绪。阳台云去，文园人病，寂寞翠尊彫俎。惜韶容、匆匆易失，芳丛对眼如雾。　巾敧润裛，衣宽凉渗，又觉渐回骄暑。解箨吹香，遗丸荐脆，小芰浮鸳浦。画栏如旧，依稀犹记，伫立一钩莲步。黯销魂、那堪又听，杜鹃更苦。"此词四字句多为对偶，词语华丽工巧。刘辰翁于宋亡后作词，序云："余自乙亥上元诵李易安《永遇乐》，为之涕下。今三年矣，每闻此词，辄不自堪。遂依其声，又托之易安自喻。虽词情不及，而悲苦过之。"词云："璧月初晴，黛云远淡，春事谁主。禁苑娇寒，湖堤倦暖，前度遽如许。香尘暗陌，华灯明昼，长是懒携手去。谁知道、断烟禁夜，满城似愁风雨。　宣和旧日，临安南渡，芳景犹自如故。缃帙流离，风鬟三五，能赋词最苦。江南无路，鄜州今夜，此苦又谁知否。空相对、残釭无寐，满村社鼓。"以上皆此调佳作，可供构思与选题之参考。

【倾杯乐】　双调，一百零四字。前段十句，四仄韵；后段十二句，六仄韵。

柳　永

鹜落霜洲句雁横烟渚句分明画出秋色韵暮雨乍歇句小楫夜泊句宿苇村山驿韵何人月下临风处句

起一声羌笛韵离愁万绪句闻岸草读切切蛩吟如织韵为忆韵芳容别后句水遥山远句何计凭鳞翼韵想绣阁深沉句争知憔悴损句天涯行客韵楚峡云归句高阳人散句寂寞狂踪迹韵望京国韵空目断读远峰凝碧韵

唐代教坊曲。倾杯乃进酒动作。北周已有六言声诗《倾杯曲》。《隋书·音乐志》言隋初定乐："牛弘改周乐之声，献奠登歌六言，象《倾杯曲》。"南朝陈后主《临高台》述宴乐情形："隔窗已响吹，极眺且倾杯。"此调长短句体始自敦煌《云谣集杂曲子》二首，两词句式差异较大，其第一首写闺情，词云："忆昔笄年，未省离阁，生长深闺苑。闲凭着绣床，时拈金针，拟貌舞凤飞鸾。对妆台、重整娇姿面。知身貌算料，岂交人见。又被良媒，苦出言词相诱泫。　　每道说、水际鸳鸾，惟指梁间双燕。被父母、将儿匹配，便认多生宿姻眷。一旦娉得狂夫，攻书业、抛妾求名宦。纵然选得，一时朝要，荣华争稳便。"唐宋燕乐曲里存在曲名相同而音谱不同的现象。敦煌琵琶谱（P3080）存燕乐分段半字谱二十五首，其中《倾杯乐》即有十个不同的曲谱。柳永《乐章集》存《倾杯乐》八首，分属仙吕宫、大石调、林钟商、黄钟羽和散水调，各词字数不同。万树《词律》卷七："柳集一百六字'禁漏花深'一首属仙吕宫，'皓月金风'二首属大石调，'木（鹜）落'一首属双调，'楼头''冻水''离宴'三首属林钟商，'水乡'一首属黄钟调，因调异，故曲异也。然又有同调（宫调）而长短大殊者。总之世远音亡，字讹书错，只可阙疑而已。"《词谱》于此调列十体，柳词此首为羁旅行役词之名篇，可为此调之正体。此调别体甚多，同一词人之作已出现字数与句式相异较大之现象，故用此调者宜以柳词此体为准。前段"暮雨乍歇，小楫夜泊"八字全用仄声字，看似拗句，亦正是词体声律之特点。

【拜星月慢】 双调，一百零四字。前段十句，四仄韵；后段八句，六仄韵。

周邦彦

夜色催更句清尘收露句小曲幽坊月暗韵竹槛
灯窗句识秋娘庭院韵笑相遇句似觉读琼枝玉树相
倚句暖日明霞光烂韵水眄兰情句总平生稀见韵
画图中读旧识春风面韵谁知道读自到瑶台畔韵
眷恋雨润云温句苦惊风吹散韵念荒寒读寄宿无人
馆韵重门闭读败壁秋虫叹韵争奈向读一缕相思句隔
溪山不断韵

唐代教坊曲，又名《拜新月》。周词属高平调，吴文英词属林钟羽，俗名高平调。拜新月乃唐代民间妇女之习俗。李端《拜新月》："开帘见新月，即便下阶拜。细语不人闻，北风吹裙带。"妇女拜月以寄托美好之祝愿，常浩诗云："佳人惜颜色，恐逐芳菲歇。日暮出画堂，下阶拜新月。拜月如有词，旁人那得知。归来投玉枕，始觉泪痕垂。"此为唐人声诗。长短句词体最早见敦煌《云谣集杂曲子》两词，皆写拜月情景，其一写闺中妇女拜月："荡子他州去，已经新岁未还归。堪恨情如水，到处辄狂迷。不思家国，花下遥指祝神明。直至于今，抛妾独守空闺。　上有穹苍在，三光也合遥知。倚屏帷坐，泪流点滴，金粟罗衣。自嗟薄命，缘业至于斯。乞求待见面，誓不辜伊。"此是用平韵，另一首则用仄韵，两词格律大致相同，但与宋词异。《宋史·乐志》记载北宋初年因旧曲造新声之曲有《拜星月》。周邦彦《片玉集》宋本作《拜星月》，吴文英则作《拜星月慢》。吴词题为《姜石帚以盆莲数十置中庭，宴客其中》，词云："绛雪生凉，碧霞笼夜，小立中庭芜地。昨梦西湖，老扁舟身世。叹游荡，暂赏、吟花酌露尊俎，冷玉红香罍洗。眼眩魂迷，古陶洲十里。　翠参差、淡月平芳砌。砖花滉、小浪鱼鳞起。雾盎浅障青罗，洗湘娥春腻。荡兰烟、麝馥浓侵醉。吹不散、绣屋重门闭。又怕便、绿减西风，泣秋檠烛外。”吴词与周词格律句式全同，为此调之正体。此体长于叙事、写景，句法最有特色。前后段两个五字句均为上一下四句法，后段四个八字句均作上三下五句法，此正是宋人句法。

【霜花腴】 双调，一百零四字。前后段各十句，五平韵。

吴文英

翠微路窄句醉晚风句凭谁为整敧冠韵霜饱花腴句烛消人瘦句秋光作也都难韵病怀强宽韵恨雁声读偏落歌前韵记年时读旧宿凄凉句暮烟秋雨野桥寒韵

妆靥鬓英争艳句度清商一曲句暗坠金蝉韵芳节多阴句兰情稀会句晴晖称拂吟笺韵更移画船韵引佩环读邀下婵娟韵算明朝读未了重阳句紫萸应耐看韵

吴文英自度曲，属无射商，因词有“霜饱花腴”，故以为调名。此调声情和婉，平缓而略流美，甚为吴文英所喜爱，遂以名其词集。原词题为《重阳前一日泛石湖》，词意雅致，甚有章法。

【绮罗香】 双调，一百零四字。前后段各九句，四仄韵。

史达祖

做冷欺花句将烟困柳句千里偷催春暮韵尽日冥迷句愁里欲飞还住韵惊粉重读蝶宿西园句喜泥润读燕归南浦韵最妨他读佳约风流句钿车不到杜陵路韵　沉沉江上望极句还被春潮晚急句难寻官渡韵隐约遥峰句和泪谢娘眉妩韵临断岸读新绿生时句是落红读带愁流处韵记当日读门掩梨花句剪灯深夜语韵

南宋新声，始词为史达祖作，题为《春雨》，乃宋词咏物之名篇。史达祖以此词为其《梅溪词》之压卷，或以为是其自度曲。史词乃此调之正体，为换头曲，前后段第四、五、六句句式句法相同，尤以连用三个上三下四句法之七字句为突出之特点。调势柔美而含蓄，南宋婉约词人喜用此调。陈允平《秋雨》："雁字苍寒，蛩疏翠冷，又是凄凉时候。小揭珠帘，夜润唾花罗绉。饶晓鹭、独立衰荷，溯归燕、尚栖残柳。想黄花、羞涩东篱，断无新句到重九。　孤檠清梦易觉，肠断唐宫旧曲，声迷宫漏。滴入愁心，秋似玉楼人瘦。烟槛外、催落梧桐，带西风、乱捎鸳甃。记画檐、灯影沉沉，共裁春夜韭。”此词亦极工巧。张磐是不知名的词人，但其《渔浦有感》抒写惆怅的怀旧情绪，亦是佳作。其词云：“浦月窥檐，松泉漱枕，屏里吴山何处。暗粉疏红，依旧为谁匀注。都负了、燕约莺期，更闲却、柳烟花雨。纵十分、春到邮亭，赋怀应是断肠句。　　青青原上荠麦，还被东风无赖，翻成离绪。望极天西，唯有陇云江树。斜照带、一缕新愁，尽分付、暮潮归去。步闲阶、待卜心期，落花空细数。”王沂孙三词皆极工稳，其咏红叶尤佳，词云：“玉杵余丹，金刀剩彩，重染吴江孤树。几点朱铅，几度怨啼秋暮。惊旧梦、绿鬓轻凋，诉新恨、绛唇微注。最堪怜、同拂新霜，绣蓉一镜晚妆妒。　　千林摇落渐少，何事西风老色，争妍如许。二月残花，空误小车山路。重认取、流水荒沟，怕犹有、寄情芳语。但凄凉、秋苑斜阳，冷枝留醉舞。”诸家之作于连用之四字句与七字句多为对偶以见工致。

【南　浦】　双调，一百零五字。前段九句，四仄韵；后段九句，五仄韵。

张　炎

　　波暖绿粼粼句燕飞来句好是苏堤才晓韵鱼没浪痕圆句流红去读翻笑东风难扫韵荒桥断浦句柳阴撑出扁舟小韵回首池塘青欲遍句绝似梦中芳草韵

和云流出空山句甚年年净洗句花香不了韵新绿乍生时句孤村路读犹忆那回曾到韵余情渺渺韵茂林觞咏如今悄韵前度刘郎归去后句溪上碧桃多少韵

唐代教坊曲有《南浦子》，北宋依旧曲制新声《南浦》。始词为周邦彦作，属中吕调。南浦，泛指面南水边。屈原《九歌·河伯》："子交手兮东行，送美人兮南浦。"南朝江淹《别赋》："送君南浦，伤如之何？"后世借指送别的地方。张炎词题为《春水》。邓牧《伯牙琴》云："玉田（张炎）《春水》一词，唱绝今古，人以'张春水'目之。"词后段"甚年年净洗，花香不了"，依《词律》《全宋词》及吴则虞点校《山中白云词》断句，《词谱》作"甚年年、净洗花香不了"。此调《词谱》列五体，当以张词为正体。王沂孙两词同张体，但前段第二句、第三句作五四句式："认曲尘乍生，色嫩如染"，"漾翠纹渐平，低蘸云影"。此体前后段各有两个五字句，两个七字句，配以四字句和六字句；前后段有两句连用韵处，其余韵位适当，故调势颇为流畅，因用仄韵，两结为六字句而又含蓄能留，音韵谐美。

【西　河】　三段，一百零五字。前段六句，四仄韵；中段七句，四仄韵；后段六句，四仄韵。

周邦彦

佳丽地韵南朝盛事谁记韵山围故国绕清江句髻鬟对起韵怒涛寂寞打孤城句风樯遥度天际韵

断崖树句犹倒倚韵莫愁艇子曾系韵空余旧迹郁苍苍句雾沉半垒韵夜深月过女墙来句伤心东望淮水韵

酒旗戏鼓甚处市韵想依稀读王谢邻里韵燕子不知何世韵入寻常读巷陌人家句相对如说兴亡句斜阳里韵

唐代教坊曲有《西河狮子》《西河剑气》，宋词《西河》当从唐人旧曲改制。王灼《碧鸡漫志》卷五：“《西河长命女》，崔元范自越州幕府拜侍御史，李讷尚书饯于鉴湖，命盛小丛歌，坐客各赋诗送之。有云：‘为公唱作西河调，日暮偏伤去住人。’《理道要诀》：‘《长命女西河》在林钟羽，时号平调。’今俗呼高平调也……按此曲起开元以前，大历间乐工加减节奏，（张）红红又正一声而已。《花间集》和凝有《长命女》曲，伪蜀李珣《琼瑶集》亦有之，句读各异。然皆今曲子，不知孰为古制林钟羽并大历加减者。近世有《长命女令》，前七拍，后九拍，属仙吕调，宫调、句读并非旧曲。

又别出大石调《西河》，慢声犯正平，极奇古。”王灼所说北宋出现之大石调《西河》，正是指周邦彦《西河》，题为《金陵》，乃据唐人金陵怀古之诗檃栝而成，是宋词名篇。宋代词人有五家用此调皆次周词之韵与格律，其余诸家用此调则前段首句不入韵，或第三段结句句式相异，等等。此调当以周词为正体。第三段首句“酒旗戏鼓甚处市”，七字中仅“旗”是平声，余皆仄声，此种拗句是宋词特点，宜依从之。词体长调之三段者，又称三叠。此调三叠之句式句群相异较大，宜于怀古、登临、叙事。

【解连环】 双调，一百零六字。前段十一句，五仄韵；后段十句，五仄韵。

周邦彦

怨怀无托韵嗟情人断绝句信音辽邈韵纵妙手读能解连环句似风散雨收句雾轻云薄韵燕子楼空句暗尘锁读一床弦索韵想移根换叶句尽是旧时句手种红药韵

汀洲渐生杜若韵料舟移岸曲句人在天角韵漫记得读当日音书句把闲语闲言句待总烧却韵水驿春回句望寄我读江南梅萼韵拚今生读对花对酒句为伊泪落韵

北宋新声，属夷则商，俗名商调，始词为周邦彦作，因词中有“纵妙手、能解连环”以名调。《战国策·齐策》：“秦昭王尝遣使者遗君王后以玉连环，曰：‘齐多智，而能解此环不？’君王后以示群臣，群臣不知解。君王后引椎椎破之，谢秦使曰：‘谨以解矣。’”周词为感旧之作，以连环比喻情感纠结，难以解开。此词在民间传唱不衰，为周词名篇。宋人作者皆以之为范式。此为换头曲，前后段起句、前段结尾三句、后段结尾两句句式均异；此外前后段中四五七五四七四句式相同，故此调声韵句式前后段首尾相异而中段相同，全调同中有异。调中韵位的配置稀密匀称，其中五个五字句均为上一下四句法，五个七字句均为上三下四句法，故最具宋词句法特点。调势顿挫之处较多，变化而回环，若用入声韵则声韵沉重而特别谐美。吴文英与张炎均用入声韵。张炎在友人陈允平亡后作《拜陈西麓墓》：“句章城郭。问千年往事，几回归鹤。叹贞元、朝士无多，又日冷湖阴，柳边门钥。向北来时，无处认、江南花落。纵荷衣未改，病损茂陵，总是离索。　山中故人去却。但碑寒岘首，旧景如昨。怅二乔、空老春深，正歌断帘空，草暗铜雀。楚魄难招，被万叠、闲云迷着。料犹是、听风听雨，朗吟夜壑。”吴文英感旧之作是怀念苏州之恋人，词云：“暮檐凉薄。疑清风动竹，故人来邈。渐夜久、闲引流萤，弄微照素怀，暗呈纤白。梦远双成，凤笙杳、玉绳西落。掩练帷倦入，又惹旧愁，汗香阑角。　　银瓶恨沉断索。叹梧桐未秋，露井先觉。抱素影、明月空闲，早尘损丹青，楚山依约。翠冷红衰，怕惊起、西池鱼跃。记湘娥、绛绡暗解，褪花坠萼。”此两词皆最能体现词调之声情。刘克庄以此调为豪气词，风格恣肆狂放，其四词皆然，如其《戊午生日》：“旁人嘲我。甚鬓毛都秃，齿牙频堕。不记是、何代何年，尽元祐熙宁，依常喑么。退下驴儿，今老矣、岂堪推磨。要挂冠神武，几番说了，这回真个。　　亲朋纷纷来贺。况弟兄对榻，儿女团坐。愿世世、相守茅檐，便宰相时来，二郎休作（佐）。白苎乌巾，谁信道、神仙曾过。拣人间、有松风处，曲肱高卧。”此是别调，用仄韵。姜夔亦用仄韵，抒写离情别绪，多用白描，插入情节与对话，词意清空骚雅。其词云：“玉鞭重倚。却沉吟未上，又萦离思。为大乔、能拨春风，小乔妙移筝，雁啼秋水。柳怯云松，更何必、十分梳洗。道郎携羽扇，那日隔帘，半面曾记。　　西窗夜凉雨霁。叹幽欢未足，何事轻弃。问后约、空指蔷薇，算如此溪山，甚时重至。水驿灯昏，又见在、曲屏近底。念唯有、夜来皓月，照伊自睡。”以上诸词皆同周词之格律与句式。此调之名篇甚多，足资参考。

【**望海潮**】　双调，一百零七字。前段十一句，五平韵；后段十一句，六平韵。　　　　　　　　　　　　　　　　　　　　柳　永

东南形胜句三吴都会句钱塘自古繁华韵烟柳画桥句风帘翠幕句参差十万人家韵云树绕堤沙韵怒涛卷霜雪句天堑无涯韵市列珠玑句户盈罗绮竞豪奢韵　　重湖叠巘清嘉韵有三秋桂子句十里荷花韵羌管弄晴句菱歌泛夜句嬉嬉钓叟莲娃韵千骑拥高牙韵乘醉听箫鼓句吟赏烟霞韵异日图将好景句归去凤池夸韵

北宋新声，属仙吕调，柳词为创调之作。此为宋人通用之正体。其他宋人所作往往后段结两句之句式有异。此调适于描述地方风物、抒情、言志、祝颂。宋人用者颇众。

【**薄　幸**】　双调，一百零八字。前段九句，五仄韵；后段十句，五仄韵。　　　　　　　　　　　　　　　　　　　　贺　铸

艳真多态韵更的的读频回眄睐韵便认得读琴心先许句与写宜男双带韵记画堂读斜月朦胧句轻颦浅笑娇无奈韵便翡翠屏开句芙蓉帐掩句与把香罗偷

解韵　　自过了收灯后句都不见读踏青挑菜韵几回凭双燕句丁宁深意句往来翻恨重帘碍韵约何时再韵正春浓酒暖句人闲昼永无聊赖韵恹恹睡起句犹有花梢日在韵

北宋新声，贺铸词为创调之作，亦此调正体。唐代诗人杜牧《遣怀》：“十年一觉扬州梦，赢得青楼薄倖名。”薄倖，即薄幸，薄情。此调多用以写闺情或离情。毛升词：“杨柳南畔。驻骢马、寻春几遍。自见了、生尘罗袜，尔许娇波流盼。为感郎松柏深心，西陵已约平生愿。记别袖频招，斜门相送，小立钗横鬓乱。　　恨暗写如蚕纸，空目断、高城人远。奈当时消息，黄姑织女，又成王谢堂前燕。托琴心怨。怕娇云弱雨，东风蓦地轻吹散。伤春病也，狼藉飞花满院。”此亦写闺中离情。此调共有四个上三下四句法之七字句，又另有两个七字句，而前后段两结句均为六字句，故调势于平稳中略为流动，声韵颇为和谐。

【疏　影】　双调，一百一十字。前段十句，五仄韵；后段十句，四仄韵。

姜　夔

苔枝缀玉韵有翠禽小小句枝上同宿韵客里相

逢句篱角黄昏句无言自倚修竹韵昭君不惯胡沙远句但暗忆读江南江北韵想佩环读月夜归来句化作此花幽独韵　　犹记深宫旧事句那人正睡里句飞近蛾绿韵莫似春风句不管盈盈句早与安排金屋韵还教一片随波去句又却怨读玉龙哀曲韵等恁时读重觅幽香句已入小窗横幅韵

姜夔自度曲，与《暗香》皆同时所作，赋梅，属仙吕宫。换头曲，前后段自第四句起句式相同。此调与《暗香》之音谱俱在，已翻译为今谱。两相比较，《疏影》之调声较为低缓而沉重。宋人多用以咏物。张炎用于赠酬，其词序云：“余于辛卯岁北归，与西湖诸友夜酌，因有感于旧游，寄周草窗。”词云：“柳黄未结。放嫩晴消尽，断桥残雪。隔水人家，浑是花阴，曾醉好春时节。轻车几度新堤晓，想如今、燕莺犹说。纵艳游、得似当年，早是旧情都别。

重到翻疑梦醒，弄泉试照影，惊见华发。却笑归来，石老云荒，身世飘然一叶。闭门约住青山色，自容与、吟窗清绝。怕夜寒、吹到梅花，休卷半帘明月。”刘辰翁题为《催雪》，词云：“香篝素被。听花犯低低，瑶花开未。长记那时，炽炭围炉，瘦妻换酒行试。党家人在销金帐，约莫是、打围归际。又谁知、别忆烹茶，冷落故家愁思。　　闻道滕骄巽懒，今朝待檄与，翻云须易。白白不成，又不教晴，做尽黄昏情味。银河本是冰冰底。怎忍向、东风成水。待满城、玉宇琼楼，却报卧庐人起。”两词皆同姜词之格律与句式。

【沁园春】 双调，一百一十四字。前段十三句，四平韵；后段十二句，五平韵。

苏 轼

孤馆灯青句野店鸡号句旅枕梦残韵渐月华收练句晨霜耿耿句云山摛锦句朝露漙漙韵世路无穷句劳生有限句似此区区长鲜欢韵微吟罢句凭征鞍无语句往事千端韵　当时共客长安韵似二陆读初来俱少年韵有笔头千字句胸中万卷句致君尧舜句此事何难韵用舍由时句行藏在我句袖手何妨闲处看韵身长健句但优游卒岁句且斗尊前韵

北宋新声，苏轼此作为始词，题为《赴密州，早行，马上怀子由》。宋人吴曾《能改斋漫录》卷十六：“今世乐府，传《沁园春》词。案《后汉书》：‘窦宪女弟立为皇后，宪恃宫掖声势，遂以县直请夺沁水公主园。’然则沁水园者，公主之园也。故唐人类用之。崔湜《长宁公主东庄侍宴》诗云：‘沁园东郭外，襄驾一游盘。’李适《长宁公主东庄侍宴》诗云：‘歌舞平阳地，园亭沁水林。’李义府《长宁公主东庄》诗云：‘平阳馆外有仙家，沁水园中好物华。’”汉代沁水园早已无存，但北宋真宗时驸马都尉李遵勖于大中祥符间尚万寿长公主。据宋人文莹《湘山野录》卷下，记李遵勖府第“沁园东北滨于池”，则此北宋初年之沁园。《宋史》卷四六四，记李氏“所居地园池冠京城。嗜奇石，募人载送，有自千里至者。构堂引水，环以佳木，延一时名士大夫与宴乐”。词调当以北宋京都之沁园为名。此调以苏词为正体，作者极众。前段自第四句、后段自第三句起句式相同，“渐”“有”为领字，领以下四个四字句，可两句为一对偶，可四句为两个对偶，亦可前两句对偶，后两句不对偶，但以对偶为工。继四四七句式，两个四字句可对偶。前段首三个四字句，可于第一、二句为对偶。此调四字句为主，多用对偶，配以八字、七字、六字、五字等句，用平韵，调势活泼生动，可平可仄之字极多，较为自由，有和婉协谐而流畅之特点，适用于言志、议论、谐谑、叙事、酬赠、祝颂等题材。此调名篇极多，可细细体味其语势与对偶及句法特点。辛弃疾词十三首，其《将止酒戒酒杯勿使近》：“杯汝来前，老子今朝，点检形骸。甚长年抱渴，咽如焦釜，于今喜睡，气似奔雷。汝说刘伶，古今达者，醉后何妨死便埋。浑如此，叹汝于知己，真少恩哉。　　更凭歌舞为媒。算合作、人间鸩毒猜。况怨无大小，生于所爱，物无美恶，过则为灾。与汝成言，勿留亟退，吾力犹能肆汝杯。杯再拜，道麾之即去，招则须来。”此词不用对偶，以古文笔法为词，发表议论，风格恣肆。刘过词十六首，其咏美人指甲与美人足两首体物细致，风格婉约，但其《寄稼轩承旨》则甚狂放，词云：“斗酒彘肩，风雨渡江，岂不快哉。被香山居士，约林和靖，与东坡老，驾勒吾回。坡谓西湖，正如西子，浓妆淡抹临镜台。二公者，皆掉头不顾，只管衔杯。　　白云天竺飞来。图画里、峥嵘楼观开。爱东西双涧，纵横水绕，两峰南北，高下云堆。逋曰不然，暗香浮动，争似孤山先探梅。须晴去，访稼轩未晚，且此徘徊。”刘克庄九首风格更为粗豪，其《癸卯佛生翌日将晓梦中有作》：“有个头陀，形等枯株，心犹死灰。幸春山笋贱，无人争吃，夜炉芋美，与客同煨。何处幡花，忽相导引，莫是天宫迎赴斋。又疑道，向毗耶城里，讲席初开。　　这边尚自徘徊。笑那里、纷纷早见猜。有尊神奋杵，拳粗似钵，名缁竖拂，喝猛如雷。老子无能，山僧不会，谁误檀那举请哉。山中去，便百千亿劫，休下山来。”以上三词皆气势奔放，才气横溢，最能体现此调特点。宋末陈人杰《龟峰词》存词三十一首，皆专用《沁园春》，艺术水平极高，而以抒写不平之气为主，如《丁酉岁感事》：“谁使神州，百年陆沉，青毡未还。怅晨星残月，北州豪杰，西风斜日，东帝江山。刘表坐谈，深源轻进，机会失之弹指间。伤心事，是年年冰合，在在风寒。　　说和说战都难。算未必、江沱堪宴安。叹封侯心在，鳣鲸失水，平戎策就，虎豹当关。渠自无谋，事犹可做，更剔残灯抽剑看。麒麟阁，岂中兴人物，不画儒冠。”此词工巧而深寓对现实政治局势之批判。

【丹凤吟】　双调，一百一十四字。前段十二句，四仄韵；后段十一句，五仄韵。　　周邦彦

　　迤逦春光无赖句翠藻翻池句黄蜂游阁韵朝来风暴句飞絮乱投帘幕韵生憎暮景句倚墙临岸句杏靥天斜句榆钱轻薄韵昼永惟思傍枕句睡起无聊句残照犹在庭角韵　　况是别离气味句坐来但觉心绪恶韵痛饮浇愁酒句奈愁浓如酒句无计销铄韵那堪昏暝句簌簌半檐花落韵弄粉调朱柔素手句问何时重握韵此时此意句长怕人道著韵

　　北宋新声，属越调，周词为创调之作。凤，别名丹鸟。南朝徐陵《丹阳上庸路碑》：“天降丹鸟，既序《孝经》；

河出应龙，乃弘《周易》。”唐代长安大明宫前有丹凤门。丹凤城借指京都，唐人沈佺期《独不见》：“白狼河北音书断，丹凤城南秋夜长。”此调格律较严，以周词为正体。周词抒写春日烦乱情绪，前段铺叙春光无赖，后段表现心绪之恶。调势平缓纡徐，适于写景、叙事。

【摸鱼儿】 双调，一百一十六字。前段十句，六仄韵；后段十一句，七仄韵。

晁补之

买陂塘读旋栽杨柳句依稀淮岸湘浦韵东皋嘉雨新痕涨句沙嘴鹭来鸥聚韵堪爱处韵最好是读一川夜月光流渚韵无人独舞韵任翠幕张天句柔茵藉地句酒尽未能去韵　青绫被句莫忆金闺故步韵儒冠曾把身误韵弓刀千骑成何事句荒了邵平瓜圃韵君试觑韵满青镜读星星鬓影今如许韵功名浪语韵便做得班超句封侯万里句归计恐迟暮韵

唐代有教坊曲《摸鱼子》，北宋初年据旧谱制词名《摸鱼儿》，始词为欧阳修作。晁补之词题为《东皋寓居》，写闲适生活情趣。晁词为此调之正体。万树《词律》卷十九：“《摸鱼儿》调最幽咽可听，然平仄一乱，便风味全减。”

此调因晁词首句又名《买陂塘》，另又名《山鬼谣》《摸鱼子》。前后段自第二句起句式相同，全调有三个七字句，其中首句为上三下四句法；有两个十字句，为上三下七句法；有四个六字句；结尾为五字句。前后段各有两韵密，并用短韵。因此调势颇为流畅而节律富于起伏变化，音韵流美，故宋人作者甚众，尤为南宋词人所喜用。此调题材适应广泛，凡写景、抒情、咏物、赠酬、祝颂均可，然以表现幽咽之情最能体现此调特点。辛弃疾《淳熙己亥自湖北漕移湖南，同官王正之置酒小山亭，为赋》是此调典范之作，声情极幽咽谐美而词意含蓄，唯其首句入韵。词云："更能消、几番风雨。匆匆春又归去。惜春长怕花开早，何况落红无数。春且住。见说道、天涯芳草迷归路。怨春不语。算只有殷勤，画檐珠网，尽日惹飞絮。　　长门事，准拟佳期又误。蛾眉曾有人妒。千金纵买相如赋，脉脉此情谁诉。君莫舞。君不见、玉环飞燕皆尘土。闲愁最苦。休去倚危栏，斜阳正在，烟柳断肠处。"此词首句用韵，亦可不用韵。赵必岊乃宋末人，仅存词一首，但极佳。词云："倚西风、招鸿送燕，年华今已如客。青奴一饷贪凉梦，昨被酒红无力。愁似织。听鸣时，寒蝉话到情无极。舞衣春入。叹带眼偷移，琴心不断，襟袖旧时窄。　　红尘陌，谁寄佳人消息。任他蛛网瑶瑟。金钗两鬓霓裳曲，总是浪歌闲拍。长夜笛。且慢析、轻匀，留醉酒垆侧。烟青雾白。望残照关河，晴云楼阁，何处是秋色。”北宋政和七年（1117）宋徽宗于京都建艮岳，集花木奇石，都人称万寿山。南宋遗民姚云文《艮岳》写尽历史沧桑之感：“渺人间、蓬瀛何许，一朝飞入梁苑。辋川梯洞层瑰出，带取鬼愁龙怨。穷游宴。谈笑里、金风吹折桃花扇。翠华天远。怅莎沼沾萤，锦屏烟合，草露泣苍藓。
东华梦，好在牙樯雕辇。画图历历曾见。落红万里孤臣泪，斜日牛羊春晚。摩双眼。看尘世、鳌宫又报鲸波浅。吟鞘拍断。便乞与娲皇，化成精卫，填不尽遗憾。”词所感叹之历史教训极为深刻。

【贺新郎】 双调，一百一十六字。前后段各十句，六仄韵。

辛弃疾

绿树听鹈鴂韵更那堪读鹧鸪声住句杜鹃声切韵啼到春归无寻处句苦恨芳菲都歇韵算未抵读人间离别韵马上琵琶关塞黑句更长门读翠辇辞金阙韵看燕燕句送归妾韵　将军百战身名裂韵向河梁读回头万里句故人长绝韵易水萧萧西风冷句满座衣冠似雪韵正壮士读悲歌未彻韵啼鸟还知如许恨句料不啼读清泪长啼血韵谁共我句醉明月韵

北宋新声，苏轼词为创调之作，但苏词后段第八句少一字。因苏词有“乳燕飞华屋”句，此调又名《乳燕飞》；因有“晚凉新浴”句，又名《贺新凉》。叶梦得词（睡起啼莺语）结句有“谁为我，唱金缕”，调名又作《金缕曲》。叶词与辛词格律同，为此调通行之正体。此调为换头曲，前后段首句句式异，以下句式相同。全调有五个七字句，另有四个上三下四句法之七字句，将结尾处各有一个八字句，七字句之末三字多作“平平仄”，前后各有一个承七字句者为六字句；故虽用仄声韵，但气势流动，句式丰富而富于变化，因前后两结句为两个三字句，又使此调于结尾处将词情推向激切之高潮。苏词以榴花喻王朝云，词意婉转含蓄，但自南渡以来豪放词人喜此调，每每以表达悲壮激烈之情与愤懑不平之气，词篇众多，名篇众多。张元干《送胡邦衡待制》开创了激昂慷慨之风格，词云：“梦绕神州路。怅秋风、连营画角，故宫离黍。底事昆仑倾砥柱，九地黄流乱注。聚万落、千村狐兔。天意从来高难问，况人情老易悲如许。更南浦，送君去。　　凉生岸柳催残暑。耿斜河、疏星淡月，断云微度。万里江山知何处，回首对床夜语。雁不到、书成谁与。目尽青天怀今古，肯儿曹、恩怨相尔汝。举大白，听金缕。”辛弃疾与陈亮唱和词往来数首，将此调悲愤之情推向极致，如陈亮《酬辛幼安再用韵见寄》："离乱从头说。爱吾民、金缯不爱，蔓藤累葛。壮气尽消人脆好，冠盖阴山观雪。亏杀我、一星星发。涕出女吴成倒转，问鲁为齐弱何年月。丘也幸，由之瑟。　　斩新换出旗麾别。把当时、一桩大义，拆开收合。据地一呼吾往矣，万里摇肢动骨。这话霸、只成痴绝。天地洪炉谁扇鞴，算于中、安得长坚铁。淝水破，关东裂。"刘克庄此调四十二首，佳作极多，其《送陈真州子华》为充满爱国热情之名篇："北望神州路。试平章、这场公事，怎生分付。记得太行山百万，曾入宗爷驾驭。今把作、握蛇骑虎。君去京东豪杰喜，想投戈、下拜真吾父。谈笑里，定齐鲁。　　两河萧瑟惟狐兔。问当年、祖生去后，有人来否。多少新亭挥泪客，谁梦中原块土。算事业、须由人做。应笑书生心胆怯，向车中、闭置如新妇。空目送，塞鸿去。"宋末蒋捷《兵后寓吴》则抒写苦难与落魄之情，极度之悲辛与绝望，词云："深阁帘垂绣。记家人、软语灯边，笑涡红透。万叠城头哀怨角，吹落霜花满袖。影厮伴、东奔西走。望断乡关知何处，羡寒鸦、倒着黄昏后。一点点，归杨柳。　　相看只有山如旧。叹浮云、本是无心，也成苍狗。明日枯荷包冷饭，又过前头小阜。趁未发、且尝村酒。醉探枵囊毛锥在，问邻翁、要写牛经否。翁不应，但摇手。"此调宜于抒情、言志、议论、酬赠，主体风格豪放，但亦可写闺情，而以悲怨为主。刘过词序云：“壬子春，余试牒四明，赋赠老娼，至今天下与禁中皆歌之。”其词流传极广，词云：“老去相如倦。向文君、说似而今。怎生消遣。衣袂京尘曾染处，空有香红尚软。料彼此、魂消肠断。一枕新凉眠客舍，听梧桐、疏雨秋声颤。灯晕冷，记初见。　　楼低不放珠帘卷。晚妆残、翠钿狼藉，泪痕凝脸。人道愁来须殢，无奈愁深酒浅。但托意、焦琴纨扇。莫鼓琵琶江上曲，怕荻花、枫叶俱凄怨。云万叠，寸心远。”以上诸词可供理解调情与句法之参考。此调前后段结尾两个三字句，均作“平仄仄，仄平仄”，此是定格，诸家多如此。

【白　苎】　双调，一百二十五字。前段十二句，六仄韵；后段十五句，六仄韵。

无名氏

绣帘垂句画堂悄句寒风淅沥韵遥天万里句暗淡同云幂幂韵渐纷纷读六花零乱散空碧韵姑射宴瑶池句把碎玉零珠抛掷韵林峦望中句高下琼瑶一色韵严子陵读钓台归路迷踪迹韵　　追惜韵燕然画角句宝箓珊瑚句是时丞相句虚作银城换得韵当此际偏宜句访袁安宅韵醺醺醉了句任金钗舞困句玉壶频侧

韵又是东君句暗遣花神句先报南国韵昨夜江梅句漏泄春消息韵

白苎，苎麻的一种，可制成衣料。古乐府有《白苎歌》，吴之舞曲，盛称歌者舞态之美，现存有晋代《白苎舞歌》。《宋书·乐志》：“又有《白纻舞》，按舞词有巾袍之言，纻本吴地所出，宜是吴舞也。”纻同苎。此词或误为柳永词。王灼《碧鸡漫志》卷二：“正宫《白苎》曲赋雪者，世传紫姑神作。写至‘追昔燕然画角，宝钥珊瑚，是时丞相，虚作银城换得’。或问出处，答云：‘天上文字，汝那得知。’末后句‘又恐东君，暗遣花神，先到南国。昨夜江梅，漏泄春消息’，殊可喜也。”由此可知此调曾在北宋民间流行，乃据乐府古曲改制为新声者。此调以此词为正体，史浩与蒋捷之作与此体句式略有异。此调为换头曲，前后段句式颇相异。调中多用四字句，作仄仄平平，或平平仄仄。调势和缓、低沉，宜于写景、咏物。

【十二时】 三段，一百三十字。前段十一句，五仄韵；中段八句，三仄韵；后段八句，三仄韵。

柳　永

晚晴初句淡烟笼月句风透蟾光如洗韵觉翠帐读

凉生秋思韵渐入微寒天气韵败叶敲窗句西风满院句睡不成还起韵更漏咽读滴破忧心句万感并生句都在离人愁耳韵　　天怎知句当时一句句做得十分萦系韵夜永有时句分明枕上句觑着孜孜地韵烛暗时酒醒句元来又是梦里韵　　睡觉来句披衣独坐句万种无聊情意韵怎得伊来句重谐云雨句再整余香被韵祝告天发愿句从今永无抛弃韵

汉太初改朔后，分一日夜为十二时，以干支为纪。《左传》昭五年“故有十二时”晋杜预注有夜半、鸡鸣、平旦、日出、食时、隅中、日中、日昳、晡时、日入、黄昏、人定等名目，虽不立十二支之目，但已分十二时。《隋书·礼仪志》：“炀帝令乐正白明达造新声，有《长乐花》及《十二时》等曲。”《唐会要》于林钟商内列有《十二时》，为太常供奉之曲。敦煌文献中存佛教韵文《十二时》多种。《十二时》之长短句词体，最初见于宋初和岘所作用于郊庙祭祀之词，存于《宋史·乐志》内多首。柳永所作为俗词，传唱于民间，是为此调之正体。词调中三段者有双拽头，即第一、二段之句式字数相同；《十二时》则中段与后段之句式字数相同，当是双尾体。柳词为代言体，拟托市民妇女抒发离情别绪，但宋人用此调则多为朝廷郊庙之词，歌颂皇朝熙盛与文治武功。

《词谱》卷三十七以为“后段第五句，《花草粹编》作‘重谐云雨’，雨字不押韵”。因擅改为“连理”，兹比勘中段与后段，则此句不当押韵。

【兰陵王】 三段，一百三十字。前段十句，六仄韵；中段八句，五仄韵；后段十句，六仄韵。 周邦彦

柳阴直韵烟里丝丝弄碧韵隋堤上句曾见几番句拂水飘绵送行色韵登临望故国韵谁识京华倦客韵长亭路句年去岁来句应折柔条过千尺韵　闲寻旧踪迹韵又酒趁哀弦句灯照离席韵梨花榆火催寒食韵愁一箭风快句半篙波暖句回头迢递便数驿韵望人在天北韵　凄恻韵恨堆积韵渐别浦萦回句津堠岑寂韵斜阳冉冉春无极韵念月榭携手句露桥闻笛韵沉思前事句似梦里句泪暗滴韵

王灼《碧鸡漫志》卷四：“《兰陵王》，北齐史及《隋唐嘉话》称：齐文襄之子长恭封兰陵王，与周师战，尝着假面对敌，击周师金墉城下，勇冠三军。武士共歌谣之，曰《兰陵王入阵曲》。今越调《兰陵王》凡三段二十四拍，或曰遗声也。此曲声犯正宫，管色用大凡字、大一字、勾

字，故亦名大犯。”《兰陵王》为唐代教坊曲，宋人据旧曲制新声，王灼所说越调三段二十四拍者即此，始词为秦观所创。周词题为《柳》，乃此调正体，格律极严，是宋词典范之作。《词苑萃编》卷二十四引宋人毛幵《樵隐笔录》：“绍兴初，都下盛行周清真咏柳《兰陵王慢》，西楼南瓦皆歌之，谓之‘渭城三叠’。以周词凡三换头，至末段声尤激越，惟教坊老笛师能倚之以节歌者。”此调多用于咏物、节序、叙事、赠酬。南宋高观国《为十年故人作》乃抒发感旧之情，词云：“凤箫咽。花底寒轻夜月。兰堂静，香雾翠深，曾与瑶姬恨轻别。罗巾泪暗滴。情入歌声怨切。殷勤意，欲去又留，柳色和愁为重折。　十年迥凄绝。念髻怯瑶簪，衣褪香雪。双鳞不渡烟江阔。自春来人见，水边花外，羞倚东风翠袖怯。正愁恨时节。　南陌。阻金勒。甚望断春禽，难倩红叶。春愁欲解丁香结。整新欢罗带，旧香宫箧。凄凉风景，待见了，尽向说。”此调用仄声韵，但诸家多用入声韵，以其有激越之音响效果。此调共用六个三字句，一个短韵，韵位时稀时密，另有五个七字句，故形成音节时纡徐而时又急促，句式变化极大，适于表达复杂、缠绵而又激烈之情。结句“似梦里，泪暗滴”，高观国两首作“待见了，尽向说”“梦正远，恨怎托”；刘辰翁两首作“忍去国，忍去国”“顾孺子，共夜语”，皆为“仄仄仄，仄仄仄”，以使全调激越之情达于极高之点。

【大　酺】　双调，一百三十三字。前段十五句，五仄韵；后段十一句，七仄韵。　周邦彦

对宿烟收句春禽静句飞雨时鸣高屋韵墙头青玉旆句洗铅霜都尽句嫩梢相触韵润逼琴丝句寒侵枕障句虫网吹粘帘竹韵邮亭无人处句听檐声不断句困眠初熟韵奈愁极频惊句梦轻难记句自怜幽独韵

行人归意速韵最先念读流潦妨车毂韵怎奈向读兰成憔悴句卫玠清羸句等闲时读易伤心目韵未怪平阳客句双泪落读笛中哀曲韵况萧索读青芜国韵红糁铺地句门外荆桃如菽韵夜游共谁秉烛韵

唐代教坊曲有《大酺乐》，北宋依旧曲改制新声，周词为创调之作，属越调，题为《春雨》，乃宋词名篇。大酺，古代帝王为表示欢庆，特许民间举行的大会饮。《史记·秦始皇纪》：“二十五年五月，天下大酺。”《正义》：“天下欢乐大饮酒也。秦既平韩、赵、魏、燕、楚五国，故天下大酺也。”此调以四字句、五字句、六字句为主，穿插上三下四句法之七字句，调势纡徐流动，适于

写景、咏物，节序、祝颂。

【瑞龙吟】 三段，一百三十三字。前两段各六句，三仄韵；后段十七句，九仄韵。

周邦彦

章台路韵还见褪粉梅梢句试花桃树韵愔愔坊陌人家句定巢燕子句归来旧处韵　黯凝伫韵因念个人痴小句乍窥门户韵侵晨浅约宫黄句障风映袖句盈盈笑语韵　前度刘郎重到句访邻寻里句同时歌舞韵唯有旧家秋娘句声价如故韵吟笺赋笔句犹记燕台句韵知谁伴读名园露饮句东城闲步韵事与孤鸿去韵探春尽是句伤离意绪韵官柳低金缕韵归骑晚句纤纤池塘飞雨韵断肠院落句一帘风絮韵

南宋黄昇《花庵词选》云：“今按此词，自‘章台路’至‘归来旧处’是第一段，自‘黯凝伫’至‘盈盈笑语’是第二段，此谓之‘双拽头’，属正平调。自‘前度刘郎’以下即犯大石调，系第三段。至‘归骑晚’以下四句再归正平。”此调为北宋新声，周词为创调之作，抒写重到京都感旧情怀。今音谱无存，据黄昇所言，则此调两次转调，音乐性丰富。周词为此调之典范，亦通行之正体，格律极为严格；若填此调，必须严遵定格。第一段与第二段句式字数相同，似一词之两个头，故称双拽头，第三段篇幅较前两段大，在章法结构方面应考虑此特点。此调以四字和六字句为主，偶插入五字句；纵观全调之各句式，均多用律句，故调势纡徐和谐而又波澜起伏，音响尤为和婉。此调以叙事与抒情结合之结构为宜。凡是长调最讲究章法结构，周词善于将写景、叙事、抒情、往昔、现实、时间、空间等要素以网状组成，形成复杂之结构，但因章法谨严，故层次清楚，是为长调之典范作品。

【浪淘沙慢】 双调，一百三十三字。前段九句，六仄韵；后段十句，十仄韵。

周邦彦

晓阴重句霜凋岸草句雾隐城堞韵南陌脂车待发韵东门帐饮乍阕韵正拂面垂杨堪揽结韵掩红泪读玉手亲折韵念汉浦离鸿去何许句经时信音绝韵

情切韵望中地远天阔韵向露冷风清无人处句耿耿寒漏咽韵嗟万事难忘句唯是轻别韵翠尊未竭韵凭断云留取句西楼残月韵罗带光消纹衾叠韵连环解读旧香顿歇韵怨歌永读琼壶敲尽缺韵恨春去读不与人期句弄夜色句空余满地梨花雪韵

此调有小令与长调两类。长调多称《浪淘沙慢》，但柳永词与周邦彦词均标调名为《浪淘沙》。柳词为创调之作，属歇指调，周邦彦之作属商调，二者皆俗名，实为林钟商。周词为此调之正体，诸家之作，往往句式略异，当以周词为准。此调格律极严，字声平仄宜严遵从。调中有四个八字句，韵位较密；“念汉浦”“弄夜色”“罗带光消纹衾叠”等皆是拗句，由此形成此调精湛悠扬而又悲咽之特点，而且音响较为响亮和谐，是为宋词绝调之一。

【六　丑】　双调，一百四十字。前段十四句，八仄韵；后段十三句，九仄韵。

周邦彦

正单衣试酒句恨客里读光阴虚掷韵愿春暂留句春归如过翼韵一去无迹韵为问花何在句夜来风雨句葬楚宫倾国韵钗钿堕处遗香泽韵乱点桃蹊句轻翻柳陌韵多情为谁追惜韵但蜂媒蝶使句时叩窗隔韵

东园岑寂韵渐朦胧暗碧韵静绕珍丛底句成叹息韵长条故惹行客韵似牵衣待话句别情无极韵残英小读强簪巾帻韵终不似读一朵钗头颤袅句向人攲侧韵漂流处读莫趁潮汐韵恐断红读尚有相思字句

何由见得韵

○●●

北宋新声，周词为创调之作，属中吕调，原题《蔷薇谢后作》，一题《落花》。关于《六丑》，宋人周密《浩然斋雅谈》卷下：“朝廷赐酺，（李）师师又歌《大酺》《六丑》二解，上（宋徽宗）顾教坊使袁绹问，绹曰：‘此起居舍人新知潞州周邦彦作也。’问《六丑》之义，莫能对，急召邦彦问之。对曰：‘此犯六调，皆声之美者，然绝难歌。昔高阳氏有子六人，才而丑，故以比。’上喜。”由此可知此，调凡转调多次，音调复杂多变，故难于歌唱。周词为宋词绝作，亦此调之正体。此调格律极严，须严遵句法与字声平仄。词中，“正单衣试酒”“葬楚宫倾国”“但蜂媒蝶使”“渐朦胧暗碧”“似牵衣待话”皆为上一下四句法。词中“恨客里”“多情为谁追惜”“东园岑寂”等句为拗句。词中以五字句与四字句为主，穿插六字句和七字句。全调声韵浏亮而和谐，平缓而多变，为宋词中优美雅致之调。参照诸家之作，此调用入声韵最能体现调之特色。

【六州歌头】 双调，一百四十三字。前后段各十九句，八平韵。

张孝祥

长淮望断句关塞莽然平韵征尘暗句霜风劲句悄边声韵暗消凝韵追想当年事句殆天数句非人力句洙泗上句弦歌地句亦膻腥韵隔水毡乡句落日牛羊下句区脱纵横韵看名王宵猎句骑火一川明韵笳鼓悲鸣韵遣人惊韵　念腰间箭句匣中剑句空埃蠹句竟何成韵时易失句心徒壮句岁将零韵渺神京韵干羽方怀远句静烽燧句且休兵韵冠盖使句纷驰骛句若为情韵闻道中原遗老句常南望读翠葆霓旌韵使行人到此句忠愤气填膺韵有泪如倾韵

北宋新声。《逸周书·程典》："维三月既生魄，文王合六州之侯，奉勤于商。"此指中国古代九州之荆、梁、雍、豫、徐、扬六州。宋人程大昌《演繁露》卷十六："《六州歌头》本鼓吹曲也，近世好事者倚其声为吊古词，如'秦亡草昧，刘项起吞并'者是也。音调悲壮，又以古兴亡事实之。闻其歌使人怅慨，良不与艳词同科，诚可喜也。本朝鼓吹曲止有四曲：《十二时》《导引》《降仙台》并《六州》。为曲，每大礼宿斋或行幸遇夜，每更三奏，名为警场。"鼓吹曲乃军中乐。此调之始词为宋初李冠《项羽庙》吊古之作。张孝祥此词作于南宋初年，时在建康留守席上即兴而成，中兴名将张浚闻之罢席而入，甚为感动。张词为此调最有影响之名篇，南宋以来豪放词人多用此体。刘过《题岳鄂王墓》亦极悲壮愤激，词云："中兴诸将，谁是万人英。身草莽，人虽死，气填膺。尚如生。年少起河朔，弓两石，剑三尺，定襄汉，开虢洛，洗洞庭。北望帝京，狡兔依然在，良犬先烹。过旧时营垒，荆鄂有遗民。忆故将军。泪如倾。　　说当年事，知恨苦，不奉诏，伪耶真。臣有罪，陛下圣，可鉴临。一片心。万古分茅土，终不到，旧奸臣。人世夜，白日照，忽开明。衮佩冕圭百拜，九泉下、荣感君恩。看年年三月，满地野花春。卤簿迎神。"中兴名将岳飞死后，于淳熙六年（1179）谥武穆，嘉定四年（1211）追封为鄂王。岳珂、黄机等均用《六州歌头》为词悼念岳飞。此调韵位时疏时密，以三字句为主，音节急促，调势雄伟，表达悲壮感慨之情，为词调中最激烈之调。《词谱》于此调列九体，当以张词为正体，另有贺铸平韵与仄韵互叶之体，亦常为宋人所用。

【又一体】　双调，一百四十三字。前段十九句，八平韵，八叶韵；后段二十句，八平韵，十叶韵。　　贺　铸

少年侠气句交结五都雄韵肝胆洞仄叶毛发耸叶立谈中平韵死生同韵一诺千金重仄叶推翘勇叶矜豪纵叶轻盖拥叶联飞鞚叶斗城东平韵轰饮酒垆句春色浮寒

瓮仄叶吸海垂虹平韵间呼鹰嗾犬句白羽摘雕弓韵狡穴俄空韵乐匆匆韵　似黄粱梦仄叶辞丹凤叶明月共叶漾孤篷平韵官冗从叶怀倥偬叶落尘笼平韵簿书丛韵鹖弁如云众仄叶供粗用叶忽奇功平韵笳鼓动仄叶渔阳弄叶思悲翁韵不请长缨句系取天骄种仄叶剑吼西风平韵恨登山临水句手寄七弦桐韵目送归鸿韵

此体用东冬本部平韵，用本部仄声董肿宋送相叶，是为定格。若用其他韵部亦仿此。南宋韩元吉以此调作春词，情意婉约，但与调之音节及调情不甚相合，故此调仍以豪放风格表达悲壮之情为宜。

【哨　遍】　双调，二百三字。前段十七句，五仄韵，四叶韵；后段二十句，五叶韵，八仄韵。　苏　轼

为米折腰句因酒弃家句口体交相累仄韵归去来句谁不遣君归平叶觉从前皆非今是仄韵露未晞平叶征夫指予归路句门前笑语喧童稚仄韵嗟旧菊都荒句新松暗老句吾年今已如此韵但小窗容膝闭柴扉平叶策杖看孤云暮鸿飞叶云出无心句鸟倦知还句本非有意仄韵　噫平叶归去来兮叶我今忘我兼忘世仄韵亲

戚无浪语句琴书中有真味韵步翠麓崎岖句泛溪窈窕句涓涓暗谷流春水韵观草木欣荣句幽人自感句吾生行且休矣韵念寓形宇内复几时平叶不自觉皇皇欲何之叶委吾心读去留谁计仄韵神仙知在何处句富贵非吾志韵但知临水登山啸咏句自引壶觞自醉韵此生天命更何疑韵且乘流读遇坎还止仄韵

北宋新声，苏词为创调之作，乃此调之正体。苏词乃檃栝晋人陶渊明《归去来兮辞》。苏轼《与朱康叔书》云："旧好诵陶潜《归去来》，常患其不入音律。近辄微知增损，作般涉调《哨遍》，虽微改其词，而不改其意。"此调诸家之作及苏轼之另一词，其间句式及字数颇有异，当以此体为准。又诸家之作多呈散文化倾向，故字声平仄已多不拘，若用此调参苏轼此体即可。《词谱》"富贵非吾愿"，"愿"乃"志"之误，今改，并于后段增一韵。

【戚　氏】 三段，二百十二字。前段十五句，九平韵；中段十二句，六平韵；后段十六句，六平韵，两叶韵。　　柳　永

晚秋天韵一霎微雨洒庭轩韵槛菊萧疏句井梧零乱惹残烟韵凄然韵望江关韵飞云暗淡夕阳间韵当

时宋玉悲感句向此临水与登山韵远道迢递句行人凄楚句倦听陇水潺湲韵正蝉鸣败叶句蛩响衰草句相应喧喧韵　孤馆度日如年韵风露渐变句悄悄至更阑韵长天净读绛河清浅句皓月婵娟韵思绵绵韵夜永对景句那堪屈指句暗想从前韵未名未禄句绮陌红楼句往往经岁迁延韵　帝里风光好句当年少日句暮宴朝欢韵况有狂朋怪侣句遇当歌对酒竞留连韵别来迅景如梭句旧游似梦句烟水程何限仄叶念利名憔悴长萦绊叶追往事读空惨愁颜韵漏箭移句稍觉轻寒韵听呜咽读画角数声残韵对闲窗畔句停灯向晓句抱影无眠韵

北宋新声，属中吕调，柳词为创调之作。《碧鸡漫志》卷二，谈及柳词时，王灼引述前辈语云："《离骚》寂寞千年后，《戚氏》凄凉一曲终。"以为柳词之凄凉悲苦情绪可以上继《离骚》，当时人对柳永晚年此作之评价极高。此为宋词长调之典范作品。苏轼一首，句式与用韵与柳词略异，当以柳词为正体。

【莺啼序】　四段，二百四十字。第一段八句，四仄韵；第二段十句，四仄韵；第三段十四句，四仄韵；第四段十四句，五仄韵。

吴文英

残寒正欺病酒句掩沉香绣户韵燕来晚读飞入西城句似说春事迟暮韵画船载读清明过却句晴烟冉冉吴宫树韵念羁情游荡句随风化为轻絮韵　十载西湖句傍柳系马句趁娇尘软雾韵溯红渐读招入仙溪句锦儿偷寄幽素韵倚银屏读春宽梦窄句断红湿读歌纨金缕韵暝堤空句轻把斜阳句总还鸥鹭韵　幽兰旋老句杜若还生句水乡尚寄旅韵别后访读六桥无信句事往花委句瘗玉埋香句几番风雨韵长波妒盼句遥山羞黛句渔灯分影春江宿句记当时读短楫桃根渡韵青楼仿佛句临分败壁题诗句泪墨惨淡尘土韵

危亭望极句草色天涯句叹鬓侵半苎韵暗点检读离痕欢唾韵尚染鲛绡句亸凤迷归句破鸾慵舞韵殷勤待写句书中长恨句蓝霞辽海沉过雁句漫相思读弹入哀筝柱韵伤心千里江南句怨曲重招句断魂在否韵

南宋中期新声，始词为高似孙作，其词序云：“屈原《九歌·东皇太一》，春之神也。其词悽婉，含意无穷。略采其意，以度春曲。”从序看来，高似孙当是此调乐曲之作者。词调中凡称“序”，皆是从唐宋大曲中摘出者，因“序”乃大曲之起始部分。《碧鸡漫志》卷三云：“凡大曲有散序。”王灼同书又引唐人白居易《和元微之霓裳羽衣曲歌》自注云：“散序六遍无拍，故不舞，中序始有拍，亦名拍序。”唐代教坊曲有《喜春莺》，《莺啼序》当是宋人从旧曲改制为新声者。吴文英此词或题为《春晚感怀》为宋词最长之调之名篇，乃宋词绝作。吴词三首，字数相同，唯《荷和赵修全韵》增加两韵，余同。宋季词人刘辰翁三首、赵文两首、黄公绍一首、汪元量一首，皆写国家多难，民族危亡，世事沧桑，抒发感慨悲苦之情，深寓爱国之思。以上四家之词与吴词之句式略有差异。此调以吴词为正体，徐宝之咏春归之词与吴词格律相同，其词云：“荼蘼一番过雨，洒残花似雪。向清晓、步入东风，细拾苔砌余靥。有数片、飞沾翠柳，萦回半着双归蝶。悄无人、共立幽禽，呢呢能说。　　因念华年，最苦易失，对春愁暗结。叹自古、曾有佳人，长门深闭修洁。寄幺弦、千言万语，闷满眼、欲弹难彻。靠珠栊，风雨微收，落花时节。　　春工渐老，绿草连天，别浦共一色。但暮霭、朝烟无际，尽日目极，江北江南，杜鹃叫裂。此时此意，危魂黯黯，渭城客舍青青树，问何人、把酒为看别。思量怎向，迟回独掩青扉，夕阳犹照南陌。　　春应记得，旧日疏狂，等受今磨折。便永谢五湖烟艇，只有吟诗，曲坞煎茶，小窗眠月。春还自省，把融和事，长留芳昼人间世，与羁臣、恨妾消离恻。自题蕙叶回春，坐听蓬壶，漏声细咽。”词里亦流露出对国家现实局势的感慨，但却化为个人之情绪，极为深婉凄恻。此调为词体最长之调，共四段：第一、二段间有三句句式相同，第三、四段结句三句句式相异，其余十一句之句式相同。因篇幅较长，处理四段与词意之关系至为重要，必须层次清楚，而又富于变化，当以吴词三首为典范。此调结构与句式均极复杂，除第三、四段有两个句群韵稀之外，其余韵位适度；故调势婉转起伏，波澜变化，时流畅，时低咽，而极为和谐柔婉。此虽长调之最难者，但自来常有词人试以展示词艺之水平。

附录

词　韵

南宋词人朱敦儒曾拟《词韵》十六条，兹据朱氏词集《樵歌》将其所拟之《词韵》复原，参照《佩文诗韵释要》按十六部分别列出常用韵字，以供填词用韵参考。

第一部

平声　东冬

东　同　铜　桐　筒　童　僮　瞳　中　衷　忠　虫　冲

终　戎　崇　嵩　弓　躬　宫　融　雄　熊　穹　穷　风

枫　丰　充　隆　空　公　功　工　攻　蒙　濛　笼　聋

珑　洪　红　鸿　虹　丛　翁　葱　聪　骢　通　蓬　烘

胧　砻　峒　曈　忡　崧　瞢　逢　朦　绒　冬　农　宗

钟　龙　舂　松　冲　容　蓉　庸　封　胸　雍　浓　重

从　缝　踪　茸　峰　蜂　锋　烽　蛩　筇　慵　恭　供
琮　悰　淙　侬　凶　溶　秾　邕　纵　龚　匈　汹　彤
橦

　　仄声　董肿　送宋

董　动　孔　总　笼　桶　空　洞　懂　种　踵　宠　陇
垄　拥　瓮　冗　重　冢　奉　捧　勇　涌　俑　恐　拱
倲　送　梦　凤　众　弄　贡　冻　痛　栋　仲　中　讽
恸　控　哢　哄　宋　用　颂　诵　统　讼　综　俸　共
供

第二部

　　平声　江阳

江　杠　扛　窗　邦　缸　降　双　庞　撞　幢　桩　淙
阳　杨　扬　香　乡　光　昌　堂　章　张　王　房　芳
长　塘　妆　常　凉　霜　藏　场　央　泱　鸯　秧　嫱
狼　床　方　浆　觞　梁　娘　庄　黄　仓　皇　装　襄
相　湘　缃　箱　厢　创　忘　芒　望　尝　樯　枪　坊
郎　唐　狂　强　肠　康　冈　苍　匡　荒　遑　行　妨
棠　翔　良　航　倡　羌　姜　僵　缰　疆　粮　将　墙
桑　刚　祥　详　洋　徉　粱　量　羊　伤　汤　彰　璋

锖　商　防　筐　煌　篁　凰　徨　惶　廊　浪　沧　纲
亢　钢　丧　簧　忙　茫　傍　汪　臧　琅　当　珰　裳
昂　障　锵　杭　邙　滂　亡　殃　芗　孀　彷

仄声　讲养绛漾

讲　港　棒　蚌　项　养　痒　怏　像　象　仰　朗　奖
桨　敞　昶　鳖　枉　沆　放　仿　两　帑　谠　杖　响
掌　党　想　榜　爽　广　享　丈　仗　幌　晃　莽　漭
纺　攘　盎　长　上　网　荡　赏　往　罔　滉　抢　厂
慷　响　绛　降　巷　撞　幛　漾　望　相　将　状　帐
浪　唱　让　旷　壮　向　畅　量　葬　匠　谤　尚　涨
饷　样　访　贶　酱　抗　当　纩　谅　亮　妄　丧　怅
伉　忘　恙　行　广　炕

第三部

平声　支微齐

支　枝　移　为　垂　吹　陂　碑　奇　宜　仪　皮　儿
离　施　知　驰　池　规　危　夷　师　资　迟　眉　悲
之　芝　时　诗　旗　辞　词　期　祠　基　疑　姬　丝
司　帷　思　滋　持　随　痴　维　墀　慈　遗　肌　篱
兹　骑　歧　谁　斯　私　欺　羁　饥　衰　锥　涯　伊

追　尼　漪　漓　迆　微　薇　晖　徽　挥　晕　韦　围

违　霏　菲　妃　绯　飞　非　扉　肥　威　祈　机　几

讥　矶　稀　希　衣　依　归　齐　黎　犁　妻　萋　凄

悽　题　提　荑　蹄　啼　鸡　兮　奚　蹊　霓　西　栖

嘶　撕　梯　鼙　批　迷　泥　溪　圭　闺　畦

仄声　纸尾荠寘未霁

纸　只　咫　是　氏　靡　彼　毁　委　诡　髓　妓　绮

咀　此　徙　屣　尔　迩　婢　弛　紫　箠　企　旨　指

视　美　否　几　姊　比　轨　水　止　市　喜　己　纪

跪　技　子　梓　矢　死　履　垒　诔　芷　以　已　似

祀　史　使　驶　耳　里　理　李　起　士　仕　始　峙

矣　拟　耻　址　你　尾　鬼　苇　卉　塞　伟　斐　岂

匪　荠　礼　米　启　洗　底　抵　弟　递　涕　宾　置

事　地　意　志　治　思　泪　吏　赐　字　义　利　器

位　至　次　累　伪　寺　瑞　智　记　异　致　备　翠

试　类　弃　易　坠　醉　议　避　帜　粹　侍　谊　寄

睡　忌　贰　二　臂　四　骥　季　刺　识　寐　邃　食

积　被　芰　冀　愧　秘　渍　穉　示　自　莉　譬　值

未　味　气　贵　费　畏　慰　蔚　魏　纬　讳　毅　既

暨　诽　霁　制　计　势　世　丽　岁　卫　济　第　艺

惠　慧　桂　滞　际　厉　契　帝　蔽　敝　锐　戾　袂
系　祭　闭　逝　缀　替　砌　细　婿　例　誓　蕙　诣
瘗　继　憩　逮

第四部

平声　鱼虞

鱼　渔　初　书　舒　居　裾　车　渠　余　予　誉　舆
馀　胥　锄　疏　梳　虚　徐　闾　诸　除　如　墟　与
於　沮　袪　淤　妤　纾　躇　屠　歔　虑　虞　愚　娱
隅　无　芜　巫　于　盂　臞　儒　濡　襦　须　株　诛
蛛　殊　瑜　榆　腴　愉　谀　区　驱　躯　朱　珠　趋
扶　符　雏　夫　肤　纡　输　枢　厨　俱　驹　模　胡
湖　瑚　乎　壶　狐　孤　辜　姑　徒　途　涂　图　奴
呼　吾　梧　吴　租　卢　芦　苏　酥　乌　污　枯　粗
都　铺　诬　竽　吁　瞿　需　逾　萸　臾　渝　迂　姝
蹰　糊　沽　垆　毋　句

仄声　语麌御遇

语　吕　侣　旅　杼　伫　与　渚　煮　汝　茹　暑　黍
鼠　杵　处　女　许　拒　距　炬　所　楚　础　阻　沮
举　叙　序　绪　屿　墅　著　巨　讵　去　雨　羽　禹

宇　舞　父　户　树　煦　努　肚　妩　乳　补　鲁　睹
腐　数　簿　姥　普　侮　五　斧　聚　伍　午　部　柱
矩　武　苦　取　主　杜　祖　堵　愈　父　俯　估　怒
浒　栩　赌　御　驭　曙　助　絮　翥　恕　庶　预　除

第五部

平声　佳灰

佳　街　鞋　牌　柴　钗　差　阶　偕　谐　排　乖　怀
淮　埋　斋　皆　槐　灰　恢　隈　回　徊　枚　梅　媒
煤　瑰　雷　催　摧　堆　陪　杯　推　开　哀　埃　台
苔　该　才　材　财　裁　来　莱　栽　哉　灾　猜　胎
腮　孩　莓　崔　裴　培　皑

仄声　蟹贿泰卦队

解　骇　买　楷　骏　矮　贿　悔　改　采　彩　海　在
宰　载　恺　待　怠　殆　倍　猥　隗　块　蕾　儡　欸
每　乃　泰　会　带　外　盖　太　赖　蔡　害　最　贝
艾　奈　绘　脍　侩　太　汰　霈　蜕　酹　狈　挂　懈
卖　派　债　怪　坏　戒　界　介　拜　快　迈　败　稗
晒　湃　惫　祭　喟　队　内　塞　爱　辈　佩　代　退
碎　态　背　秽　菜　对　废　诲　晦　昧　卦　戴　贷

配　妹　黛　逮　岱　肺　慨　债　赛　耐　悖　暧　在
再

第六部

平声　真文元侵

真　因　茵　辛　新　薪　晨　辰　臣　人　仁　神　亲
申　伸　绅　身　宾　滨　邻　麟　珍　尘　陈　春　津
秦　频　蘋　颦　银　垠　筠　巾　民　贫　淳　莼　纯
唇　伦　轮　沦　匀　旬　巡　驯　钧　均　臻　姻　宸
寅　嫔　彬　皴　遵　循　甄　椿　询　莘　屯　粼　濒
湮　氤　文　闻　纹　云　氛　分　纷　芬　焚　坟　群
裙　君　军　勤　斤　勋　薰　荤　耘　芸　氲　员　欣
芹　殷　昕　雯　元　原　源　园　垣　烦　繁　蕃　樊
翻　暄　萱　暄　冤　言　轩　藩　魂　浑　裈　温　孙
门　尊　存　敦　屯　村　盆　奔　论　坤　昏　婚　痕
根　恩　吞　媛　援　爰　蘩　幡　番　骞　鸳　宛　掀
昆　扪　荪　抡　蕴　喷　侵　寻　林　霖　临　针　箴
斟　沉　砧　深　淫　心　琴　禽　擒　钦　衾　吟　今
金　音　阴　岑　簪　琳　任　情　森　参　芩　淋

仄声　轸吻阮寝震问愿沁

轸　敏　允　引　尹　尽　忍　准　隼　笋　盾　悯　泯

菌　诊　哂　赈　窘　蜃　殒　蠢　紧　吮　吻　粉　愤

隐　谨　近　槿　阮　远　本　晚　返　苑　反　损　饭

偃　堰　衮　遁　稳　畹　很　垦　恳　混　沌　棍　寝

饮　锦　品　枕　审　甚　廪　衽　稔　禀　沈　凛　懔

荏　恁　婶　震　信　印　进　润　阵　镇　刃　顺　慎

鬓　晋　骏　闰　峻　振　俊　舜　吝　烬　讯　仞　殡

迅　瞬　僅　殉　觐　摈　仅　认　衬　瑾　趁　汛　躏

引　问　运　晕　韵　训　忿　郡　分　紊　汶　愠　愿

恨　寸　困　顿　钝　闷　逊　嫩　沁　禁　任　荫　浸

鸩　枕　衽　噤

第七部

平声　寒删先覃盐咸

寒　韩　翰　丹　殚　单　安　难　餐　滩　坛　檀　弹

残　干　肝　竿　阑　栏　澜　兰　看　刊　丸　桓　纨

端　湍　酸　团　官　观　冠　鸾　栾　峦　欢　宽　盘

蟠　漫　汗　叹　掀　姗　珊　矸　奸　棺　钻　瘢　瞒

潘　拦　完　般　曼　禅　删　潸　关　弯　湾　还　环

鬟　寰　班　斑　颁　般　蛮　颜　攀　顽　山　闲　艰

悭 潺 斓 先 前 千 阡 笺 天 坚 肩 贤 弦
烟 燕 怜 田 填 钿 年 巅 牵 妍 研 眠 渊
涓 边 编 玄 悬 泉 迁 仙 鲜 钱 煎 然 延
筵 毡 蝉 缠 连 联 涟 篇 偏 绵 全 宣 镌
穿 川 缘 鸢 铅 捐 旋 船 鞭 专 乾 权 拳
传 焉 芊 溅 咽 阗 鹃 翩 扁 婵 嫣 棉 覃
潭 昙 参 南 枬 男 谙 含 涵 函 岚 蚕 探
贪 眈 湛 龛 堪 谈 甘 三 酣 篮 柑 惭 蓝
担 泔 憨 婪 暗 庵 颔 澹 盐 檐 廉 帘 嫌
严 占 髯 谦 奁 纤 瞻 蟾 粘 淹 箝 甜 恬
拈 黔 钤 厌 沾 咸 缄 谗 衔 馋 婪 帆 衫
杉 监 凡 喃 嵌 杨 搀 簪

仄声　旱潜铣愿俭赚翰谏霰勘艳陷

旱 暖 管 满 短 馆 缓 碗 款 懒 散 伴 诞
罕 断 擀 侃 但 坦 袒 悍 澹 潜 眼 简 版
产 限 绾 划 柬 拣 铣 善 遣 浅 典 转 衍
犬 选 冕 辇 免 展 茧 辩 辨 篆 勉 剪 卷
显 践 饯 眄 喘 藓 软 栈 扁 阐 鲜 辫 件
畎 忝 湎 缅 撰 宴 感 览 胆 澹 坎 惨 敢
萏 撼 毯 椠 菡 俭 焰 敛 险 检 脸 染 掩

点　簟　贬　冉　苒　陕　谄　奄　渐　玷　潋　闪　歉
槛　范　减　犯　斩　黯　喊　滥　翰　岸　汉　难　断
乱　散　畔　旦　玩　算　烂　贯　半　案　按　炭　汗
赞　漫　窜　幔　粲　换　唤　惮　段　判　叛　腕　绊
谏　雁　患　涧　宦　办　盼　惯　串　绽　幻　办　扮
霰　殿　面　县　变　箭　战　扇　见　砚　院　练　宴
掾　甸　便　眷　线　倦　羡　堰　奠　遍　恋　啭　钏
蒨　倩　拼　片　谚　颤　擅　淀　茜　溅　拣　勘　暗
啗　瞰　暂　艳　念　验　店　垫　欠　酽　砭　餍　陷
镒　监　泱　梵　忏　站　欠

第八部

平声　萧肴豪

萧　箫　挑　貂　刁　凋　雕　迢　条　蜩　苕　调　枭
浇　聊　辽　寥　撩　僚　寮　尧　幺　宵　消　霄　绡
销　超　朝　潮　嚣　樵　谯　骄　娇　焦　蕉　椒　饶
桡　烧　遥　姚　摇　谣　瑶　韶　昭　招　飙　标　瓢
苗　描　腰　邀　鸮　乔　桥　妖　夭　漂　飘　翘　飘
潇　摽　逍　肴　巢　交　郊　茅　嘲　钞　包　胶　苞
梢　蛟　敲　胞　抛　鲛　捎　淆　教　姣　豪　毫　操
条　刀　萄　褒　挑　糟　袍　蒿　涛　号　陶　翱　敖

曹　遭　篙　羔　高　嘈　搔　毛　滔　骚　韬　膏　牢
逃　槽　濠　劳　洮　叨　熬　淘

仄声　筱巧皓啸效号

筱　小　表　鸟　了　晓　少　扰　绕　娆　绍　杪　秒
沼　矫　蓼　皎　瞭　杳　窅　窈　嫋　窕　掉　缥　巧
饱　卯　狡　爪　搅　绞　拗　佼　炒　皓　宝　藻　早
枣　老　好　道　稻　造　脑　恼　倒　祷　捣　抱　讨
考　燥　扫　嫂　槁　潦　葆　保　堡　草　浩　颢　皂
祆　澡　杲　缟　啸　笑　照　庙　妙　诏　召　要　耀
钓　吊　叫　少　眺　料　肖　效　教　貌　校　孝　闹
淖　豹　爆　罩　觉　号　帽　报　导　盗　噪　灶　奥
告　诰　暴　好　到　蹈　傲　躁　造　冒　悼　倒　糙
靠

第九部

平声　歌

歌　多　罗　河　戈　阿　和　波　科　柯　娥　蛾　鹅
萝　荷　何　过　磨　螺　禾　窠　哥　娑　沱　峨　那
苛　诃　珂　轲　莎　蓑　梭　婆　摩　魔　讹　坡　酡
俄　哦　呵　么　涡　窝　磋　跎　蹉

仄声　哿个

哿　火　舸　軃　沱　我　娜　可　坷　左　果　裹　朵
锁　琐　堕　垛　惰　妥　坐　裸　跛　颇　叵　祸　伙
颗　个　贺　佐　作　坷　驮　大　饿　过　和　挫　课
播　唾　座　坐　破　卧　货　涴　左

第十部

平声　麻

麻　花　霞　家　茶　华　沙　车　牙　蛇　瓜　斜　邪
芽　嘉　瑕　纱　鸦　遮　叉　葩　奢　琶　衙　赊　夸
巴　加　耶　嗟　遐　笳　差　蛙　哗　虾　葭　呀　枷
爬　杷　爷　芭　娃　哇　洼　丫　袈　些　桠　杈　笆

仄声　马祃

马　下　者　野　雅　瓦　寡　社　写　泻　夏　冶　也
把　贾　假　赭　厦　惹　若　姐　哑　炮　且　奼　祃
驾　夜　谢　榭　罢　暇　霸　嫁　借　藉　炙　蔗　化
舍　价　射　骂　稼　架　诈　亚　娅　麝　跨　咤　怕
讶　诧　蜡　帕　柘　卸　砑　乍　坝

第十一部

平声　庚青蒸

庚　更　羹　坑　横　棚　亨　英　烹　平　评　京　惊

荆　明　盟　鸣　荣　莹　兵　兄　卿　生　甥　笙　檠

鲸　迎　行　衡　耕　萌　氓　宏　茎　莺　樱　泓　橙

争　筝　清　情　晴　精　菁　晶　旌　盈　楹　瀛　嬴

营　婴　缨　贞　成　盛　城　诚　呈　程　酲　声　正

轻　名　令　并　倾　萦　琼　苹　蘅　丁　嵘　嘤　铮

怦　绷　轰　訇　顷　青　经　泾　形　刑　型　陉　亭

庭　廷　霆　停　宁　玎　仃　馨　星　腥　醒　惺　俜

娉　灵　棂　龄　铃　苓　伶　泠　零　玲　龄　翎　聆

听　厅　瓶　屏　萍　荧　萤　扃　町　暝　蒸　承　丞

惩　陵　凌　绫　冰　膺　鹰　应　绳　乘　塍　升　胜

兴　缯　凭　仍　兢　矜　征　凝　称　登　灯　僧　增

曾　憎　层　能　棱　朋　鹏

仄声　梗迥敬径

梗　影　景　井　岭　领　境　警　请　屏　饼　永　骋

逞　颖　顷　整　静　省　幸　颈　猛　炳　杏　哽　绠

秉　耿　憬　靓　冷　靖　迥　炯　茗　挺　艇　到　鼎

顶　肯　拯　敬　命　正　令　政　性　镜　盛　行　圣
咏　姓　庆　映　病　柄　郑　劲　竞　净　竟　进　聘
泳　请　倩　硬　更　径　定　罄　媵　赠　佞　罄　剩

第十二部

平声　尤

尤　优　忧　流　留　刘　由　油　游　猷　悠　牛　修
羞　秋　楸　周　州　洲　舟　酬　仇　柔　畴　筹　稠
邱　抽　收　遒　鸠　不　愁　休　囚　求　裘　毬　浮
谋　牟　眸　侔　矛　侯　猴　喉　讴　鸥　瓯　楼　偷
头　投　钩　沟　幽　绸　犹　酋　蹂　揉　搜　掐　裯
逑　篌　欧　惆　缪

仄声　有宥

有　酒　首　手　口　后　柳　友　斗　狗　久　厚　走
守　绶　叟　又　否　丑　受　牖　耦　阜　九　咎　吼
帚　垢　舅　纽　藕　朽　肘　韭　剖　诱　酉　扣　瓿
苟　某　玖　浏　寿　宥　候　就　授　售　秀　绣　奏
兽　斗　漏　陋　昼　寇　茂　旧　胄　宙　袖　岫　柚
覆　救　臭　幼　佑　祐　右　侑　囿　豆　逗　构　媾
购　透　瘦　漱　咒　镂　走　诟　究　凑　骤　首　皱

第十三部

入声　屋沃

屋　木　竹　目　服　福　禄　谷　熟　肉　族　鹿　腹

菊　陆　轴　逐　牧　伏　宿　读　毂　复　粥　肃　育

六　缩　哭　幅　斛　仆　畜　蓄　叔　淑　菽　独　卜

馥　沐　速　祝　麓　蹙　筑　穆　睦　覆　秃　縠　扑

辐　瀑　竺　簇　暴　掬　鞠　郁　矗　塾　朴　蹴　碌

舳　夙　髑　孰　沃　俗　玉　足　曲　粟　烛　属　录

辱　狱　绿　毒　局　欲　束　鹄　蜀　促　触　续　督

赎　笃　浴　酷　缛　躅　褥　旭　欲　幞　踢　醁　渌

第十四部

入声　觉药

觉　角　珏　榷　岳　乐　捉　朔　数　卓　诼　剥　驳

邈　璞　确　浊　擢　濯　幄　药　握　渥　荦　学　薄

恶　略　作　落　阁　鹤　爵　弱　约　脚　雀　幕　洛

壑　索　郭　博　错　若　缚　酌　托　削　铎　灼　凿

却　络　鹊　度　诺　萼　橐　漠　钥　着　虐　掠　获

泊　搏　锷　杓　勺　谑　廓　绰　烁　莫　箨　铄　谔

恪　箔　涸　鹗　粕　礴　拓　昨　摸　寞　瘼　笤　魄

噩　各

第十五部

入声　质陌锡职缉

质　日　笔　出　室　实　疾　术　一　乙　吉　密　率
律　逸　佚　失　漆　栗　毕　恤　蜜　桔　溢　瑟　匹
黜　弼　七　叱　卒　悉　轶　帙　戌　昵　必　宓　蟀
嫉　唧　茁　汩　尼　陌　石　客　白　泽　伯　迹　宅
席　策　碧　籍　格　役　帛　璧　驿　麦　额　柏　魄
积　脉　夕　液　册　尺　隙　逆　百　辟　赤　易　革
脊　屐　适　帻　剧　碛　隔　益　窄　核　舄　掷　责
惜　僻　癖　掖　释　拍　择　摘　绎　斥　奕　迫　疫
译　昔　瘠　谪　藉　亦　只　珀　借　擘　汐　历　击
绩　笛　敌　滴　檄　激　寂　析　皙　溺　觅　狄　荻
戚　洗　的　吃　沥　惕　汩　嫡　阒　职　国　德　食
色　力　翼　墨　极　息　直　得　北　黑　贼　刻　则
塞　式　域　植　棘　惑　默　织　匿　亿　臆　特　慝
仄　识　逼　克　即　测　抑　恻　实　穑　或　缉　辑
戢　立　集　邑　急　入　泣　湿　习　给　十　拾　什
袭　及　级　涩　粒　揖　汁　笠　执　吸　汲　茸　褭
浥　揖　挹

第十六部

入声　物月曷黠屑合叶洽

物　佛　拂　屈　郁　乞　掘　弗　佛　勿　熨　厥　迄

屹　尉　月　骨　发　阙　越　没　谒　伐　卒　竭　窟

笏　歇　突　忽　袜　蹶　勃　厥　殁　粤　兀　碣　羯

惚　杌　曰　曷　达　末　阔　活　脱　夺　褐　割　沫

拔　葛　闼　渴　拨　括　抹　秣　遏　萨　掇　喝　剌

辣　泼　越　黠　札　八　察　杀　刹　轧　戛　秸　茁

刮　刷　滑　屑　节　雪　绝　列　烈　结　说　穴　血

舌　洁　别　缺　裂　热　决　铁　灭　折　拙　切　悦

辙　诀　泄　咽　杰　彻　别　哲　设　劣　窃　缀　阅

𫛞　契　涅　撷　撤　跌　蔑　浙　沏　揭　阕　迭　冽

合　塔　答　纳　榻　阁　杂　腊　蜡　匝　阖　衲　鸽

踏　飒　搭　盍　叶　帖　贴　牒　接　猎　妾　蝶　叠

箧　涉　捷　颊　楫　摄　谍　协　侠　荚　惬　睫　蹀

挟　屧　接　褶　靥　摺　捻　婕　霎　洽　狭　峡　法

甲　业　匣　压　鸭　乏　怯　劫　胁　押　狎　袷　掐

夹　恰　眨　呷

怎样解读词谱

词是中国韵文中形式精巧和格律严密的一种体裁，它属于中国音乐文学形式之一，亦属于广义的格律诗体之一。唐代兴起的“近体诗”——古典格律诗仅有五律、五绝、七律、七绝的平起与仄起式，基本上为八体，其句式平仄字声的规定仅有五言与七言的平起和仄起各两种。词体格律比诗体复杂得多，因为它是以调定格律的。词调今有八百余调，则其格律便有八百余种；每一词调自成格律，各不相同。唐宋时代词人们是依据当时流行的新燕乐乐曲的节拍和旋律的特点而谱写歌辞的，这叫“倚声制词”，所以要求作者必须精通音乐。某个乐曲被词人选为词调而谱上之歌词，这称为创调之作。此后有的文人就参照创调之作的句式与声韵格律而作词了。唐宋时代以燕乐谱字（半字谱）记录的曲谱称为“音谱”，其通行的用以歌唱的词谱是在词字的右旁标注谱字的。自从南宋灭亡以后，词乐渐渐散佚并失传了。明弘治九年（1496）周瑛编订了一种词谱名为《词学筌蹄》，每一词调先列图，用方框（口）表示仄声，用圆圈（○）表示平声，标明句读和分段，此为图；次录唐宋名家之该调作品为例，此为谱。这样，学习作词者可以依据图谱和规定填词了。此后继有张綖的《诗余图谱》、程明善的《啸余谱·诗余谱》和清初赖以邠的《填词图谱》。这些图谱的作者在总结唐宋词的格律方面作出了贡献，但他们疏于考订，治学不够严谨，错讹甚多。清康熙二十六年（1687）万树的《词律》问世，成为词谱的集大成之著，继于康熙五十四年（1715）王奕清等奉朝廷之命而编的《词谱》完成，对《词律》作了补订，成为近三百年间词体格律的法式。现在我们谈论词谱并非唐宋时的涵义，而是以《词律》和《词谱》为标准。虽然近世有种种简易词谱流行，它们皆是从《词律》和《词谱》里摘抄的。从清代初年的词学复兴直至现代，词体仍是我们民族文学形式之一，这都因为有万树和王奕清等在词乐亡佚之后重建了词体格律规范。他们的重建并非出于主观的拟构，而是以大量的同调作品进行比勘、考订和归纳而寻求到的规律，是符合唐宋词实际的。词体格律虽然重建了，但是词学界长期以来在观念上尚缺乏足够的认识，亦未进一步研究，以致不能准确地认识词体。1994年，友人洛地于《文学评论》第二期发表《“词”之为“词”在其律——关于律词起源的讨论》，提出“律词”的概念，由此可以将词体与古代的杂言诗、声诗和其他韵文予以严格的区别，从而导致词学理论的新的进展。律词构成的条件是：依词调定格，格律以每个词调为单位；每调每体的字数有严格规定，不能增损；词调是分段的，有单调、双调、三叠、四叠之别；基本句式是长短句，其规律由各调而定；字声平仄富于变化，各调自成定式，甚至出现特殊的拗句；用韵可用方音，自成韵部，具体用韵情况依调而定。我们解读词谱必须持有律词概念，它是建立在词体格律基础上的。一般古典文学爱好者解读词谱时会遇到许多困难，这是因缺乏必具的音韵学知识，此外《词律》和《词谱》也存在一些问题，有的还是词学的难题。近数年来，我主要致力于词体的研究，兹谨将一得之见略述于下：

（一）图谱的形式。《词学筌蹄》《诗余图谱》和《填词图谱》是图与谱分列的，先图后谱；《啸余谱》《词律》和《词谱》是图谱合一的，于词字旁或字下直标平仄或标注符号。图谱合一，使读者将所标注之平仄直接与词句和词字联系起来，清楚简易，避免了顾此失彼的缺点，填词时最为方便。标注字声平仄的符号，《词学筌蹄》以方框（口）表示仄声，以圆圈（○）表示平声；《诗余图谱》以白圈（○）表示平声，黑圈（●）表示仄声，半白半黑圈（◒）（◓）表示可平可仄之字；《啸余谱》以竖线（丨）表示平声，仄声不标注。《词律》以名篇词为谱，凡字声平仄不易者依原词字，不再标注；凡可平可仄之处则于字之左旁注明“可仄”或“可平”。这样，我们使用《词律》时，还得去辨识词例中的字声平仄，极不方便，亦感不甚准确。《词谱》采用白圈、黑圈和半黑半白圈遍注于谱之右旁，匡正了《词律》的缺憾，故为大多数词学家所认同。现在新编的一些词谱，有的仍是图与谱分列，而标注平仄的符号有的以横线（一）表示平声，竖线（丨）表示仄声，或直书平仄。我以为《词谱》的形式最合理，但可平可仄之字不必标出，例如《浪淘沙》：

帘外雨潺潺韵春意阑珊韵罗衾不耐五更寒韵梦里不知身是客句一晌贪欢韵　独自莫凭阑韵无限江山韵别时容易见时难韵流水落花春去也句天上人间韵

（二）词调分类。词共八百余调，最短的《十六字令》为十六字，最长的《莺啼序》为二百四十字。调数既多，字数差异极大，实有分类的必要。近世词学家沿用宋代词乐概念，勉强将词调分为“令”“引”“近”“慢”四类，又加以量化的比附，以致概念不清，极为矛盾。宋代词谱是以宫调分类的，每宫调下再按音乐性能分列词调，再列大曲。词乐散佚后，词调分类只能按体制而采用量化的方法。明嘉靖二十九年（1550）顾从敬重编《草堂诗余》四卷，分词调类编，第一卷为小令，第二卷为中调，第三、四卷为长调。此后这种分类方法为词学界沿用。清初毛先舒在《填词名解》卷一里概括说：“凡填词五十八字以内为小令，自五十九字始至九十字止为中调，九十一字以外者俱长调也。此古人定例也。”他所谓“古人定例”即是指顾氏的分调。按字数分调过于僵化而不适应词调的复杂情况，因此万树极力反对。他的《词律》以每调字数为序编排，不分调类，这为《词谱》相沿。现代词学家大致主张词调应该分类，但在以词调和词体两种分类方法之间感到两难。现在我们谈词调，它仅具体制的意义，如果按照字数的多少而考察词调的长短，将它们进行大致的分类，这有助于认识词体结构。“小令”是词乐的概念，不宜以之作为词体分类，可以采用宋人曾使用过的“小调”。唐宋词调遂可分为“小调”“中调”和“长调”。其数字的限度仍以毛先舒的意见为准，在处理具体词调时可遵循以下两个原则：一、分调以正体为准，如《雪狮儿》有八十九字者，有九十二字者，当以宋人程垓八十九字者为正体，别体为附；二、凡调名标有“令”“引”“近”“慢”者，以其正体字数为准，分别归属各调类，例如《六幺令》九十四字者是长调，《法驾导引》三十字者和《太常引》四十九字者自应属于小调。

（三）词调的别体。词体是律词，每一词调的所有作品理应在字数、句数、分段、字声平仄和用韵等方面是完全相同的，不应出现例外的情况，然而实际上却有大量的例外。《词谱》收八百二十六调，二千三百零六体。这样每一词调平均有三体之多。词调的通行之体为正体，其余的各体为别体。别体的概念是近世词学家宛敏灏提出的。唐宋词人倚声制词时，同一词调有的存在几种音谱，同一词人以一乐曲倚声作的几首词，它们的字句可能出现差异；这是别体产生的原因。南宋词学家王灼谈到《安公子》说：“其见于近世者，中吕调有近，般涉调有令。”他谈到《夜半乐》说：“中吕调有慢、有近拍、有序，不知何者为正。”每调各词的字数、句式、分段、字声平仄和用韵的差异造成别体之繁多。明代程明善编订《啸余谱》时排列同调作品，见到它们体制的差异，始于词调下注明体数，如《洞仙歌》下注“凡四体”。自此别体之分愈繁，如下表所举之例：

数目＼词调＼词谱	南乡子	酒泉子	吾迁莺	忆秦娥	品令	少年游	河传	倾杯乐	临江仙	青玉案	二郎神	念奴娇	西河	六州歌头
啸余谱	4	13	3	1	1	4	12	1	7	3	2	9	1	1
词　律	4	20	7	6	7	10	17	8	14	6	4	3	3	3
词　谱	9	22	17	11	12	15	27	10	11	14	9	12	6	9

现在看来词体之分确实过于繁琐，很有清理与合并的必要，但是否因便于学习填词者而每调仅列正体而舍弃别体呢？我以为应有两种词谱：一是普及的，选录常用词调，只列正体；一是学术性的，调体完备的。只有在新的完备的词谱的基础上才能编一种普及的词谱。词调分体是细致而谨严的工作，要求具有很高的学术水平。分体的原则应根据调类、词调变体、段式、用韵、句群、句式、字声平仄等方面出现的差异比勘审订，其中差异细微的可以合并，使别体不致过于繁琐。

（四）词谱误收的声诗。唐代燕乐盛行时，它的歌辞既有曲子词，也有声诗。声诗指配合音乐歌唱的齐言诗体，它是由乐工和歌伎选择绝句诗名篇改换题目以入乐，如王维的《送元二使安西》被改为《渭城曲》，王之涣的《出塞》被改为《梁州歌》；此外有的诗人以燕乐曲为题而作绝句诗，如张祜的《雨霖铃》和刘禹锡的《浪淘沙》。词体与声诗同时并行，某些燕乐曲例如《南歌子》《何满子》《杨柳枝》《拜星月》《凤归云》《抛球乐》等，其歌辞有词体和声诗两种。我们怎样区分二者呢？这里有四条标准：一、词是以辞从乐的，声诗是以乐从辞的；二、词体是长短句的形式，声诗是齐言的近体律绝；三、词体每一词调自成格律，是为律词，声诗是合于近体诗律的；四、词体与声诗的体制归属在历史文献中渊源有别。词集中误收声诗的现象早已存在。《花间集》里混入的声诗有《竹枝》《杨柳枝》《采莲子》《浪淘沙》《渔父》《八拍蛮》等三十二首。今传《尊前集》误收声诗一百一十余首。宋人的词选集如曾慥《乐府雅词》卷上误收《九张机》二十首；黄昇《花庵词选》卷一误收李白《清平调辞》三首，张志和《渔歌子》五首。此外欧阳修《瑞鹧鸪》一首，苏轼《阳关》三首，朱敦儒《春晓曲》一首，张元幹《西楼月》一首，仇远《小秦王》二首和《八拍蛮》一首，皆误作词体收入词别集中。这自《花间集》至《词综》已成为传统习惯而相承了。万树编订《词律》已见到《清平调》《小秦王》《竹枝》《柳枝》为七言绝句，与词体不同，但因“后人则以此等调为词嚆矢，遂取入谱，今已盛传，不便裁去。”《词律》误收声诗为调体者计有《竹枝》《闲中好》《纥那曲》《罗唝曲》《梧桐影》《醉妆词》《塞姑》《回波词》《三台》《舞马词》《一点春》《花非花》《春晓曲》《渔歌子》《桂殿秋》《潇湘神》《章台柳》《乐游曲》《小秦王》《采莲子》《杨柳枝》《浪淘沙》《八拍蛮》《阿那曲》《欸乃曲》《清平调》《字字双》《九张机》《抛球乐》《踏歌辞》《怨回纥》《瑞鹧鸪》。《词谱》以“备体”为理由，也误收声诗二十七首。现代学者编的三种唐五代词总集亦相承袭而误收了大量声诗。词谱的编者们整理词体格律时是能区别声诗与词体的，可惜并未形成牢固的律词观念，所以囿于传统而出现误收声诗的现象，这是很令人惋惜的。因为我们对《词律》和《词谱》的失误没有学理的认识而奉以为法式，于是出现了关于词体起源、词调规范、词体特点等词学理论的淆乱，往往争论不休。比如《竹枝词》是否词体即是学者颇感困惑的问题之一。

（五）字声的音系。词体的字声平仄是依调定格的，各调皆有独特的规定。解读词谱一定要严守规定，才会感到词调的声韵和谐，特别动听，才会赞叹词人们精细的声律的经验。词体字声平仄是以什么为标准呢？即是说我们依据什么音系去辨别某字是仄声还是平声？这同唐宋时的格律诗一样，是以《广韵》为代表的中古音为标准。格律诗和律词都产生于唐代，当时作者辨识字声是依据朝廷修订的《唐韵》为准。宋代初年朝廷组织学者在《唐韵》的基础上扩大收字范围，重新审订，编制为《广韵》，正式颁布施行。《广韵》即是自隋代《切韵》以来韵书的集大成者。唐宋文人作诗作词关于平仄的辨识是依官方韵书的规定，即依平声、上声、去声、入声各部所收韵字为准；除平声而外，其余三声各部所收之字属仄声字。凡谈词的字声平仄绝不要以现代语音去比附，否则始终不能正确地辨识平仄。我们抛弃现代语音观念之后，又怎样去辨字声平仄呢？这有两种切实可行的方法：一是依《广韵》音系的《礼部韵略》（平水韵一诗韵）整理的诗韵常用字表；二是依据词韵书。万树整理词体格律时，关于字声基本上只辨平仄，偶尔于个别字注明“去声”。王奕清等订正词谱则仅辨平仄。宋以来有的词学家主张词字严辨四声（平、上、去、入），区分五音（字的发音部位，即喉、齿、牙、舌、唇），考究阴阳（字音之韵尾无附加鼻声者为阴声字，有附加鼻声韵尾者为阳声字）。这些都是词学家故弄玄虚，自欺欺人，因为五音、阴阳属于等韵学概念，若无专门的知识是不可能分辨的，而且若如此讲究，则填词几乎是不可能的。清代词学家戈载填词严别四声、五音，可惜他的词作是彻底失败的，虽守声律而毫无性灵和情感。事实上，这些词学家们又并非等韵学家，他们自己也难弄清等韵学，即使在唐宋词中也找不出多少实例。因此，我们不要相信什么“四声体”“五音说”“阴阳说”。

（六）词韵标准。唐宋词人用韵大致参照诗韵，不需要再编专门的词韵书。一般以为词韵宽于诗韵，这是指词可以使用方音叶韵，并将诗韵韵部大大合并。然而其具体用韵规则是依照每个词调的限定，因此其规则又比诗体复杂得多。解读词谱必然会遇到词韵标准问题，我们可从诗的用韵去理解，若进而研究词体则可考究唐宋词人用韵的规律。南宋词人朱敦儒曾拟构了词韵十六条，但未通行。明代学者们整理词体格律时根据唐宋词用韵的情形整理了词韵。明末清初最流行的是词学家沈谦的《词韵略》，分词韵为十九部，每部分平声韵和仄声韵，其中有入声五部单列。万树编订《词律》采用沈氏的词韵，他说：“沈氏去矜所辑，可为当行，近日俱遵用之，无烦更变。”清代中期词学家戈载编的《词林正韵》亦分十九部，它自此成为词韵标准。戈载沿袭沈氏词韵分部并受《中原音韵》的影响而发挥万树的“入派三声”说，因而《词林正韵》是一部具有严重错误的词韵书。关于词韵的分部，闭口韵两部在宋词中已将它们分别并入其他韵部，而戈载持诗韵观念保存了它们；在入声韵部方面，与闭口韵相配的两部入声韵亦相应发生变化而并入其他韵部，戈载却将缉韵并入十七部，又将合盍业洽狎乏列为第十九部，这都是与宋词实际不符的。“入派三声”是元代《中原音韵》的作者根据元曲用韵和语音现实作的概括，然而入声在宋代语音中是存在的；戈载却在阴声韵的各部仿《中原音韵》之例详列入派三声的韵字。这些情形表明：戈载是以诗韵和曲韵的观念为指导来总结词韵规律的，既不符合唐宋词用韵的实际，也在音韵学理论上陷于紊乱。元代末年学者陶宗仪曾见到朱敦儒拟的词韵十六条，并写了一篇《韵记》，提供了一些重要线索。朱敦儒的《樵歌》存词二百余首，若将它们用韵的情况进行归纳排比，则可复原其词韵十六条。我曾尝试的复原工作，结果与《韵记》所述完全相合。今以《礼部韵略》韵目标明韵部，每部分平声和仄声，入声单列，共十六部：一东冬，二江阳，三支微齐，四鱼虞，五佳灰，六真文元侵，七寒删先覃盐咸，八萧肴豪，九歌，十麻，十一庚青蒸，十二尤，十三屋沃，十四觉药，十五质陌锡职缉，十六物月曷黠屑叶合洽。作词可以参考诗韵，但词韵又区别于诗韵而自成体系。

以上意见，我已形成系列论文，兹收入上海古籍出版社近期出版的论文集《词学辨》之内。文学形式是某种文学存在的根据，体现了其艺术规范。文学家的才能首先表现在对文学形式的征服。自从词体成为中华民族文学形式之一，其形式的规范具体地见于词谱。我们欣赏词体文学，如果不解读词谱则难以领略其艺术奥秘，学习作词，如果不按谱填词则非律词，研究词学者不熟悉词谱则缺乏专业基础。《词律》与《词谱》都是词学的经典文献，值得我们认真学习和解读，但也要注意它们存在的问题。现在我们亟需编订新的唐宋词谱，以应广大古典文学爱好者的要求，以促进词学研究的规范，以便于词学的国际文化的交流。这应是现代词学家的历史使命。

谈关于填词的问题

我是从事中国古代文学专业研究工作的，研究的方向是词学。在学术研究工作之余，若有闲情逸致，灵感来时，我写过许多词，也作诗，但作得较少。在长期的工作中结识了各种的诗人和词家，我同他们交流创作经验或读他们作品时，发现填词难于作诗。某些友人对词体的性质缺乏认识，易于以诗入词，或者其词不符合词体格律规范，存在着许多问题。兹谨于此略述我的一得之见，以就教于词界师友和喜爱诗词创作的朋友们。

一、词体的性质

在中国的韵文中，凡是与音乐相结合的属于音乐的文学，或称音乐文学。《诗经》、《九歌》、汉魏乐府诗和南北朝民歌是音乐文学，它是配合中国古乐和魏晋以来的清商乐的，是先有歌辞而配以音乐，是为以乐从辞。中国北朝时期，胡乐从西域传入，随后在隋唐时期渐渐流行，因是通俗音乐，用于宴飨，故称燕乐。它的音阶、调式和旋律均异于中国本土音乐，甚受朝廷和民间喜爱。盛唐时期某些懂音乐的文人尝试依据燕乐曲的节拍旋律与声情谱写歌辞，于是出现了长短句形式的新体歌辞——曲子词，简称词。这种新的燕乐歌辞是以词从乐的，以乐曲一词调为准而形成严密的格律，因而是律词。它的艺术形式最为精美而富于变化，是中国音乐文学中的典范。曲子词随着燕乐的推广而广泛在社会上盛行，由歌妓以文艺消费的形态在各种场合演出。它在唐宋时期一直保持着文艺娱乐的性质。虽然自北宋苏轼扩大了词的题材，自此出现了众多的言志、怀古、庆贺、应酬等作品，也出现不懂音乐的文人模拟创调之作的格式声韵的作品，但词的音乐性质和消费娱乐性质并未根本改变。宋词之所以成为中国的时代文学之一，在于宋人对词体的性质深有认识，他们懂得什么题材可以入词，也懂得诗与词有各自的艺术特点，故能将诗与词的性能严加区别。清代词学家毛先舒说："宋人词才，若无纵之，诗才若天绌之。宋人作词多绵婉，作诗便硬；作词多蕴藉，作诗便露；作词颇能用虚，作诗便实；作词颇能尽变，作诗便板。"这可以启示我们区别诗与词之体性。如果我们纵观唐宋词的内容特点，不难发现它们主要表现的是私人生活场景，以抒写个人的真实的心灵和情感见长。近世学者王国维对词的性质的认识是最深刻而确切的。他晚年在清华学校国学研究院任导师，其弟子姜亮夫回忆王国维对他说："词是复杂感情的产物。"王国维以为诗与词虽然皆以表达真挚感情为有价值，但区别在于词所表达的不仅仅是真的感情，而且是复杂感情的产物。他概括诗与词的体性的区别说："词之为体，要眇宜修，能言诗之所不能言，而不能尽言诗之所能言。诗之境阔，词之言长。"这"要眇宜修"一语出自《九歌·湘君》，以喻词体艺术形式之精细工巧。诗之意境广阔，可以表现社会人生的丰富内容和各种层面，不仅仅表现个人的思想情感。词之境狭，可以表现细致含蓄的思想情感，尤其不宜表现诗体中的各种题材。宋人将私人生活场景的感受以词表达，而将宏大的社会题材，以及言志、怀古、祝颂、酬赠等内容纳入诗体；这是宋词成为时代文学的重要原因。现在我们作的词，已不具音乐文学的性质，也不具文艺消费娱乐的功能，它仅是中国古典格律诗体之一，是纯文学的性质，但它主要表现私人生活场景中的真实的心灵和感情，尤其是主要表现个人复杂的感情的性质是不变的。因此许多诗的题材是不宜入词的。我们在宋词里也能见到关注现实重大事件的，表达爱国思想的，描写民族战争的，抒写政治感慨的众多作品，但其中那些成功的作品总是有词人深切的感受，有强烈的情感，有特殊的艺术表现，尤其是将感受情绪化了的，所以也是个人复杂情感的产物。否则从概念出发，应景敷衍而去表现宏伟的社会重大现实题材，便必然以诗入词，缺乏形象，空洞板滞，没有艺术生命。

二、灵感的出现

凡是科学发明，学术研究和文学艺术创作都需要有灵感的。灵感其实并不神秘，我们就文学艺术的创作而言，它是主体偶然地不经意地突然地产生的创作冲动，并由此开启了艺术的思路。一位现代诗人曾说：“灵感，那根源，是人，在他那生活世界里面，不断吸收着一些东西，不断积蓄着的一些因素。他那内部，则不断地被这些东西营养着，不断有一些因素发展着，于是花开了，果熟了。灵感是结果，不是原因，更不是什么唯一的原因。”花木的灵感来了，就是突然地开花。我以为我们作词，如果没有灵感，不要勉强去作。我谈谈自己的具体感受。二十世纪八十年代之初，我在陕西历史博物馆参观许多珍贵而罕见的文物，一面石鼓上刻有郁结盘屈的古文字，这一下让我震惊，突然感到它是我们中华古文明的象征，它的历史神秘，它是汉民族的国魂，于是产生了创作的灵感。杭州的西湖很美，我第一次到西湖刚走到断桥，它的明丽而渺远的美让我惊异不已。这时偏偏参加会议的一位代表也来了，我们一路游览，而我的灵感即将来时又很快消逝了。第二次到西湖再也找不回最初的印象，始终写不出词了。近年我参加对敦煌文化遗址的考察，本想作首词，却找不到感觉。当我们的车转过三危山，遥见辽阔的蓝天白云下现出的莫高窟像景物特异的画屏，它的神奇让我惊叹，突然灵感来了。我们考察了玉门关及古代汉长城遗址，废垒残亘，戈壁无垠，大风卷起细沙扑面而来。我不禁想汉唐时代此处的民族，他们彪悍，习于鞍马，熟悉地理，神出鬼没，汉民族的军队为什么能在不熟悉的艰苦的条件下取得伟大的胜利。假如我当时投笔从戎，参赞军事，我会怎么样。这时我突然寻觅到了一种边塞的豪情。今年的春节前后，我常常思考，美好的青春为什么短促，青春的美的形象怎能留住，想作一词表达我的感受，都始终找不到切入点，试了几次都不成功。一天早上，坐在书斋，突然想起青年时代喜在成都北门留春茶社饮茶。“留春”这很好，我所思考的正是此意，而只有文学艺术作品才可能留住那转瞬即逝的春之美，于是我的词意涌现了。由灵感而产生的艺术作品才可能是有生命的。我们作诗应景，即兴挥毫，易于拼凑成篇，有时也甚得体，不必要等灵感来；作词则不宜拼凑敷衍。这也是作词难于诗之处。当然初学者应多作多写，以求掌握词的艺术形式，但已经掌握诗词艺术形式的诗人词家，我则奉劝若灵感不来，没有想象，没有情感，最好不要应景作词。

三、词调的选用

词的体式比诗体丰富与复杂得多。我曾对唐宋词调进行考察，从律词的观念出发，排除了混入《词律》和《词谱》中的声诗、大曲、元曲，计有八百五十一词调。每一词调原是一支乐曲，因词体是以词从乐的，其声韵格律皆是配合乐曲的节奏与旋律的，每一词调自成独特的格律。我们作词时，有了题材，有了灵感，首先要考虑选调，此后才可能按词调的规范构思布局，展开词意。我们不仅要切实认识词体的性质，尤其要对所选用的词调的性能、声情和艺术表现特点有所认识，否则难以体现该调之艺术特色。

关于词调的分类，在宋代以后，词乐失传了，只能采取量化的分类方法，即以五十八字以内者为小令，五十九字至九十字者为中调，九十一字以上者为长调。我们应根据题材的内容的多或少来选调，若只表现一点有趣或美好的感受，可以在小令中选择，而内容丰富、场景多样、情事复杂的题材，可在长调中选择，中等的题材则可从中调中选择。当然最好选择那种常用的，能把握其格律的和熟习的词调；若选择一个自己未用过的调，便应认真体会其声情特点和艺术个性。

每个词调由独特的字数、字声平仄、句数、句式、分段、用韵，构成独特的艺术个性。当所作之词与词调艺术特点和声情和谐一致时，才可能体现词体艺术形式之精美工巧与古典之美。词调中的《浣溪沙》和《玉楼春》皆是七言句式，易于以诗笔为词，应从晏殊的名句“无可奈何花落去，似曾相识燕归来”和欧阳修的名句“人生自是有情痴，此恨不关风与月”，由此体会诗词之别。当准备表现欢快流畅或热烈之情时，可选用多三、五、七言句式并用平声韵的词调。当准备表现低回婉转、含蓄幽微之情时，可选用多二、四、六言句式、仄韵、韵稀的词调。《虞美人》以七言句与九字句相间，平韵与仄韵变换，宜于表现热烈而复杂变化的强烈情感。《满江红》与《贺新郎》可用入声韵，也用仄声韵，句式丰富多变，既可表现激烈慷慨、豪放旷达的情感，也可表现婉约温柔、自然流畅、清新雅致的情感。《千秋岁》自从秦观作此词死后，苏轼与黄庭坚和韵以悼念，后来悼亡之词多用此调。《兰陵王》《瑞龙吟》《声声慢》《暗香》等调格律极严，初学者不宜使用，而《沁园春》韵稀，可平可仄之字较多，灵活流畅，可言志、叙事、写景、怀古、议论、嘲讽，表现力很强。《忆秦娥》《钗头凤》《六州歌头》等是很不易驾御其艺术特点的，最应慎用。词调的艺术个性，需要我们细心琢磨，比较同调的诸多名篇，多用几次便可逐渐领会其奥秘了。我曾见到有诗人作的词如《满庭芳·误入宫邸》《鹧鸪天·还赌债》《玉蝴蝶·思马航失联同胞》《玉楼春·相亲节》《西江月·月下火锅》《武陵春·地虱婆》《长相思·千秋万代昌》《钗头凤·醉驾车》；从词题来看，它们与所用之调之表情毫无关联，其中大多数题目仅可作为恶诗或打油诗，根本不可以入词的。当然每个作者有创作自由，也可以用某调而不顾其艺术特性和格律规范，也可以采取恶俗题材，然而毕竟破坏了古典格律诗体的艺术形式，读者自会给予评价的。

四、按谱填词

自从词乐散佚之后，词体再不是音乐文学样式了，填词失去了音乐的标准，也缺乏格律的规范了。从明代后期开始，不断有词学家将同调作品的字数、句数、字声平仄、分段、用韵等情况加以比较归纳，找出规律，制订词谱，重建词体格律规范。这一工作直到清代万树的《词律》和王奕清等的《词谱》的编订而完成。我们现在填词必须按谱，作者依据清人或现代学者编订之谱均可。我关于词体规范的工作探究了多年，按照严格的律词观念，去掉混入的声诗、大曲和元曲等调，编订了常用的《唐宋词谱粹编》，可供初学者作词的参考；若细究词律则可参考拙编《唐宋词谱校正》。作词必须按词谱的格律规范，这虽然有诸多的束缚与限制，但征服其艺术形式之后，才能见到古典艺术之形式美。我于此仅谈三个应注意的问题。

（一）字声平仄。词的字声同诗一样分平声和仄声（包括上声、去声、入声）。确定字声的标准必须以我国中古音乐的《广韵》系统的《礼部韵略》（平水韵）为准。此可依据整理出的诗韵（平水韵）和《词林正韵》及《唐宋词谱粹编》附录之词韵。然而绝不要使用现代语音去附会，也不要使用新诗韵。这其中的学理且不详述，因是规范，必须严守。

（二）句法。词体与诗体比较最特殊的有一字句，两字句，四字句，八字句，九字句，而五字句有上一下四句法的，七字句有上三下四句法的。关于上三下四结构的七言句，例如姜夔《琵琶仙》的“春渐远、汀洲自绿，更添了、几声啼鴂”，苏轼《水龙吟》的“恨西园、落红难缀”“细看来、不是杨花”，周邦彦《宴清都》的“始信得、庾信愁多”“叹带眼、多移旧处，更长久、不见文君”，周密《瑶华慢》的“问谁识、芳心高洁，消几番、花落花开”，王沂孙《眉妩》的“料素娥、犹带离恨”“试待他、窥户端正”，无名氏《金明池》的“佳人唱、金缕莫惜，才子倒、玉山休诉，况春来、倍觉伤心”等等，若将它们都改为上四下三句法的七言诗句，声韵节奏就完全不同，而丧失词体特色了。凡诸式句法，均须按谱，细心体会。词体的句式句法在各调中多种多样，变化莫测，长短错落，组配和谐，因而比诗的艺术表现力更强更丰富。

（三）词韵。诗韵只分平声和仄声两类，词韵则分平韵、仄韵（上声和去声）、入声韵三类。唐宋近体诗只用平韵，词的用韵则极复杂。词体有一首一韵，或平声韵，或仄声韵：《浣溪沙》用平声韵，《玉楼春》用仄声韵；一词多韵的，如《虞美人》凡四换韵，两仄韵，两平韵；一词用同部平仄韵互叶的，如《西江月》；限用入声韵的如《兰陵王》《暗香》《丹凤吟》《琵琶仙》《雨霖铃》《浪淘沙慢》。此外还有叠韵、数部交协和长尾韵等等，这些复杂的特殊的用韵，初学者可暂时不考虑。每个词调的用韵皆有各自的特殊规定，是按谱填词时必须遵从的。

五、艺术表现

词体的艺术表现具有含蓄、细致、婉约、优雅、流美的特点，我于此仅着重谈几个应注意处理的问题。

（一）雅与俗。诗体尚雅，散曲俚俗，词体则如南宋词学家张炎所说是雅而近俗的。当词尚是音乐文学时，它通过歌妓以文艺消费的形态在社会流传，使市民大众和文人及士大夫们都能欣赏。此时的歌词如柳永、晏殊、欧阳修、晏几道、秦观等词人的作品都是通俗易懂的，或者叫作白话词。自从苏轼扩大词的题材，周邦彦倾向雅化之后，文人的作品尚雅，甚至提倡复雅。尚雅或媚俗是两个极端，张炎的主张是更切合词的体性的。我们现在作词力求表现优美或优雅的诗情画意，但要自然、流畅、通俗而不庸俗、粗俗或恶俗。

（二）风格。词分婉约与豪放两体，实为两大类风格。明代词学家张綖说："按词体大略有二，一体婉约，一体豪放。婉约者欲其词情蕴藉，豪放者欲其气象恢宏。盖亦存乎其人，如秦少游之作，多是婉约；苏子瞻之作，多是豪放。大抵词体以婉约为正，故东坡称少游今之词手，后山评东坡词虽极天下之工，要非本色。"这很恰当地总括了宋词的两大类风格。作词时从个人的审美理想和审美兴趣，以及个人的性格情趣出发，作豪放词，或作婉约词均可。我们如果读苏轼和辛弃疾的词集，他们虽被誉为正宗的豪放词人，但却存在不少极婉约的作品。因此我们根据个人的好尚和题材而力求将自己的感受以最美的方式表达出来，不要故作豪放，也不必力求婉约，这样可能更会有自己的特点。

（三）意象。三国时王弼在《周易略例·明象》里提出“立象以尽意”的哲学命题，后来在文学批评中使用了“意象”的概念。意象是文学艺术的基本要素，它包含客观的物象与主观的心意，是立体感知事物而得的直接经验，是感性的形象。意象的形成体现了主体巧妙地组合了意与象，展示了奇异的想象和艺术的感觉，它可能是不合常理的逻辑，但却具有特殊的艺术魅力。宋词在意象方面是有独创性的，它与词法中的句法和字面有密切的关系，凡是很好的句法和字面均具特殊而优美的意象。从字面而言，宋词中有很多生新的简单的意象，如柳永《望海湖》中的“三秋桂子，十里荷花”，秦观《满庭芳》的“山抹微云，天连衰草”，李清照《如梦令》的“绿肥红瘦”，姜夔《淡黄柳》的“鹅黄嫩绿”，史达祖《双双燕》的“柳昏花暝”，吴文英《绕佛阁》和“茜霞艳锦”，张炎《法曲献仙音》的“云映山辉，柳分溪影”。宋词中还有很多意象是采用某种修辞手段构成的，发展了古代的比兴手法，使句意含蓄优美。李清照《醉花阴》的“人比黄花瘦”，表现了女性的憔悴之态。秦观《浣溪沙》的“自在飞花轻似梦，无边丝雨细如愁”是表现闺中春愁的奇语。周邦彦《玉楼春》的“人如风后入江云，情似雨余沾地絮”，表达爱情失落的情绪，有深沉的人生感悟。晏几道《临江仙》的“当时明月在，曾照彩云归”，以彩云喻所爱之歌女。苏轼《江城子》的“一朵芙蓉，开过尚盈盈”，以芙蓉喻湖上所见之妇女。贺铸《踏荷行》的“红衣脱尽芳心苏”，以红衣喻荷花。姜夔《小重山令》的“相思血都沁绿筠枝”，以相思血喻红梅。吴文英《惜黄花慢》的“夜深怨蝶飞狂”，以怨蝶表现悲愤的精神。这些词句中意与象都较为具体而复杂了。生新而富于艺术想象的意象在词中的运用，可以克服概念化的倾向，使动的字面艺术化，往往达到情景交融的境界。

（四）结构。作词同作诗和写文章一样，在立意之时要大致考虑谋篇布局的，此叫章法。章法即文学结构方法。结构是文学作品的组织构造，将作品各部分按某种方式组合为一个整体。虽然作品的艺术结构是不可分割的，但可从其组成的因素与方式进行分析。纵观宋词的结构可分为点型、线型和面型三种基本型式。点型结构是作品表现主体在具体的时间与空间的瞬息的感受，所描写的情、景或事，均似凝聚于一个焦点。诗的绝句和词的小令大都是点型的结构。晏殊的《踏莎行》（小径红稀）表现“一场愁梦酒醒时”的片时的闲适幽静之感。欧阳修的《玉楼春》（别后不知君远近）以代言方式抒写贵妇于秋夜“梦又不成灯又烬”时的离愁。姜夔的《杏花天影》（绿丝低拂鸳鸯浦）抒写于金陵舟行之际忽生怀旧的苦涩之情。这些词是主体在现实生活中的最深最美的一点感受。线型结构一般在古体诗和歌行体诗里常见，以叙事为主，平铺直叙，用赋的手法；所叙之事，有头有尾，层次清楚，存在事理线索，结构较为单一。柳永词即以平铺直叙见长，例如《木兰花慢》（拆桐花烂熳）描述京都市民到郊外踏青的过程；《迷仙引》（才过笄年）以代言体表达一位歌女从良的愿望。晏殊的《山亭柳·赠歌者》描述一位歌女在民间卖艺的感受。周邦彦的《风流子》（新绿小池塘）表述对邻居一位弹琴的妇女的爱慕，想象她待月西厢。面型结构主要在五言律诗和七言律诗里常见，对时间与空间的跨度很大，场景随之转换，表现生活面广阔，各部分之间的关系较为松散。宋词中这种结构的作品较少，最典型的是辛弃疾的《贺新郎·赋琵琶》，罗列琵琶故事，杂乱无章。辛弃疾的《贺新郎·别茂嘉十二弟》使用多个古代离别恨事，随意组合。周邦彦《西河·金陵怀古》檃栝唐代刘禹锡《石头城》与《乌衣巷》二诗，描述了金陵几个画面。最能体现宋词艺术表现特色的是在长调中的点线结合的结构和网状的结构。长调中将情、景、事融在一起，按照词意发展顺序抒写，意脉线索清楚，表现主体在特定时间与空间的感受，以勾勒方法使时空关系明显，这是以点为主的线型结构。柳永的《雨霖铃》写深秋长亭的离别情景，从环境、场面、离情作线型描述，达到情景交融。秦观的《满庭芳》描述于郊外即将行舟之际与恋人分别的情形，将写景、叙事、抒情有序组合，插入优美的情节片段，离情的线索清楚。这样解决了抒情的集中性与长调容量大的矛盾，使全篇主旨突出而又有线索可寻，可将某种思想情感铺叙展衍地表达。宋词中最复杂的是网状结构，它在写景、抒情、叙事、时间、空间、场景等关系的处理方面出现交互、错综、反复、回环的现象，词意的表现曲折含蕴。柳永的《浪淘沙慢》第一段写现实情景，第二段追忆往昔，第三段寄意抒怀。辛弃疾的《摸鱼儿》以香草美人寄托政治感慨，词意反复曲折而又晦涩，写尽失宠者心态，以春归为象征表现反复缠绵之意。吴文英的《莺啼序·春晚感怀》是悼念在西湖的恋人之作，由现实景物，追怀前事，重寻旧踪，又记起最后分别之情景，再回到现实中而抒发怀念之哀思。此词今昔时间跨度很大，空间几经变化，思绪反复，多穿插情节片段，而情绪之表达极为强烈。此类伤口的艺术性很高，构思巧妙，充分发挥长调的灵活自由与表现力丰富的特点。长调的这两种结构体现出宋词艺术的复杂、精巧和绵密的特色，以区别于其他诸种韵文体式。

六、学习名家词

我们学习中国汉字的书法，除临摹古代著名碑帖而外，没有其他的途径。初学书法者学习颜体、柳体和欧体均可，欲求深造可学魏晋楷体，兼学汉碑与魏碑；若进探其源，则学篆书、金文、甲骨文，此外还得学草书，博览宋以来诸名家书法，努力研习，可能形成自己的风格。我们填词或学作格律诗，其途径实同学书法相似，除了熟读古典作品、细心体会之外别无其他的途径。初学填词者首先要具备的条件是懂得诗律，其次是熟读唐宋词作品。

关于读作品，初学者可读龙榆生的《唐宋名家词选》、胡云翼的《宋词选》，若扩大范围则可读上海辞书出版社的《唐宋词鉴赏辞典》和龙榆生的《近三百年名家词选》。在普遍阅读的基础上，选择自己最喜爱的作品背诵。熟读与背诵作品多了，便能逐渐感受到词体艺术的特点，若准备填词则选择简单易填的词调，比较此调各家作品的艺术表现，严格按谱填写。当初步掌握了词体的艺术形式之后，欲求词艺的提高，则可认真选读和深究名家词。宋词为时代文学，我们深究词艺应读宋代名家词集。

我曾在研究宋词的过程中，以艺术创新并对词的发展有重要意义为标准，确定宋代名家词十二家，他们都是优秀的词人，或者可称为大词人的。晏殊是承五代词之绪余，而又有新的艺术特点，为北宋倚声家之初祖。柳永创作了大量的长调作品，为长调的发展开拓了道路，其词表现了新兴市民阶层的思想情绪而受到广大民众的欢迎。欧阳修是北宋诗文革新的领袖，对词体也作了革新的尝试。苏轼继欧阳修之后以诗为词，使词体革新取得成功，开创了豪放词风，改变了传统词的面貌。周邦彦在艺术上是北宋婉约词的集大成者，标志词的艺术技巧达到高度的成熟。李清照提出“词别是一家”之说，其创作丰富了词的思想内容和艺术表现。辛弃疾是杰出的爱国词人，表达了爱国的民族情感，发展了豪放词的艺术风格。姜夔在作品里实现了复雅的主张，形成独特的艺术风格，改变了婉约词的发展倾向。刘克庄是辛词艺术的发展者，爱国思想得到强烈的表现，推动了豪放词的发展。吴文英是追新务奇的词人，以新奇险怪的独创风格对词体艺术进行了探索。王沂孙的咏物词最精美而有特色，以隐晦曲折的方式表达了深厚的爱国思想。张炎在理论上对宋词进行了全面总结，以作品的艺术精巧和风格别致成为宋词的光辉终结者。这十二家词都具艺术的独创风格，他们的成功作品值得我们认真学习。当然从个人的兴趣爱好出发，固然可以选择婉约词或豪放词一家或两三家熟读模拟，但取径狭窄是不利创作发展的，例如学书法只学颜体或柳体，则始终不能变化创新。我们学词取径宽广，不专主某家，因题材和思想而真实自然地在作品表现出古典形式之美，便可有自己的艺术特色。我们除了学习宋名家词之外，还需要选读清词。在内容的开发、艺术的表现和意境的拓展等方面，清词皆有超越前人之处，例如吴伟业、纳兰性德、陈维崧、朱彝尊、龚自珍、蒋春霖、文廷式、王国维等的词，都值得我们学习和借鉴的。

以上所述是我多年研究宋词艺术的体会和感悟，也应是从词体自身特性而概括的艺术要求。我们虽然一时难以做到，但只要朝此方向努力，便可逐渐向真正的艺术境界逼近。当我们再从词的创作角度回顾词体格律时，则它并非僵硬的桎梏，而是精美的古典艺术形式，有待我们去学习和征服。

谢桃坊

夏历庚子闰四月初二于奭斋